오브 아프리카

오브 아프리카

지은이 월레 소잉카

옮긴이 왕은철

디자인 김미영

펴낸이 송병섭

펴낸곳 삼천리

등 록 제312-2008-121호

주 소 10570 경기도 고양시 덕양구 신원로2길 28-12 401호

전 화 02) 711-1197

팩 스 02) 6008-0436

이메일 bssong45@hanmail.net

1판 1쇄 2017년 2월 3일
1판 2쇄 2017년 5월 8일

값 16,000원
ISBN 978-89-94898-42-1 03890
한국어판 © 왕은철 2017

야

오브 아프리카

AFRICA

월레 소잉카

왕은철 옮김

삼천리

서문

아프리카라고 알려진 대륙은 지구상의 다른 나라들이 갖고 있지 않은 어떤 것을 소유하고 있을까? 여기에는 광물자원이나 여행객들을 위한 풍경, 전략적인 위치 같은 물질적이거나 비활성적인 것들만 포함되는 것은 아니다. 수백 년에 걸쳐 동양과 서양에 값싼 노동력을 제공한 인간 '부화장'이라는 명칭도 잊어서는 안 되겠다. 그런데 아프리카가 갖고 있는 것 중에는 역동적인 것들도 있다. 사람들마다 다른 인식과 반응, 적응, 또는 단순한 '행동' 방식이 그것이다. 거기에는 인간관계의 구조까지 포함된다. 이 모든 것이 교환의 잠재적인 상품을 이룬다. 물론 이러한 것들이 목재나 석유, 우라늄처럼 협상의 대상은 못 되지만, 그럼에도 인간적인 가치를 규정하는 것으로서 인지할 수 있는 것들이다. 이러한 것들은 널리 알려지고 제대로 평가를 받게 되면, 다른 공동체의 실존적 위기를 해결하거나 전 세계의 생존에 실제로 기여할 수 있을 것이다.

물론 본질 자체가 다른 것들에 부담으로 작용하는 부정적인 속성도 있다. 우리는 지금 한 부분의 해결이 전체의 건강이나 생존에 위협이 될 수 있는 상황에 관해 얘기하고 있다. 이것은 중요하고 세계의 관심을 요구하는 다소간에 불명예스러운 길이긴 하다. 만약 우리가 당분간은 세계를 무시하고 아프리카에만 초점을 맞추게 되면, 콩고와 차드 지역의 불안정이 위협으로 다가온다. 그것은 아프리카 대륙이 당장 주목해야 할 뿐 아니라 직접적인 영향권에 있는 국경 밖으로까지 혼란의 물결이 번지는 것을 막기 위한 조처를 취해야 할 정도의 위협이다. 석유가 생산되는 나이지리아 델타 지역의 해결되지 않은 위기는 10년이 넘도록 전 세계의 관심사가 되었다. 이러한 문제는 지구상에 있는 모든 나라의 내부 문제에도 똑같이 적용된다. 범위와 방향을 바꿔 생각해 보면, 전에는 확고부동할 것 같던 유럽 경제가 최근에는 아프리카의 신생국들한테 심각한 영향을 미치게 되었다. 유럽은 식민주의와 초기의 탈식민 국면 이후로 질적인 면에서 전례가 없는 변화를 이뤄 아프리카 여러 나라에 엄청난 영향을 행사하고 있다.

그러나 궁극적인 의미에서 보면, 어떤 사회가 자신의 권리를 주장할 수 있고 세계가 그것을 획득하는 데 나름으로 기여할 수 있는 기본적이고 명백한 자산은 곧 인간성이고 인간 존재의 질과 가치요, 환경을 다루는 방식이다. 여기에는 물질적인 것과 (정신적인 것을 포함하는) 무형의 것까지 포함된다. 이런 질문이 아프리카의 과거와 미래를 제한적으로나마 돌아보면서 설정한 우리의 기본 목표다.

많은 사람들에게 아프리카는 테두리가 정해진 공간을 넘어서는 개념이다. 그것은 하나 이상의 '개념들'을 의미한다. 어느 정도는 욕구 충족이고 현실이요, 투사(投射)이고 역사의 정수요, 허구이고 기억이다. 물론 일반적으로 아프리카는 개발되지 않은 자연 자원의 보고로 인식된다. 누군가에게 그것이 욕망의 대상으로 존재할 때조차, 또 다른 사람들에게 아프리카는 간절히 깨어나고 싶은 악몽이요, 다른 사람들한테 자초지종을 설명하면서 그 실타래를 풀어낼 수 있는 역사의 태피스트리다. 그러나 많은 사람들은 아프리카를 활짝 피어날 날만 기다리고 있는 무한한 가능성의 공간이라고 확신하고, 매혹적이지만 의심스러운 연회에 참여하고 싶어 하는 것처럼 보인다. 이런 사람들 가운데 상당수는 그 행사에 참석하고 그 일부가 되기로 작정하고 있다. 이런 사람들은 도처에 있다. 이민국 관리들은 그들을 한눈에 알아본다. 그들은 한쪽 문으로 내보내면 반드시 다른 쪽 문으로 돌아온다. 그들은 그렇게 될 때까지는 살아도 사는 게 아니다. 나는 그런 사람이 이민과 관련해 겪은 최근의 일을 익숙하게 말하는 것을 들었다. "나는 늘 아프리카에서 추방당한다니까요. 하지만 그 누구도 내 안에 있는 아프리카를 몰아낼 수 없죠."

이처럼 상반되는 견해들은 국가와 인종, 종교를 중심으로 하는 특정 집단의 것도 아니고 상호 배타적이지도 않다. 이러한 시각들 중 하나 혹은 전부를 지지하거나 거부하는 아시아인과 유럽인과 오스트레일리아인, 진보주의자와 반동주의자, 자본가와 사회주의자, 인종차별주의자, 이상주의자, 투자자, 인본주의자, 기술자들이 있다. 그리고 어쩌면 같은 수의 사람들이 해마다 입장을 바꾼다. 이 모든 것은 또 다른 르완다 사태, 나이지리아의 자살폭탄 테러, 니오스 호수의 살인 가스 분출, 또는 말라보의 빈민굴에서 출현한 또 다른 넬슨 만델라가 있었는지 여부에 달려 있다.

아프리카는 개념이든 현실이든 극단적인 것들의 대륙으로 알려져 있다. 아프리카가 극단적인 반응을 불러일으키는 것도 놀라운 일은 아니다. 아프리카인 스스로도 자신들의 반응이나 그것들을 수용하는 방식을 두고 의견이 갈린다. 수긍하기도 하고 방어적이기도 하고, 체념적이거나 격렬하게 수세적이기도 하고, 명백하거나 표면 아래에 있다고 추정되는 것과 자신을 동일시하고 그것을 정당화하거나 그것으로부터 거리를 두기도 한다. 비관론자들도 그렇고 낙관주의자들도 점점 더 인정하는 공통된 기반은 아프리카 대륙이 고립되어 존재하는 것이 아니며, 아직도 역사와 상관없이 왜곡된 시간 속에 존재하는 것이 아니라는 사실이다.

오히려 아프리카 대륙은 원인과 결과의 면에서 다른 대륙의 역사와 밀접한 관련이 있고, 내부의 맥박과 외부의 개입으로 구성된 복잡한 유기체다. 그런데 아프리카는 여전히 세계의 구성원이면서도 그 세계로부터 성취와 진보를 거부당하는 경우가 많다.

이 책의 내용은 이처럼 카멜레온 같은 존재에 대한, 자연스러우면서도 때로는 실망스러운 선입관에서 비롯된 것들이다. 전반적으로 나도 그렇게 아프리카를 규정하는 것에 기반을 두고 논의를 끌어낼 것이다. 이 책에 나오는 내용은 내가 대학교 강의실, 국제 학회, 토론회, 라디오와 텔레비전 프로그램에 이르기까지 다양한 상황에서 했던 발언들을 다시 점검한 것이다. 또한 이 지점에서 인정해야 할 것은, 어떤 것들은 아프리카 현상이 문제가 되는 다양한 범위의 일상적인 만남에서 비롯되기도 하고 그것에 의해 형태가 갖춰졌다는 점이다. 여기에는 고압적이고 거만한 태도들도 포함된다. 말하자면 이렇다. "이보세요, 솔직해집시다. 당신네들한테 문제가 있다는 것을 인정해야 하지 않겠소. 무슨 일이 일어나고 있는지 한번 보시오. 아프리카인들이 자원의 극히 일부를 갖고 …… 타락상이 어느 정도인지 보시오. 그리고 비교해 보시오." 이러한 태도에는 때때로 상대를 가엾게 생각하면서, 두려움과 회피의 지대에서 벗어나 예외적인 종족 클럽에 가입하라고 초대를 하는 것 같은 뉘앙스가 있다.

반대편에는 아프리카의 전통 예술을 둘러싼 일치된 의견이 있다. 그들은 아프리카 경제의 미래를 낙관적이다 못해 열광적으로 까지 예측한다. "아프리카는 중국 다음으로 전 세계를 강타할 차세대 거대 경제입니다. 20년만 더 기다려 보면 알게 될 것입니다." 그토록 넓은 대륙의 발전을 평가하는 데 똑같은 잣대를 들이댈 수 있는지 궁금할 따름이다. 갑작스러운 악명이나 구제불능의 통치 같은 개인적인 것이 전체적인 것과 부주의하게 섞이면서, 국제 회의에서는 특정한 사디스트의 잔혹성이나 또 다른 사디스트의 어릿광대짓을 대륙 전체의 야만성이나 무능의 증거로 받아들이는 경향이 있다. 안도의 한숨이 나오는 것은 화제가 아프리카의 폭발적인 축구 재능에 관한 것으로 넘어갈 때나 가능하다. 이것은 자발적이고 객관적이고 (겉으로는) 전문적인 판결이 보장되는 유일한 영역이다. 그러나 아쉽게도 그것은 집단 히스테리 같은 세계적 오락에 열광하지 않는 사람에게는 위안이 되지 못한다.

이와는 다른 사건이 하나 있다. 아주 최근에 일어난 사건인데, 아이러니하게도 나의 당파성을 더욱 깊게 만든 사건이었다. 그 사건의 역사적 중요성이 내가 이 책에서 밝히고자 하는바, 상투성에 반하는 확신을 훼손하려고 준비된 것처럼 보였기 때문이다. 그 일은 2009년 11월, 독일의 바이로이트에서 일어났다. 나는 강연을 하는 도중, '도이체오퍼' 극장에서 공연된 오페라 〈이도메네오〉를 둘러싸고 1년쯤 전에 벌어진 논란에 대해 언급했다(자세한 얘기는 이 책의 8장에서 다시 하겠다). 당시 그 오페라가 종교적인 인물이나 예언자들을 불손하게 묘사하면서 종교적으로 민감한 부분을 건드렸다는 우려가 있었다. 나는 강연에서, 이슬람과 기독교가 원주민들을 노예화한 것을 포함해서 아프리카 땅에 저지른 물질적인 잔혹 행위만이 아니라 종교적인 주도권을 위한 경쟁에서 아프리카의 정신에 가한 제도적인 폭력에 대해 얘기했다. 말하자면, 나의 강연은 상호적인 관용에 입각해 있다는 두 종교의 주장이 구제할 길 없는 패권주의자들의 이분법적 편협성에 여전히 갇혀 있다는 논지였다. 나는 두 종교가 결과적으로 동등한 존중과 동등한 공간, 관용에 다른 종교들의 권리를 고려하지 못했다고 판단했다. 나는 바로 그러한 이유에서, 두 적대적인 종교가 서로의 목을 겨눌 때마다 '눈에 보이지 않는' 종교들이 중립적인 중재자 역할을 할 수 있는 특별한 위치를 차지하고 있다고 주장했다.

그런데 강연이 끝나고 이어진 만찬에서 서른 살쯤 되어 보이는 젊은이가 발언을 했다. 그가 한 말에는 나의 이론적인 생각의 범위를 훨씬 넘어서는 의미가 담겨 있었다. 그 발언의 무례함은 차라리 사소한 것이었다. 훨씬 더 심각했던 것은 그의 발언에 깃든 깊은 신념이었다. 그것은 개인만의 것이 아니라 이데올로기 집단의 신념이었다. 그는 그 집단이 갖고 있는 생각을 표현했을 따름이다. 거기서 나는 한 사람의 목소리가 아니라 유럽과 다른 대륙에 있는 수많은 목소리들을 들었다. 보통은 억제되어 있지만, 그 목소리는 분출할 기회만을 기다리고 있었다. 식사 자리를 가로지르는 거슬리는 말로서만이 아니라 조직화된 외국인혐오 폭력의 형태로 분출되기를 기다리고 있었던 것이다. 그가 한 말은 이랬다.

당신들은 아프리카인들이 선천적으로 열등하다는 점을 인정해야 합니다. 당신들은 틀림없이 그렇습니다. 그렇지 않으면 다른 인종들이 수백 년 동안 당신들을 노예로 삼지 않았을 테지요. 노예로 삼은 사람들은 당신들을 있는 그대로 보았던 거예요. 그러니 당신들은 그들을 비난할 수 없습니다.

미리 준비해 놓은 것처럼 정확하게 표현된 말이었다. 순간, 사람들은 조용해졌다. 적어도 그 말이 들리는 반경에 있던 사람들은 그랬다. 나는 조용히 다른 테이블로 자리를 옮겼고, 얼마 후 그 젊은이도 소리 없이 자리를 떠났다.

나이지리아의 어떤 인기 칼럼니스트는 언젠가, 자신이 어쩔 수 없이 그 속에 태어난 불가능한 나라에 대한 좌절감에서 자기 나라를 '석양의 무법자'라고 하며 한숨을 내쉰 적이 있다. 그 서부극의 제목은 종종 아프리카 대륙 전체에 잘 들어맞는 말처럼 보인다. 그러나 그것은 내가 방금 얘기한 사건과 같은 불길한 징조가 없다고 해도, 가장 발달된 서양과 아시아 국가들의 경우에도 적용되는 것이 아닐까 싶다. 나는 여기에서, 다양한 대륙과 사람들에 대해 너무나 쉽고 간편하게 일반화하는 것의 문제점을 지적하고 싶다. 한데 그런 일반화의 밑바탕에는 역사가 잘못되었다는 전제가 깔려 있다. 이것은 인종차별적 세뇌를 드러내는 사례나 과도한 찬사들보다 더 중요한 것이다.

아프리카에 대한 탐색이 끝났다는 모든 주장은 아프리카의 종말이 임박했다는 소식만큼이나 시기상조다. 아프리카에 대한 진정한 탐색은 아직 멀었다. 그렇다고 이 책에서 그런 탐색을 해나가겠다는 말은 아니다. 이 책은 아프리카의 실존적인 총체성의 낭비적인 탈곡장으로부터 낱알 몇 개를 구해 내는 것일 따름이다. 그것들이 모두가 열망하는, 아프리카에 대한 포괄적인 이해의 시대를 향한 이어달리기를 위해 새로운 유형의 탐험가들을 틔워 냈으면 싶다.

차 례

1부

살아 있는 과거

1
'검은 대륙'을 바라보는 편견과 오류

아프리카 국가들의 독립에 뒤따른 행복감과 낙관론은 때로
가장 잔인한 방식으로 사라져 버리고, 전례가 없는 가난과 끔
찍한 수준의 사회경제적 쇠퇴가 뒤에 남았다.

ㅡ 2001년 밀레니엄위원회 보고서

전직 유엔 사무총장 코피 아난이 베냉공화국의 알베르 테드
제보레 교수와 협력하여 시작한 '창조적 집단사고 순례단'이 작성
한 문서의 첫머리는 이렇게 시작된다. 그 일정은 1년 넘게 이어지
면서 아프리카의 여러 나라 수도를 거쳐 코트티부아르(아이보리코
스트)의 수도 아비장에서 로랑 그바그보 대통령의 환대를 받으며

마무리되었다. 그런데 예기치 않게 그 나라가 아프리카 대륙을 내부에서부터 좀먹는, 정신이 번쩍 들게 하는 깊은 불안감의 본보기로 떠올랐다.

밀레니엄위원회 보고서 작성자들은 여러 전임자의 이름을 나열하고 과거의 노력을 바탕으로 삼겠다는 의도를 강조하며 이렇게 경고한다. "이런 발상은 처음이 아니다. 위원회는 다른 사례들이 있다는 사실에 주목했다. 라고스행동계획, 아루샤선언, 유네스코의 오디언스아프리카, 마프(MAP), 오메가(OMEGA)에 이르기까지 수많은 회합이 여기에 포함된다. 그중에 일부는 잠비아의 루사카에서 열린 아프리카정상회의가 채택한 강령 '아프리카 발전을 위한 새로운 파트너십'(NEPAD)으로 구체화되었다."

참석자들은 그런 노력이 곧바로 변화로 이어질 거라는 환상을 갖고 있지 않았다. 오히려 그들은 실망스럽게 되풀이되는 유산과 무익함을 충분히 의식하고 그렇게 경고한 것이었다. 그럼에도 어떤 사건들, 특히 발전의 척도가 되는 성취들은 침체 상태나 퇴보적인 역사의 반전으로부터 가시적인 돌파구에 해당하는 평가를 향해, 다소 과장된 면이 있을지라도 그러한 평가를 향해 우리가 조금씩 다가가게 만드는 희망적인 측면이 있다. 아프리카의 지도자들 중에는 르네상스가 도래하기 오래전에 그것을 장려했던 사람들도 있었다. 그 가운데 으뜸은 기적처럼 보이는 남아프리카공화국의 성취이다. 남아프리카공화국은 다수결 원칙이라는 취약한 탄생의 탯줄을 누르고 있는 과거의 무게를, 가장 낙관적인 사람들마저도 깜짝 놀라게 만든 방식으로 떨쳐 냈다. 몇 십 년 된 수단의 분쟁 해결은 훨씬 더 최근의 일이다. 그러나 불가능해 보이는 갈등을 해결하는 길에 대한 독특한 교훈을 전 세계에 준 것은 남아프리카공화국의 사례였다.

아프리카는 희망과 절망의 양극단 사이에서 갈피를 잡지 못하는 운명에 처한 것처럼 보인다. 어쩌면 두 가지 사건이 그런 사정을 가장 잘 대변하고 있는 것 같다. 그것은 하나의 주제에 대한 상반된 태도로, 대륙의 현실을 적나라하게 반영하고 있다. 하나는 조용하고 가라앉고 침울한 분위기에서 일어난 일이지만, 일반적으로 알려진 것보다 훨씬 더 알려질 가치가 큰 것이다. 그럼에도 그것이 대륙의 대부분 지역에서 잘 알려져 있지 않은 게 현실이다. 내가 지금 얘기하는 것은 대륙을 위한 새로운 목소리의 출현, 즉 국경을 초월한 독립적인 통신과 정보 접근을 두고 하는 얘기다. 그것은 '서아프리카 열린사회 이니셔티브'와 제휴한 정부의 의지에 달려 있고 어느 정도는 정부의 재원에 의해 유지되긴 하지만, 정부의 통제를 받지 않고 운용된다. 그것은 오랫동안 지속될 것이라는 확신과 함께 '서아프리카 민주라디오'라고 명명되었다. 그것이 발족한 것은 2005년 8월이었다. 라이베리아의 유혈극이 종식되고 얼마 지나지 않았을 때였다. 끝이 없을 것만 같던 라이베리아의 암울한 상황은 아프리카 최초의 여성 대통령이 선출

되면서 완전히 종식되었고, 그 여성 대통령은 2011년에 노벨평화상을 받았다. 엘런 존슨 설리프 같은 지도자가 서아프리카 지도자 세 사람과 함께 '마노 강 지역 국가'라는 공동체를 만들어 대륙의 총괄적인 관리를 위한 설득력 있는 상징적 사업과 주도적인 역할을 할 수 있었던 것은 오래된 전쟁을 종식시킴으로써 나온 자신감 덕분이었다.

그것은 세네갈의 다카르에서 시작되었다. 민주적으로 선출된 네 지도자는 유럽인들과 아프리카인들이 편리할 때마다 늘, 역사적으로도 그렇고 기질상 민주적인 통치 방식에 적합하지 않다고 단정했던 대륙에 민주주의를 영구히 확립시키기로 결의했다. 불행히도 새로 선출된 라이베리아 대통령은 마지막 순간에 참석할 수 없게 되었다. 하지만 그녀는 특사를 보내 메시지를 전달했다. 메시지는 가벼운 어조였지만, 그 일에 참여하는 다른 나라들뿐 아니라 주최국 세네갈에게도 도전이며 아프리카가 직면하고 있는 문제라는 사실을 잘 요약하고 있었다.

라디오 방송국은 여러 해 전에 생각했던 것이었다. 방송국의 본거지는 라이베리아의 수도 몬로비아였어야 했다. 그런데 내전 탓에 그 꿈이 실현되지 못했다. 존슨 설리프 대통령은 메시지에서 방송국이 라이베리아에 세워지지 못한 것이 유감스럽다고 하면서, 만약 세네갈 정부가 민주적인 목소리가 세네갈 땅에 있는 것에 싫증을 낼 경우 라이베리아가 애초에 예정된 바대로 방송국을 받아들일 용의가 있다고 가볍게 농담을 던졌다. 동료들을 놀리는 가벼운 형식이었지만, 그 메시지는 모든 참석자들을 위한 진정한 전환점을 의미했다. 그것은 대륙의 미래에 대한 낙관이자 상징이며 징조였다.

그 모임에 참석한 몇몇 사람을 비난한 것은 다른 사건에 대한 기억들, 즉 마노 강 유역 협력과는 정반대로 르완다식 통신 시설이 보여 준 것 같은 사건에 대한 기억들 때문이었음에 틀림없다. 정반대 편에 서 있는 '르완다 밀 콜린스 라디오 방송'은 1백만 명 중 4분의 3에 해당하는 사람들을 3주 만에 잔혹하게 학살하는 과정에 효율성을 발휘했다. 그처럼 우울한 기억들도 있고 또 아프리카 대륙 곳곳에서 벌어지는 괴로운 소식이 연이어 보도되는 상황에서, 마노 행사는 기분 좋은 징조였다. 그런데 과거의 중독성을 제거하고 네 지도자 사이의 협력이 중요하다는 것을 확인하려는 것처럼, 라이베리아의 학살자이며 나중에는 대통령까지 지낸 군벌 찰스 테일러(1948~   )가 체포되었다는 소식이 들려왔다. 테일러가 반인류 범죄를 저지른 혐의로 재판을 받기 위해 헤이그로 송환되면서, 서아프리카의 소구역 사람들은 이것이 악몽의 끝이고 지도자들에 대한 관용의 끝이며 다른 지도자들에게도 억제력을 행사하는 계기가 되었으면 하는 희망을 품었다.

그랬을까? 결국 테일러가 체포된 것은 전임자인 새뮤얼 도우(1951~1990)가 아이의 오줌을 먹다가 실제로 토막이 나서 죽은 비참하고 가학적인 결말이라는 교훈이 있었던 후에 일어난 일이었다. 그 사건이 찰스 테일러에게는 교훈이 되지 못한 것 같았다. 전쟁에 신물이 난 민주적인 사다리의 허약한 가로장 위에서 권좌에 오르고 나서도 마찬가지였다. 테일러의 통치는 일상적인 잔혹함 이상으로 나아갔다. 그가 권좌에 오르는 길은 피로 범벅이 되어 있어서 그의 정적들은 테일러의 통치를 오랫동안 묵인할 수 없었다. 테일러의 '충직한 부하들'에게 희생당한 사람들에 대한 집단 기억은 그가 권좌를 차지하고 있는 상황 자체가 정치적 합법성을 조롱하는 것으로 받아들였다.

그렇다면 코트디부아르(아이보리코스트, 상아해안)는 어떠한가? 2002년에 벌어진 코트디부아르의 때 이른 붕괴는 예상치 못한 일이었을까? 물론 그렇지 않다! 충분히 예상했던 일이다! 참석자들이 밀레니엄위원회를 위해 아비장에 모였을 때, 비록 표면 아래에서 끓고 있는 불만에 대해 전혀 모르고 있었다 할지라도, 일단 코트디부아르 땅에 발을 들여놓은 이상 미래 지향적인 회의가 과거의 가마솥 속으로 빠져 버렸다는 사실을 깨닫는 데는 그리 오랜 시간이 걸리지 않았다. 이른바 코트디부아르의 민주주의는 가짜였다. 펠릭스 우푸에부아니가 권좌에 있던 수십 년 동안 그 나라는 건설적인 발전과 안정된 민주주의의 귀감이라고 칭송을 받았지만, 그것은 가부장적인 일당독재에 지나지 않았다. 정권의 정치적인 성공은 배제의 원칙에 기반을 둔 것이었다. 그들은 겉으로는 해롭지 않아 보이는 '아이보리인'이라는 명분을 내세웠다. 외부인들이 '아이보리인'이라는 구호를 민족주의의 표현이라고 생각하는 것, 예를 들어 프랑스인이 아니라 아이보리인을 위한, 아이보리인에 의한 코트디부아르를 주장한다고 생각하는 것은 용서받을 수 있을지 모른다. 하지만 아이보리인들은 그 실상을 잘 알고 있었다.

코트디부아르의 부와 성공적인 자립은 이른바 외국인들의 노동을 바탕으로 이룩된 것이었다. 그런데 이 '외국인들'이 이웃 국가 출신의 동료 서아프리카인들이었다는 사실에 주목할 필요가 있다. 대부분은 (과거 오트볼타공화국이던) 부르키나파소 출신이었다. 다수의 '이민자들'은 코트디부아르에서 수세대에 걸쳐 살아오면서 총리직을 포함하여 공직과 정치 분야의 고위직에 있었으며, 아이보리 여권을 가지고 다녔고 다른 나라에 관해 알지도 못하고 다른 나라의 시민권을 주장하지도 않았다. 하지만 그들은 편리하게도 순전히 선거인단 숫자 때문에 자신들의 땀으로 경제적인 명성을 얻은 나라에서 목소리를 낼 수 없게 되었다. 이것은 언젠가 끓어 넘칠 수밖에 없었다. 실제로 그리 되었다! 서아프리카 소지역의 회원국들은 코트디부아르에서 그런 사태가 일어난 것을 특히 괴로워했다. 그들의 협력으로 두 회원국인 라이베리아와 시에라리온이 안정을 되찾기 시작했기에 더욱 그랬다. 두 나라 사이에 벌어진 살인적인 갈등 탓에 수많은 사람들이 죽고 자원이

고갈되어 갔다. 소년병으로서 온갖 잔혹 행위를 저지르며 성장한 젊은 세대의 윤리적 파멸은 말할 것도 없었다. 만약 그 아이들이 나이가 더 많았다면 잔혹 행위를 저지른 반인류 범죄 혐의로 국제법정에 서게 되었을 것이다.

우리는 아프리카 대륙을 지구적인 맥락에서 살펴볼 수 있어야 한다. 또 배타성이라는 문제가 아프리카 대륙만의 것이 아니라는 사실에 주목할 필요가 있다. 유럽, 아메리카, 아시아, 중동, 그리고 남반구의 오스트레일리아에 이르기까지 그러한 불행으로 가득 차 있다. 탈레반의 폭력을 피해 배를 타고 건너온 난민들이 해안에 상륙하지 못하도록 오스트레일리아가 해군을 동원해 막았던 일을 어찌 잊을 수 있을까. 극단적인 국가주의가 기승을 부리며 확대되고 있다. 그것은 종종, 그들의 진짜 목적인 배제를 명시하지 않는 법률적인 형식주의로 가장하지도 않고 노골적인 외국인혐오로 이어지고 있다. 이것은 세계를 휩쓸고 있는 것처럼 보이는 '우리냐 그들이냐'의 정신 구조가 줄어드는 게 아니라 확대되고 있다는 증거다. 이런 상황은 곧 잔혹하고 지속적인 다양한 전쟁으로 이어졌다. 그중에서 가장 악명 높은 전쟁은 오래된 저강도 전쟁이지만 잔인한 아일랜드 내전이었다. 이 전쟁은 2009년까지도 불미스러운 폭력이 상습적으로 벌어졌지만, 마침내 진정 국면에 들어선 것처럼 보인다. 살인 발생 지역에서 최종적인 무장해제가 아프리카 정치인 시릴 라마포사의 감독 아래 진행되었다. 윌씬 더 잔혹하고 배타적인 사건은 보스니아-헤르체고비나의 인종 청소였다. 결국 나토(북대서양조약기구)가 무력으로 그 전쟁에 개입할 수밖에 없었다. 이런 전쟁들은 억압과 자원 경쟁의 역사와 관련이 있는 것이겠지만, 그럼에도 그 뿌리는 사람들 사이에 존재하는 편협한 배타주의였다. 아프리카도 예외가 아니다.

20세기까지 계속되었고 라이베리아, 코트디부아르, 콩고, 르완다에서처럼 21세기까지 이어진 배타주의와 관련된 갈등의 역사를 보노라면, 아프리카 대륙에 부단한 관심을 갖고 절박한 대책을 수립할 필요가 있다는 생각을 하지 않을 수 없다. 뒤늦게야 그랬지만, 보스니아 전쟁이 근대 유럽에 대한 도전으로 인식되었듯이 말이다. 이러한 점에서 코트디부아르는 우울한 사례라고 할 수 있다. 코트디부아르는 북쪽의 이슬람권과 남쪽의 기독교권 사이의 분열이라는 복잡한 상황과 맞물려 르네상스의 꿈을 거듭 거부해 왔다. 이것은 아프리카식 국가의 기본적 결함을 잘 보여 주면서, 그 약점을 보완하기 위해 민주적인 공정성을 엄격하게 지켜 나가야 할 필요성을 제기한다.

아프리카에는 배타주의와 맞물린 또 다른 걱정거리가 있다. 바로 국경 문제다. 국경은 배타성을 의미한다. 대륙에서 미래에 발생하게 되어 있는 갈등의 오염된 씨앗이 1884년의 악명 높은 베를린회의에서 뿌려졌다는 것은 부정할 수 없는 사실이다. 그 회의에서 유럽 열강은 수많은 문화와 식민지 이전의 무역 방식, 발전의 전통을 갖고 있던 아프리카 대륙을 자기들끼리 나눠 가지기로 했다. 아프리카의 역사와 언어, 경제적 연합 문제는 안중에도 없었다. 아프리카 지도자들이 지금껏 조직적인 방식으로 해결하는 데 실패했던 과제가 바로 이것이다. 아프리카를 누비이불처럼 만든 행위의 결과는 무엇인가? 물론 이 문제에 대한 답은 아프리카 지도자들에게 아주 특별한 용기, 곧 도덕적이고 자기희생적인 용기가 필요하다는 것이다. 필요하다면 권력과 통치를 나눌 생각이 있어야 한다. 아프리카는 결코 스스로 국가의 경계선을 설정한 적이 없다. 그 경계선은 굴욕적이게도 외부인들이 그어 놓은 것이다. 대륙 안에서 벌어지는 살인적인 갈등의 기원이 대륙의 역사에서 경계선을 그은 사실에 있다는 점을 부정하는 게 과연 가능한 일일까? 만약 조금이라도 그 가능성이 존재한다면, 콩고와 수단, 에티오피아 같은 나라에서 현재의 갈등이 없어지면, 현재로서는 '부정하고 있는' 다른 갈등, 대륙한테는 훨씬 더 비극적인 갈등들이 생길 거라는 우려는 너무 지나친 비약일까?

국가는 그저 지도에 다양한 색깔로 표시된 조각이 아니다. 국가는 내적인 논리와 역사적 일관성, 그리고 모순을 해결하는 발전된 전통에 대한 응답이다. 우리는 제국주의 열강들, 주로 이탈리아와 영국이 들어오기 오래전의 에리트레아와 에티오피아 역사에 관해 알고 있다. 우리는 오늘날의 라이베리아가 어떻게 만들어졌는지 알고 있다. 당시의 상황은 국제정치, 무역, 세계화 경향을 띤 지금의 현실과는 너무도 달랐다. 우리가 제기하지 않는 어려운 질문은 이런 것이다. 현재와 같은 상황에서 아프리카 대륙에 있는 국가라는 개념이 여전히 쓸모가 있을까? 그것을 다시 점검할 근거가 있을까?

이런 질문이 제기되면, 질문에 대한 답이 질문에 암시되어 있다고 생각하는 경향이 있다. 즉, 식민주의 이전에 있었던 초보적인 국가 형태로 돌아가고 안 돌아가고 여부는 차치하고라도 현재의 국가 개념을 해체한다는 생각이 그 질문에 암시되어 있다고 생각한다. 나한테는 늘 그런 반응이 불필요하게 부정적인 전제조건으로 다가왔다. 어째서 그와 정반대되는 생각은 하지 못하는 걸까? 현존하는 국가들을 통합하겠다는 생각은 왜 하지 못하는 걸까? 이런 질문에 대해, 과거에 시도해 보았지만 성공하지 못했다고 답할 수도 있다. 가나, 기니, 말리연방 또는 이집트와 리비아의 강제적인 연합은 결코 성공을 거두지 못했다. 하지만 1960년대에 그런 계획이 실패로 돌아갔다는 사실이, 사회경제적 현실이 엄청나게 변화한 21세기의 상황에서도 실패할 것이라는 의미는 아니지 않은가.

우리는 마찬가지 이유, 즉 그러한 변화 때문에 국경의 문제를 그렇게 다시 생각해 보는 일도 결국 실패로 끝날 수 있다는 점을 인정해야 한다. 따라서 분명한 것은 아무리 이론적인 의미에서이긴 하지만 그러한 생각을 하게 되는 것은 수단에서 발생한 것과 같은 현재의 몇몇 내전이 사람들의 정치적 의지와 자기주도에서 비롯된 것이 아니라 그들에게 강요된 합병에 주된 원인이 있기 때문이다. 내부적인 불안정이 그러한 강요 때문에 발생한 게 분명한 곳에서는 상식적으로, 적어도 그러한 합병의 근거를 재검토해서 사람들이 자유롭게 행동하려면 그들의 의지가 정확히 어디에 있는지 파악할 필요가 있다. 진정 국면에 들어서자마자 새로이 재개되는 에티오피아와 에리트레아 사이의 전쟁은 아프리카 지도자들과 전 세계의 국가들이 신성불가침이라고 생각하는 국경선의 기능에 해결되지 않은 문제가 있다는 증거이다. 난민들이 아프리카 국가들의 경제에 끼치는 영향은 더 이상 무시될 수가 없다. 내부적으로 가장 안정된 국가의 경우에도 마찬가지다. 난민 문제는 20세기의 마지막 10년에 해당하는 격변기에 통제할 수 없을 정도가 되었다. 지금 아프리카 대륙은 다르푸르 때문에 르완다 제노사이드 이래로 유례가 없는 엄청난 도전에 직면해 있다. 게다가 남수단에서는 30년 동안이나 전쟁이 이어지고 있다. 이 전쟁은 정치적 연합에서 국경선이 우선인지 여부를 훨씬 더 강력하게 의문시하고 있다. 이런 것들이 국경선 문제를 다시 생각해 볼 필요성을 제기한다.

만약 이러한 작업이 이루어진다면 그 과정에서 뜻밖의 성과를 얻을 수 있다. 그것은 부수적으로 배타성의 문제를 재점검하는 계기가 될 것이다. 아프리카 지도자들은 제국주의 열강들이 인위적으로 만든 국가에 포함시키거나 배제한 것을 생각해 보며, 그 이유를 묻게 될 수 있다. 왜 현재의 국가에서 어떤 민족은 포함되고 또 어떤 민족은 포함되지 않은 걸까? 그 상황과 관련된 대답은 우리의 관심사가 아니다. 추장과 맺은 조약, 다른 국가보다 약간 일찍 온 탐험대, 혹은 제국의 깃발을 꽂은 일 따위는 우리의 관심사가 아니다. 우리의 문제와 관련하여 더 중요한 것은 다른 사람들의 땅과 자원을 그렇게 자기 것으로 만드는 과정에 공통되는 하나의 요인, 즉 이기심이다.

아프리카의 이기심? 그런데 현재의 국경선을 강화하고 방어하고 지나치게 신성한 것으로 여겨, 일상적으로 수많은 사람들을 죽이고 수백 만 명을 불구로 만들어 살 수 없게 만들고 대인지뢰를 수없이 묻어 거대한 부지의 농장을 못 쓰게 만드는 것이 대륙에 거주하는 사람들의 이익에 정말로 부합될까? 전에는 듣도 보도 못한 병이 이제는 다반사가 되었다. 에이즈는 놀라운 속도로 확산되고 있다. 그러면서 마을에 성인들이 없어졌다. 전쟁의 개들은 분쟁 지역을 넘어 평화롭게 살고 있는 이웃 나라에까지 바이러스를 퍼뜨리고 있다. 젊은이들은 순수함과 인간성을 강탈당하고, 대륙은 소년병들의 타락한 운동장이 되어 가고 있다. 간단히 말해, 국경선과 국가라는 환상에 그런 대가를 치러야 할 가치가 있는가? 대륙에 거주하는 사람들의 이익과 관련해 어떤 것들이 우선순위에 놓여야 하는가? 이방인들은 아프리카인들을 망치려고 싸웠고 지금도 직간접적으로 대리인들을 통해 싸우고 있다. 그런데 슬프게도 대리인들이 아프리카인들이어서, 그들의 지도자들이 공략 대상이 되고 있다. 이러한 대리인들의 특성은 무엇일까? 무엇이 그들을 처음에는 이용할 가치가 있게 만들고, 더 이상 쓸모없게 되면 다른 사람으로 쉬이 대체하게 하는 걸까?

무엇보다 권력의 꿀단지 때문이다. 로베르 게이(1941~2002) 장군의 경우가 좋은 예다. 그는 1999년 코트디부아르의 위기 상황에서 중재자로 부름을 받았지만, 독재의 야심 때문에 선거를 조작하는 쪽으로 돌아섰다. 보통 이것에 관한 얘기는 많이 하지 않지만, 자신을 과시하기 위해서 정해진 테두리의 영토를 필요로 하는 권력욕이 흔히 인종적 또는 종교적이라고 생각하는 갈등의 근본 원인이다. 그러한 갈등은 정치적인 패권에 대한 근본적인 강박관념, 그리고 당연한 얘기지만 될 수 있으면 다른 사람들을 배제하고 나라의 자원을 통제하려는 근본적인 강박관념에 뿌리를 두고 있다. 그것은 경쟁자들이 주저 없이 순진한 사람과 계산적인 사람들을 똑같이 조종하여 자신들의 행렬 속으로 끌어들이고 전제 자체가 잘못된 감정적인 문제를 자극하면서, 인종적이거나 종교적인 색채를 띠게 된다.

설상가상으로, 외국 열강과 초국적 기업들은 독재정권과 상대하기를 좋아한다. 기관을 통한 감독이 느슨해서 계약이 훨씬 더 빨리 진행되기 때문이다. 외국인들이 "원주민들의 질서를 바로잡는" 데 도움을 주는 것은 독재자의 이익과 맞아떨어진다. 그러는 동안 나라의 부는 빨려 나가고 땅은 광산 개발로 퇴화되고 석유에서 끊임없이 나오는 가스 불빛이 동물의 생태계와 환경을 파괴한다. 예로부터 물고기를 잡아 오던 웅덩이는 오염되고 새들은 죽어서 땅바닥에 떨어진다. 나아가 중독과 폐 질환이 사람들의 활력을 고갈시킨다. 이렇게 해서 아프리카의 허구적인 과거에 대한 의존을 통해서 폭력적인 정권 탈취와 민주주의를 흉내 내는 일당 독재가 합리화된다. 그들은 민주주의가 아프리카의 전통과는 어울리지 않는다고 거짓말을 지껄인다. 그래서 아프리카 대륙을 근대 세계의 주된 흐름에 합류시키려면 '강력한 인물'이 필요하다는 신화가 만들어지고, 그것은 통상 사절이 떠받드는 복음이 된다. 이런 상황에서 민주주의 신봉자들은 이단자이자 변절자로 매도되고 만다.

오늘날 무모하고 때로는 분별없는 냉전의 편가르기를 벗어난 것처럼 보이지만, 우리는 아프리카가 처한 곤경에서 이데올로기의 역할을 무시하거나 과소평가해서는 안 된다. 냉전에 따른 이데올로기 싸움이 계속될 때, 아프리카는 공산주의와 자본주의 이데올로기의 손에 놀아나는 존재였다. 더 정확히 말하면, 이 이데올로기나 저 이데올로기의 깃발을 든 블록 사이에서 놀아나는 존재였다. 지난 세기의 60년대, 70년대, 80년대가 그랬다. 이데올로기는 추상적인 것이 되었고, 대륙의 최고 지성들까지 좌익 이데올로기 이론가들로 끌어들였던 엘리트 지대가 되었다. 그건 이해할 만했다. 하지만 그런 상황은 그들의 창조적인 에너지를 외국의 이익을 위해 탕진하는 것으로 이어졌다. 외국은 그들이 이데올로기적인 가치를 확산시키고자 하는 사회의 물질적 조건에는 관심이 없었다. 또한 지식인들은 조야한 권력의 의제를 급진적·진보적 또는 종교적 이데올로기의 권위 밑에 숨기고 있던 지도자들의 손에 놀아났다.

이를테면 배냉공화국의 마티유 케레쿠(1933~2015)가 그랬다. 그는 어느 날 아침 불쑥 자기 나라를 마르크시스트 국가라고 선언했다. 이게 그가 마르크스주의를 이해하는 정도였다. 또 잠비아의 프레더릭 칠루바(1943~2011)가 그랬다. 그는 전날 밤 무엇을 잘못 먹었는지, 잠비아가 기독교 국가라고 선언했다. 나이지리아의 잠파라 주지사 아메드 예리마(1960~)도 다를 바 없었다. 그는 잠파라 주가 이슬람 주이며 따라서 앞으로 이슬람법에 따라 통치하겠다고 선언했다. 그가 무슨 계시를 받았는지 어쨌는지는 알 수 없으나, 이것은 그가 소아성애자로 밝혀지기 오래전 일이었다. 이 사람들에게 통치의 공간은 골프장이나 카지노와 다를 바 없는 놀이터일 따름이다.

그런 사람들과 그들을 외부에서 통제하는 자들에게 아프리카가 중요한 것은 틀림없다. 그러나 하나같이 잘못된 이유에서 그러하다. 그들이 수백 만 명의 삶을 갖고 장난을 치는 동안, 세속적이든 신정주의적이든 아프리카 사회를 위한 통치와 경제적 책임에 대한 이질적인 처방들로부터의 일탈은 삶과 죽음의 범죄가 되고, 사회는 이데올로기적인 순수주의의 온갖 그늘 아래에서 휘청거렸다. 이것에 대해서는 기니공화국 세쿠 투레(1922~1984)의 사례를 생각해 보면 쉽게 알 수 있다. 그는 한때는 존경받던 혁명가이자 범아프리카주의자였다. 하지만 그의 악명 높은 고문실을 떠올려 보라. 이에 비하면 카메룬의 아마두 아히조(1924~1989)가 만든 고문실과 수용소는 보이스카우트의 가학주의에 더 가까워 보였다. 세쿠 투레가 설득의 수단으로 대단히 좋아했던 것은 악마 같은 전기 상자였다. 상당수의 열정적이고 충실한 진보주의자들은 그런 전기 상자가 존재한다는 얘기가 발전을 가로막는 적인 서양 제국주의자들의 날조라며 부정해 왔다. 하지만 투레가 죽은 뒤에 그 증거가 드러났다. 그는 급진적인 범아프리카주의와 마르크스주의 신학을 무자비하게 적용하는 과정에서, 아프리카통일기구(OAU)의 초대 사무총장이었던 디알로 텔리(1925~1977, 기니)한테도 관용을 베풀지 않아 감옥에서 비참한 죽음을 당하게 만들었다.

물론 배제의 유형도 다양하고 정책을 집행하는 방법도 가지가지다. 어떤 경우는 서아프리카 국가와 다른 나라의 시민을 명목상으로 구분하는 것 이상으로 노골적이다. 2009년에는 배제 정책이 케냐 역사에서 가장 잔인한 인종 폭동으로 이어지기도 했다. 한쪽에는 루오족이 있었고 다른 쪽에는 기쿠유족과 거기에 속한 부족이 있었다. 이 폭동은 그렇지 않아도 르완다 대학살로 무감각해지고 굳어져 있던 아프리카 사람들의 감성을 더욱 마비시켰다.

그래서 때때로 인종적인 분류가 문제다. 정체성, 곧 인종 정체성 문제를 객관화하는 데 실패한 것은 전적으로 이데올로기적인 태도의 결과였다. 그것은 적어도 특정한 형태의 갈등이 중단되지 않게 만든 회피와 지도자들의 침묵으로 이어졌다. 그래서다. 아프리카 해방의 최전선에 서 있던 몽상가들은 반제국주의와 탈식민화로 얽혀 있는 계급 갈등 문제가 해결되면 정체성의 문제는 지구상에서, 특히 아프리카에서 사라질 것이라고 생각하고 싶어 했다. 그것은 1960~1970년대에 미국에서 흑인 인권 투쟁이 진행될 때도 있었던 일이다. 아프리카계 미국인 국가주의자들을 생각해 보라. 그들은 마르크스주의와 흑인 국가주의를 갖고 불장난을 했다. 그들이 운동의 후반기에, 인종은 20세기의 문제로서 W. E. B. 듀보이스와 함께 사라진 예언이 아니라고 주장했을 때, 그들은 '인종에 무지한' 몽상가라고 욕을 먹었다. 그들은 수정주의자이고 소시민이고 원시주의자이며 심지어 인종차별주의자라는 비난까지 받았다. 남아프리카공화국의 집권당인 아프리카민족회의(ANC)도 마찬가지였다. 그들은 끔찍한 아파르트헤이트 이데올로기와 반대되는, 계급이 없고 인종차별이 없는 사회를 만들고 싶어 했다. 그래서 반인간적인 이데올로기로부터 완전히 결별하고 인종 문제는 거론하지 않으려고 했다.

하지만 결과적으로 그 문제는 지금도 여전히 우리와 함께 남아 있다. 내가 여기에서 '무지개 나라'를 만들겠다는 고귀한 이상주의를 부정하거나 폄하하고자 하는 건 아니다. 아니, 그와는 정반대다. 다만 결과적으로 보면, 그들이 인종과 관련된 갈등에 관해서는 비도덕적 침묵을 지킨다는 점을 지적하고자 함이다. 선구적인 진보 인사들이 인종적인 경험이 있는 남아프리카공화국 안에서조차 수단 정부의 인종 정책에 대해 침묵을 지키거나 변명하는 이유를 이해하고 설명하는 것은 어려운 일이다. 그 결과가 어떠한가? 그들은 인종을 초월했다고 생각했던 탓에 '계몽적'이고 '진보적'이고 '급진적'인 신념으로 행하는 어떠한 투쟁에서도 인종이 하나의 요인일 수 있다는 것을 하나 마나 한 말로 부정해 왔다. 그래서 노골적으로 인종차별적인 정권들에서마저 내부 통치에서 그런 문제가 분출되면 그것을 치명적인 요인이라고 객관적으로 받아들이는 것이 어렵게 된다(이 문제는 4장에서 더 논의하도록 하자). 그러나 그 결과가 아프리카 대륙의 얼굴을 응시하고 있다. 그 결과는 수단 내의 광활한 영역에서 벌어진 인종청소요, 번성하는 공동체들을 고향에서 추방한 일이다. 수백만 명이 그렇게 당했다. 나는 지금 대학살과 강간에 관해 얘기하고 있다. 말하자면, 역사와 내부적인 통치 분류에 따른 인종에 의해 그리고 증거에 의해 확인된 사람들의 비인간화에 대해 얘기하고 있는 것이다. 물론 우리는 그러한 상황이 발생한 이유를 놓고 이런저런 토론을 하며 본질을 회피할 수도 있다. 우리는 이미 그 주된 이유가 자연자원의 발견, 특히 석유의 발견이라는 사실을 알고 있다. 그러나 그것은 사람의 지성을 거세해 버리고 해결을 위한 선택권을 제한하며, 결정적인 기반이나 유력한 요인인 정체성의 문제를 무시한다. 집단 폭력에 내몰린 사람들은 명백히 아프리카 흑인들이다. 그 땅에 대대로 살아온 원주민인 흑인들이다. 노예적인 관계로 인해 아랍 지배계층의 눈에는 인간 이하의 존재로 보이는 흑인들이다.

아프리카 대륙이 진정으로, 세계의 주류에 합류하기 위해 노력하는 과정에서 역사를 호도하거나 고통스러운 교훈들을 떨쳐내는 사치를 부릴 여유가 있을까? 특히 '진보적이고' '급진적인' 긍정의 사치를 부릴 여유가 있을까? 만약 아프리카인들의 역사가 아무런 의미가 없다면, 존립에 관한 대륙의 현재 주장은 가짜이고 그 누구에게도 중요하지 않다.

다행히 아프리카는 이런저런 정치를 종합한 것보다 훨씬 더 거대하다. 가장 진보적인 의미에서도 그렇다. 절망스러워하기 전에 주목할 것은, "늘 뭔가 새로운 것이 있다"는 얘기를 들어 온 대륙이 사실, 역사를 갖고 있으며 인간의 창조성에 대한 우리의 생각을 확장시킬 뿐 아니라 인간의 삶과 목적에 대한 온갖 수수께끼들을 밝혀 주는 경이로움의 역사와 현재를 갖고 있다는 사실이다. 아프리카 시인들과 작가들이 설파한 인본주의는 대부분 잘 알려져 있지 않지만 엄연한 현실이다. 누구보다도 시인이자 정치가였던 레오폴 세다르 상고르(1906~2001)가 그런 인본주의를 고취한 사람이다. 상고르는 이 사상을 흑인성을 강조하는 네그리튀드 운동의 기초로 삼았다. 그러나 그것은 인종 분리를 넘어 인본주의적인 가치들의 통합으로 나아가자는 생각이었다. 그것은 아프리카의 자존감을 부정하기 위한 동양과 서양, 이슬람과 기독교의 우상파괴적인 공모(그리고 적대관계)가 있기 오래전부터 그러한 가치들이 내재했던 문화들을 더 깊이 탐구하고 창조적으로 활용하도록 격려했다. 아프리카의 현존을 위한 상고르의 의제는 간단했다.

우리 흑인들이 지금 당면하고 있는 문제는, 어떻게 우리가 아프리카 흑인의 가치들을 1959년의 세계 속으로 통합시킬지를 찾아내는 것입니다. 과거를 부활시키는 문제도 아니고 아프리카 흑인 박물관 안에 사는 문제도 아닙니다. 그것은 과거의 가치들을 갖고 지금 여기에서 세계를 활기차게 만드는 것입니다.

－ 제2차 아프리카작가예술가회의(1959년)

상고르의 생각에서 핵심을 차지하고 있던 것은 아프리카의 영적 세계에 깊이 자리 잡고 있는 아프리카적인 인본주의의 미개발 자원이다. 그것은 데스몬드 투투(1931~) 주교처럼 다양한 직업을 가진 권위 있는 사람들이 공유하는 생각이다. 이런저런 이름으로 불리는데, 투투 주교는 그것을 남아프리카어로 '인간성 묶음'이라는 의미의 '우분투(ubuntu)'라고 부른다. 대륙은 내면적으로 탐색을 계속하다가, 늘 포착하기 어려운 본질로 남아 있는 것을 명백한 것으로 만들기 위해 밖으로 확장을 했다. 그것이 어쩌면, 자꾸만 물러나는 지평선 위에 감질나게 어른거리는 '르네상스'의 열쇠를 쥐고 있을지도 모르는 일이었다. 그러한 본질은 세계의 무관심에 무관심한 아프리카가 스스로한테 중요하다는 것을 보증할 수 있을지 모른다. 그것은 칭찬받을 만한 것이면서 동시에 보편적으로 적용될 수 있는 것이기 때문이다.

그것이 본거지에서 절대적으로 필요할 때, 상징이나 본질을 수출한다는 것이 때로는 대륙에서 작동하는 에수(Esu, 모순들로 가득한 요루바 신)나 그리스 신화에 나오는 탄탈로스의 의제처럼 보일 수도 있다. 그러나 '보편적인 문명'의 복음을 전파하는 사제인 상고르가 무의식적이고 예언적인 명령을 완수하는 것에는 조상의 화려함이 있다. 상고르는 서아프리카의 전통 이야기꾼 '그리오'(Griot)였다. 그는 서구의 분리주의와 그 번뜩이는 불모성의 연대기를 말해 주는 도시에 있는 쇠기둥들과 짙은 유리들을 곁눈질로 보면서, 마틴 루서 킹 목사의 "나에게는 꿈이 있어요" 연설과 서정적인 음조에서만 다를 뿐인 충고를 했다. 상고르는 자신의 충고가 현실이 될 것이라고는 꿈도 꾸지 못했다. 시사적으로도 그렇고 중요성에 있어서도 정말로 절묘하게, 미국에서는 아프리카 후손이 권좌에 올랐다. 상고르는 이렇게 말했다.

뉴욕이여, 뉴욕이여! 검은 피가 당신의 혈관 속으로 흘러들게 해서, 생명의 기름처럼 당신의 녹슨 관절에서 녹을 벗겨 내게 하시오!

그러나 잠시 멈추고 이 질문을 생각해 볼 때가 되었다. 아프리카는 무엇일까? 이 용어는 어떤 것으로 구성될까? 나이지리아 정치인이 영국의 식민지였던 조국을 두고 말한 것처럼, 단순히 지리적인 표현일까? 간단히 말해, 자신을 아프리카인으로 생각하고 일컫는 사람들이 살고 있는 거주지일까? 특정한 피와 머리칼과 얼굴을 가진, '흑인'이라고 대충 정의할 수 있는 인종의 고향일까? 200년이 넘게 강제로 노동력을 공급한 약탈의 땅일까? 물론 많은 사람들에게 이런 문제는 존재하지 않는다. 그들에게 아프리카는 바다의 문제다. 곧 서쪽으로는 대서양, 동쪽으로는 인도양, 북쪽으로는 지중해가 있는 대륙이다. 그러나 그 광활한 대지에는 스스로를 아랍인이라 생각하고 역사적·문화적·정치적·종교적으로 아랍 세계라고 알려진 집단과 자신을 동일시하고, 스스로를 아프리카인이라 일컫는 사람들을 다른 인종에 속한다고 생각하는 사람들이 살고 있다.

그러나 이러한 정확성의 결여나 다양한 정의들은 쫓겨난 세대들이 수백 년이 넘게 조상의 땅이라고 생각하던 곳을 정서적·문화적·실제적으로 동일시하는 걸 막지 못했다(어쩌면 그렇게 하도록 장려했는지도 모른다). 그들은 수백 년에 걸친 부재와 대륙과의 아주 미미한 고리(또는 고리의 부재)에도 불구하고, 동일시를 넘어 형식적인 인식의 전략을 택하기까지 했다. 고향에서 쫓겨난 수백만 명의 아프리카 사람들이 살고 있는 미국이라는 나라에서 '아프리카인' 또는 '흑인'이 대통령 자리에 오르는 사건이 발생했다. 이 사건은 그럴 가능성이 거의 없던 곳, 즉 지금까지는 통합된 국가(탈인종적)의 정체성이 당연시되던 곳에서 인종적·국가적 정체성을 주장하는 사례가 늘어나는 데 기여했다. 이것이 인종적 차이의 인식을 버리거나 약화시키는 낙관적 생각을 불러일으키지는 않는다. 만약 당신이 다른 사람들과 동질적인 정체성이라고 지금까지 일반적으로 받아들여진 것을 반박하고 스스로를 분명하고 개별적인 존재라고 주장하면, 당신은 새롭고 분명한 자기 인식의 축을 이미 만들고 있는 것이다. 수단을 예로 들어 설명할 수 있겠지만, 우리는 인종차별의 언어가 특정한 시민 집단에 대한 이 시대의 가장 잔인한 내적 억압 가운데 하나를 태동시킨 정부 주도의 고립 정책과 일상적인 병적인 상태로 악명이 높은 수단까지 갈 필요까지도 없다. 그러니 더 온화한 이라크를 예로 드는 게 좋겠다. '온화한'이라는 말을 이라크를 두고 쓰니까 불경스럽게 들리겠지만, 여기서 말하는 것은 아주 최근의 평화로운 현상과 관련된 것이다.

지금도 대부분 그렇지만, 전 세계가 알고 있는 이라크 사람들은 시아족, 수니족, 쿠르드족으로 구성되어 있었다. 그런데 갑자기 아프리카계 이라크인들이 존재할 뿐 아니라 그들이 아프리카 소수민족으로 분명히 지칭되고 있다는 소식이 알려졌다. 물론 역사를 공부하는 학생들은 이 문제에 대해 훨씬 더 오랫동안 알고 있었다. 그들은 소금 광산에서 일하던 반역적인 아프리카 노예들이 9세기에 유프라테스 강의 넓은 유역을 차지한 채 독자적인 영역을 구축하고 15년이 넘게 그들을 다시 정복하려는 시도들에 저항했다고 배웠다. 말하자면, 초창기의 흑인 노예 반란과 자율 통치는 미국이나 서인도제도보다 100년 앞서 있었던 일이다. 그중에서 아이티 혁명이 가장 잘 알려져 있다. 노예를 부리던 강력한 유럽 국가인 프랑스의 군대를 물리치고 흑인 공화국을 세우는 결과로 이어졌기 때문이다.

인종과 정체성의 메타포를 가장 적절히 활용한 랠프 엘리슨의 고전《보이지 않는 인간》(The Invisible Man)은 이라크를 무대로, 또는 모로코에서 이란까지 북아프리카와 중동 국가들을 배경으로 삼을 수 있었을 것이다. 어쩌면 그 쪽이 훨씬 더 극적이었을지 모른다. 역사가들과 문화사회학은 아프리카의 과거와 현재에 관한 이처럼 잘 알려지지 않은 현실에 무관심으로 일관했다. 이라크 국내에서 아프리카인의 정체성 문제가 궁극적으로 나타난 것은 물론 처음에는 사담 후세인의 몰락과 이라크 전쟁 이후에 나타난 분열 때문이었고, 다음에는 멀리 떨어진 미국이라는 나라의 생각과 시각이 빠르게 변화했기 때문이다(이런 상황은 아프리카 후손을 대통령으로 선출하는 사건으로 이어졌다). 이라크를 처음에 쪼개지게 만든 것은 미국이다. 그렇다면 이런 일들이 세계에는 무슨 의미일까? 목소리가 없던 사람에게 갑자기 목소리가 주어진다는 것은 무슨 의미일까? 보이지 않던 존재가 갑자기 형태와 목소리와 숫자를 갖게 되고 무엇보다도 특정한 가치들 속으로, 세계가 그런 가치들을 조직적으로 부정하고 격하시키고 억눌렀다는 사실 외에는 그것에 대한 의존이 불확실한 가치들 속으로, 자신들을 다시 통합시키려고 하는 것은 무슨 의미일까?

전망이 부정적인 것은 분명하다. 동질화시키려는 의지를 갖고 있는 억압적인 정권들 내의 불안 요소이니까 그렇다. 그러한 정권들한테는 복수(複數)는 붕괴의 서막이고 중앙 통제의 약화니까 용납할 수 없는 것이다. 종교 문제에서 특히 그렇다.

우리의 이야기꾼 레오폴 세다르 상고르가 시를 통해 얘기한 것처럼, 낙관적인 답은 이미 나와 있다. 상고르와 그의 동료 공상가들(에메 세제르, 니콜라스 기엔, 레옹 다마스, 체이크 안타 디오프 등)에게 아프리카는 서쪽으로 유럽과 아메리카 대륙, 동쪽으로는 인도 대륙과 아라비아사막과 유프라테스 강의 역사적인 물줄기로 뻗어 나간 대륙이다. 존재성을 거부당한 아프리카는 세계의 소진된 반죽 속에 있는 잠재적인 효모로서, 아프리카와 나머지 세계 사이의 만남을 그리도 엄청나게 엉망으로 만들어 버린 제국주의 야욕을 행사할 위험이 없는 잠재적인 효모로 고동치고 있다.

"무엇이 아프리카일까?"라는 앞서의 질문은 애초부터 답변할 수 없는 것이었다. 그 질문에 답하는 한 가지 방법은 누가 봐도 부정적인 것이다. 즉 그것은 패권적인 구성도 아니고 그런 걸 지향하지도 않는다. 아프리카의 역사는 전 세계의 경쟁적인 패권 바깥에 위치한다. 어쩌면 바로 이것이 진보적이라 추정되는 일부 역사주의자들이 아프리카가 세계사의 바깥에 위치하고 있다고 언젠가 주장했던 이유일 것이다. 패권적인 기질은 인간적인 시도의 어떤 면에서든 발견되지 않을 것이다. 종교적인 면에서도 그렇고 문화적인 면에서 마찬가지다. 아프리카는 때때로 예술가들의 상상력을 사로잡았을지 모른다. 특히 유럽의 19세기 말과 20세기 초에 그랬다. 그러나 그것은 거기서 끝났다. 아프리카는 그 어떤 패권적인 방식으로 자신의 예술 전통이나 금지를 받아쓰지도 않고 퍼뜨리지도 않고 국가적·세계적 예술가들의 기질이 자기들의 창조적인 성취를 위해 찾던 것을 자신의 보고(寶庫)에서 찾도록 놔뒀다. 이것을 다른 종교와 한번 대조해 보라. 옷을 입는 방식에서도 그랬고 요리하는 방식에서도 마찬가지였다. 이것을 다시, 다른 종교와 비교해 보라. 아프리카 대륙은 이러한 것들이 유럽계 미국인들의 목조르기로부터 아프리카계 미국인들의 심리를 해방시키는 역할을 했음에도 불구하고, 전 세계의 다른 지역에 뭘 강요한 적이 없다. 특히 종교가 그랬다. 노예의 쇠사슬을 차고(이러한 조건은 스스로의 의지에서 나온 것이 아니었다) 자신의 영성을 아메리카 대륙과 서인도제도에 확산시켰음에도 불구하고, 아프리카 종교는 세계를 정복하려고 하지 않았다. 오히려 그들은 과묵했지만 탄력적이라는 사실이 드러났다.

그것은 상고르의 정신적인 형제인 에메 세제르(1913~2008)의 절규에 새로운 해석을 부여한다. 세제르의 네그리튀드 열정은 부정의 서사시로까지 나아가 "아무것도 발명하지 않은 자들이여, 만세!"라고 노래하게 만들었다. 물론 그것은 네그리튀드 운동을 함께하는 동료들한테서조차 비판을 받은 과장법이었다. 그런데 돌아보면, 그리고 특정한 맥락에서 보면, 세제르의 서사시에는 선견지명이 있었던 것인지 모른다. 패권이라는 것이 인간 성취의 영역에서는 지배를 의미하기 때문이다. 이 경우는 패권이 없다는 것이 보상을 받는 사례 가운데 하나일 수 있다. 역사에서 '보이지 않는' 존재여서 지배를 위해 다투는 세계의 경쟁자들에게 아무런 위협이 되지 못했다는 사실이 갑자기 긍정적인 것으로 다가오기 때문이다.

한마디로 아프리카는 정치·기술·무역·종교 면에서 패권적인 위협이 된 적이 없었다. 지리적으로 얘기하면, 사하라사막 북쪽의 아프리카는 침략자와 정복자들을 위한 발판이었을 따름이다. 아프리카의 일부는 그들에게 굴복하여 오랜 주종관계를 형성했다. 지금은 세계를 가장 불안정하게 만드는 요인이 된 종교의 영역에서 보면, 아프리카라는 거대한 대륙은 종교적 패권주의의 개념과는 너무 멀어서 사람들이 사는 광활한 땅이 인간의 영적인 감수성과는 무관한 곳이라고까지 생각되었다. 아프리카 대륙이 최근에 다시 한 번 전통적인 패권주의자들의 싸움터가 되었다는 사실은 놀라운 일이 아니다. 물론 그것은 그들의 종교적 지지자들의 정치나 경제적 추구와 밀접한 관련이 있다.

대륙과 그 자손들의 과거에 대한 솔직한 평가를 기반으로 하는 선택의 특권은 우월주의적 충동의 세계에 속한다. '보이지 않는 상태'란 실체가 없거나 유무형의 가치를 결여하고 있다는 말과 동일하지는 않다. 오늘날 세계는 날카로운 양극화의 세계다. 그것은 보이지 않는 축들을 중심으로 돌아가는 지구 자체와 같다. 관념들의 지배 공간을 향한 이원적인 경쟁의 해결책은 그들로부터 압력을 받고 협력을 강요당하긴 하지만, 그러한 양극화의 바깥에 있는 다른 세계에서만 나올 수 있다. 아직도 밖으로 드러나지 않는 진정한 아프리카성을 구성하는 식민지 이전의 아프리카는 수백 년에 걸친 폭력과 유기적인 생존 전략의 지속적인 파괴를 견뎌 냈다. 세계에 대한 아프리카의 가치는 여전히 개발되지 않은 원천으로 남아 있다. 그런데 과연 무엇을 위한 원천일까? '보이지 않음'에 대한 엘리슨의 우화처럼, 모두가 갖고 싶어 하는 물질적인 자산만이 있는 '보이지 않는' 대륙으로서일까? 아니면 아프리카를 위한 새로운 각축전에 환한 얼굴을 들이밀 끊임없는 자기 변신을 위한 인간화된 자원으로서일까?

하지만 무엇보다도 먼저, 외부 세계는 백내장의 막을 수백 년에 걸쳐 딱딱해지게 만들어 대륙을 제대로 이해하지 못하게 만들었던 자기 탐닉의 전통을 인정해야 한다. '검은 대륙'에 그렇게도 붙이려고 했던 어둠은 사실, 바라보는 자의 눈에 있는 자의적인 백내장에 지나지 않았을 수 있다.

2
헤로도토스의 후예들

아프리카 대륙은 전반적으로 주목받지 못한 하나의 특징을 갖고 있는 것처럼 보인다. 예를 들어 아메리카 대륙이나 오스트레일리아와 인근의 남양군도와 달리, 지금껏 그 누구도 실제로 아프리카를 '발견했다'고 한 적이 없다. 대륙은 전체로도 그렇고 나중에 나타난 근대국가들의 경우에도 미국에서처럼 '콜럼버스 데이'와 비슷한 것을 기념하지도 않는다. 이것은 아프리카 대륙이 스스로 설정한 정체성, 즉 다른 대륙과 아대륙들에게는 주어지지 않는 자생력을 갖고 있다는 의미이다. 아프리카와의 접촉에 관해서술한 역사는 다른 것들과 논박을 하지도 않고 아프리카의 '발견'을 놓고 의견을 수정하지도 않는다. 아프리카라는 이름조차도 진취적인 국가나 열강, 또는 개별적인 모험가와 아무 관련이 없다. 아프리카는 '알려져 있었고' 고려의 대상이었으며, 실제로도 그렇고 상상 속에서도 탐색의 대상이었고, 지도에 표기도 된(그리스인, 유대인, 아랍인, 페니키아인들이 교대로 그렇게 했다) 것처럼 보인다. 그러나 개인적으로든 인종적으로든 실제로 대륙을 발견했다고 주장하는 이야기는 없다. 물론 고대의 폐허, 강의 발원지, 산봉우리, 이국적인 왕국, 무너진 피라미드 따위에 관한 이야기는 많다. 하지만 아메리카의 경우와 달리 대륙 자체에 관한 이야기는 없다. 수백 명에 이르는 사람들이 대륙에 들어와 탐험을 하고 다양한 이론을 펼쳤지만, 아무도 아프리카를 발견했다고 주장하지 않았다.

이 사실은 명예로운 훈장이자 세계적인 인증서일까? 아니면 어딘가에 숨겨진 모욕 같은 게 있는 걸까? '발견할' 가치가 없는 넓은 대륙이란 말일까? 그것이 아프리카에 근원성의 분위기를 부여하면서, 인류가 아프리카 대륙에서 시작되었다는 논박하기 어려운 주장을 보강해 준다고 주장할 수도 있겠다. 신비로운 느낌이 늘 대륙을 둘러싸고 있었다. 수많은 모험가들이 아프리카를 찾았고, 어쩌면 그보다 더 많은 사람들이 상상 속에서 아프리카를 다녀갔다. 실제로 광활한 땅에 들어온 사람들에게조차, 상상력은 미지의 땅에 대한 흥분감을 불어넣었다. 유럽의 중세 학자들은 자신들이 쓴 도덕적인 풍경의 동물 우화집을 위한 보물을 아프리카에서 찾았고, 내륙에 감돌고 있을지 모른다고 생각한 두려움으로 원고를 장식했다. 그래서 아프리카에는 외부 세계의 유산인 수백 년에 걸친 중상모략과 타락, 궁극적으로는 인구 감소만이 남았다. 그리고 그 후유증으로 후손들은 아직도 영향을 받고 있다. 그와 다를 가능성이 있었을까?

그렇다면, 아프리카가 아직도 발견을 기다리고 있다고 말할 수 있을까? 하지만 이번에는 지리적인 의미에서가 아니라, 사람이 살고 있는 공간에 대한 주장으로서는 전혀 의미가 없는 심오한 의미에서 하는 말이다. 진정으로 발견되기를 기다리는 대륙, 즉 갖가지 마법과 현실, 신화와 역사, 혹과 애교 점이 안이한 선입관에 맞서 발굴되기를 기다리는 대륙으로서 말이다. 탐험가들의 선봉에는 그들이 늘 당연하다고 생각했거나 그냥 지나치던 것을 보고 놀라는 토착민들이 있어야 한다.

우리는 외적인 것에서 시작하여 내적인 여행을 해나갈 것이다. 자기 지식을 향한 머뭇거림, 더 정확히 말해 자기 화해를 향한 머뭇거림은 반대의 길을 선택하면 극복될 수 있다. 외부의 평가를 주목하는 것에서부터 시작하여 그것들을 무지와 편견, 기회주의의 산물이라고 저주하고 '어머니 아프리카'의 성숙한 자손들, 즉 국가들 안에서 권위가 실린 목소리들을 발견할 가능성을 점검하는 방향으로 나아가는 것이다. 그 목소리들은 아프리카 현실을 '창작한 자' 곧 헤로도토스의 후예들이 갖고 있는 편견을 다양하게 공유할 것이다. 이러한 것들이 받아들여지는 곳에서 우리는 자신에 관한 편파적인 일부 서사들에 직면하고, 진실의 일부를 마주치거나 잠시 멈추고 다시 생각해 봐야 할 이유들과 마주치게 될 것이다. 그래서 이 지점에서 시작하는 것이 중요하다. 우리가 강조하는 '발견'이 무엇보다 자신에 관한 것이어야 하기 때문이다. 아프리카는 다른 누구보다도 아프리카인들을 위해 우선 존재하기 때문이다.

외부 세계가 아프리카를 어떻게 생각하는지 그 진실을 밝히는 것은 모순적이게도, 지금 살고 있는 세대한테는 부차적인 관심사일 뿐이다. 산고를 겪고 있는 대륙의 생존을 위한 탐색 과정에서 지배력을 갖게 될 것은 외국인혐오 문제에서 외부인의 특성과 엇비슷한 대륙 자체의 토착민들이 있느냐 여부이다. 셰익스피어의 희곡에 나오는 허구적인 인물 오셀로가 "서로를 잡아먹는 식인종들, 어깨 밑에 머리가 있는 미개인들"이라고 말하면서 그들의 두개골이 지닌 해부학적인 의미에 대해 단언을 하는데, 그것은 자기 나라 사람들 사이에 그런 머리를 가진 자가 없는 것처럼 종종 행동하는 지도자들을 가진 대륙의 거주자들한테는 부차적인 관심사일 뿐이다. 이것은 자발적이든 비자발적이든 참여자들에게는 관계의 형식에서 선택의 여지가 늘 존재한다는 것을 우리에게 경고할 따름이다.

한 무리의 우주비행사들이 어느 날 외계에서 생명체를 만난다고 상상해 보자. 결국 그럴 가능성이 있다는 암시는 이미 나와 있다. 지구에 떨어진 운석만 분석해도 그럴 가능성은 존재한다. 화성에 있는 화성탐사 로봇한테 다른 존재들이 나타날지 누가 알겠는가! 따라서 문화적 혹은 사회적 발전의 수준이 어느 정도이든, 생명체를 화성 표면에서 만났다고 가정하자. 그 생명체가 자발적으로 또는 유혹에 넘어가서 우리의 탐험가들과 함께 지구로 돌아온다고 생각해 보자. 그래서 지구에 있는 우리마저도 그 만남이 위성으로 중계된 속임수인 척할 수 없다고 가정하자. 그렇게 되면 인간에 대한 우리의 생각 안에 자리를 잡고 있는 생명체의 중심성 또는 총체성이 영원히 제거되고 만다. 그것은 단순히, 타자와의 관련에서 자기 자신에 관한 비교 지식의 문제가 아니다. 그것은 훨씬 더 결정적으로, 인간의 인식과 자아의 파악에 대한 이전의 범위를 어쩔 수 없이 계속 확장해야 한다는 말이다. 우리가 우리 자신들을 보고 이해하는 방식이 그 지점에서부터 변한다. 우리가 그때까지 거주했던 우주에 대한 생각 자체가 변한다. 한마디로 우주는 더 이상 이전과 같은 우주가 아니다. 그것은 어느 정도, 우리의 사회적·생산적, 심지어 심미적 인식에 맞춰져야 하고 우리의 정신적인 가설과 철학적인 사고방식에 맞춰져야 한다. 아프리카는 변함없이 그러한 만남들의 저수지로서 중요한 문제건 부차적인 문제건 그 전제들을 의문시한다. 물론 그럴 의지가 있는 사람들에게나 그렇다는 말이다. 이것은 아프리카 대륙의 고고학적 발굴이 반복적으로, 다른 대륙과는 비교가 되지 않는 빈도로, 인류의 기원이 아프리카에서 시작되었다는 생각을 뒤집거나 적어도 의문시하는 것을 넘어서는 문제다. 훨씬 더 중요한 것은 다른 발굴들이다. 가령 쿠시 왕국의 발굴이 그렇다. 그것은 사회화된 호모사피엔스의 숨겨진 역사를 드러낸다. 그러한 발견은 문명에 대한 기존의 이론들을 반박한다. 그것은 아프리카 대륙이 기여한 바를 편리하게도 과소평가하거나 심지어 무시하는 것에 일조한 이론들을 반박한다.

그런데 아쉽게도 지배적인 경향은 손쉬운 길을 택해 빠져 나가고자 하는 유혹이었다. 우리와 새로운 것에 대한 직접적이고 진실한 이해 사이에 끼어들 동기가 있는 경우에는 특히 그랬다. 예를 들어, 먼 행성에서 방금 만난 외계인들이 우리의 내부적 발전을 위해서, 어쩌면 우주탐사를 위해서, 우리가 몹시 필요로 하는 광물 자원을 갖고 있다고 가정해 보자. 아니면, 새로 발견한 환경이 인간에게 너무 적합해서, 넘쳐나거나 빈둥거리는 인구를 그곳에 정착시키고 집단농장이나 관광지로 만들기 위해 그것을 곧바로 빼앗을 생각을 한다고 가정해 보자. 그렇게 되면 우리는 거주 공간으로서의 새 영토를 '증발시키고' 그곳의 거주자들을 보이지 않게 만든다. 우리는 만족스럽게도, 그 '외계인들'이 스스로 자원을 관리할 수 없다는 걸 증명한다. 그래서 우리는 그들의 역사를 무시하고 그들의 문화를 격하시키고 그들을 존재하지 않거나 단순히 야만적이라고 선언한다. 이러한 기회주의적인 추방에 힘입어, 우리는 새로 만난 종(種)을 '문명화시키는' 신성한 임무를 떠맡고 그 종을 낮은 지위이긴 하지만 인간의 지위로 돌려놓는다. 이후의 세대들은 계획에 따라 처리한다. 우월하고 생색을 내고 단도직입적으로 외국인혐오증적인 의제를 촉진시키려고 의도적으로 정보를 거르고 유포한다. 외국인혐오증은 시간이 지나면서 단순한 모욕적인 말이나 손가락질 하는 행위를 넘어 엄격한 신학의 문제로 옮아간다. 낯선 땅(아프리카, 아메리카, 아시아, 오스트랄라시아)의 초기 탐험가들이 남긴 저술은 이러한 오만방자한 과정에 결정적인 역할을 했다.

아프리카인 자신들의 것을 포함한 아프리카에 관한 지식이 대부분 초보적인 수준에 머무는 것은 그래서 우리가 피할 수 없는 현실이다. 외부 세계의 손에 아프리카가 경험한 것들의 본질을 감안하면 그렇다는 말이다. 그것은 대부분 폭력적인 억압과 강요의 경험이었다. 한쪽이 일방적으로 다른 쪽을 '보호받는 자,' 개종자, 또는 대놓고 피식민주의자라고 부르기 전에 있었던 만남에서 '순수의 시대'는 인간에 대한 강제성에 전적으로 국한되는 것이 아닌 외국인혐오의 집단 심리와 결부된 것이다. 침입을 당한 사람들의 태도가 대부분 적대적인 호기심이나 두려움, 아니면 양쪽 다일 수 있다는 것은 확실하다. 예외적인 것은 침입자가 주인이 내보이는 두려움을 견뎌 내는 경우이다. 즉, 바로 죽임을 당하지 않고 일시적인 손님(만족한 모험가나 상인)이 되거나 정착민이 되는 것이다. 그렇게 되면 양쪽은 서로를 완전히 이해하지는 못하더라도 흥미로운 존재로 여기게 된다. 수많은 선교사들은 이러한 각본으로부터 혜택을 입고, 때때로 지역사회로부터 적당한 거리에 있는 땅을 기증받아 정착했다. 지역사회는 그들을 실험적인 조건 속의 이상한 유기체로 살펴보기 시작한다. 그런데 아뿔싸, 그처럼 이상한 유기체가 종종 놀라운 침투력을 발휘했다. 그리고 궁극적으로 주인을 앞지르고 그들과 같은 부류에게서 지원을 받아 주인을 정복했다. 그렇게 함으로써 "호기심이 고양이를 죽인다"고 경고한 옛 속담이 옳다는 걸 증명해 냈다.

또한 식민지 경험은 침입자와 지역사회가 서로를 알아 가는 것이 단속적이며, 마지못해 점진적으로, 그리고 단편적인 방식으로 일어난다는 것을 보여 줬다. 그런 상황에서는 상대에게 자발적으로 건넨 정보가 상대의 관찰 결과와 상반되는 것일 수 있다. 침입자의 처지에서는 자신과 자신의 무리에 관한 진짜 정보를 얘기하지 않음으로써 확실하게 지배하기 위한 전략의 일부일 따름이다. 신비로움은 권력과 결합되어 있다. 신비로운 분위기가 지역사회의 마음속에 종종 의도적으로 심겨진다. 두려움과 불확실성이라는 관계를 만들기 위해서다. 방문객들이 원하는 것이 자원을 착취하는 데 있다면, 그 외부인들은 스스로를 우월한 문명의 대변인들로 제시해야 한다. 지역사회가 침입자의 역사와 성취, 지성을 전체적으로 파악할 수 없다는 점을 암시하는 것이 지배 정책상 필요하게 된다. 두 가지 요소만이 화려하게 전달된다. 하나는 군사력이고 다른 하나는 종교다. 나머지는 신비에 싸인다. 거기에는 전 세계 다른 지역에 있는 동료 외국인들에 관한 지식도 포함된다.

다른 동기에서이긴 하지만 지역사회도 비슷한 태도를 취한다. 비밀 또는 비밀스러움이 이따금 이방인과 지역사회 사이에 유일하게 믿을 만한 거래 상품이 된다. 하지만 지역사회의 처지에서는 그것이 자기방어 기제의 일부일 따름이다. 방문객의 나쁜 의도나 나쁠 것으로 추정되는 의도에 대한 방어일 따름이다. 단기간에 걸친 19세기의 독일 침입자들은 서아프리카의 멘데족을 대면했을 때 이런 경험을 했다. 부족의 언어인 바이어로 작성된 것이 비밀로 붙여졌던 것은 멘데족이 위험한 손님들을 배제하고 자기들끼리 의사소통하기 위해서였다. 많은 연구자들은 일부 토착민들의 '끈적끈적함' 때문에 좌절감을 느끼고 머리칼을 쥐어뜯으며 소리를 질러 댔다. 멘데족의 문화 속으로 깊이 침투하고 싶은데 그들의 문화가 허용하지 않아서였다. 양쪽에는 변함없이 어느 정도의 속임수가 있다. 의심은 새로운 현상에 대한 건강한 반응이다. 너무 비슷하면서도 동시에 너무 달라 보이는 이 피조물은 누구일까? 비슷하다는 것은 위험일 수 있다. 그는 우리가 갖고 있는 것을 정확히 원할지 모른다. 그렇다면 그는 우리가 생존하기 위해 의존하는 것을 감소시킴으로써 우리의 생존을 위태롭게 할 수 있다. 한마디로 양쪽은 진실의 접경에 있다. 그런데 한 쪽은 계산적이지만, 다른 쪽은 자기방어적이고 조심스러운 본능에 따라 행동한다. 기록으로 남아 있지 않아 우리가 추측할 뿐이지만, 양쪽은 틀림없이 사람들이 처음 만났을 때부터 시작된 오랜 전통을 갖고 있었을 것이다. 그것을 예상하고 참작하는 편이 현명하다.

침입자는 깃발로 무장을 하고, 현재의 테두리 바깥에서 자기 종족을 총체적으로 대변하는 존재로 제시해야 한다. 여하튼, 그러한 이방인들은 종종 같은 영역이나 지구의 다른 지역에서 서로 치열한 경쟁 관계에 있다. 그래서 예외적인 독일 탐험가는 자진해서 아프리카인들에게 프랑스인이나 영국인들에 관하여 자기가 알고 있는 것을 전해 줬다. 스스로도 거기에 몸담고 있는 자로서, 우월한 문화의 유사한 속성과 발전의 수준에 대해 전해 줬다. 그와 유사하게, 영국인들과 프랑스인들도 그들이 자신의 존재를 강요한 사회의 구성원들에게 전달되는 문화의 독점적 총체성이여야 했다. 이렇게 해서 피식민주의자들 사이에 서로 우월하다고 생각하는 대리적 경쟁 관계의 기초가 놓였다. 프랑스어 사용자 대 영어 사용자, 포르투갈어 사용자 대 이탈리아어 사용자, 각자와 모두 대 나머지의 구도가 형상되었다. 그 구도는 생색내기, 상호 배타성, 노골적인 호전성에서 드러났다. 거기에는 '분리 통치'를 일삼던 과거 주인들이 부지런히 조장하는 대리전쟁들도 포함되었다.

그러나 우선, 몹쓸 것도 공평하게 대할 필요가 있겠다. 결국 세상의 가장 유명한 서사시는 침입의 역사에 뿌리를 두고 있으니까 말이다. 인간의 활동성은 이쪽이든 저쪽이든 생산과 발전을 끌고 가려고 열망하기도 하고, 세상에 불후의 문학을 내놓고 인간의 즐거움과 때로는 계몽을 문학적으로 추구하는 과정에 원형들을 확립시켰다. 모험이라는 것은 그 과정에서 온갖 새로운 것을 경험하긴 하지만, 그것만으로는 충분치 않다. 오히려 그것은 통상로를 개척하고 (종교적 기지를 포함하는) 대사관을 세우는 것과 같은 현실적인 계획과는 반대되는 '고귀한' 계획과 연결되어 있어야 한다. 우리는 그러한 비물질적인 누적을 확인하고 이미 그것을 지식이라고 명명했다. 지식은 인식의 테두리를 확장하는 것이었다. 그것은 외적인 현상들을 단순히 나열하는 것을 넘어 타자들의 본질을 파고들려고 시도함으로써, 더 확장되고 더 복잡한 우주에서 자아와 장소에 관한 수준 높은 지식을 갖고 싶어 하는 것을 의미했다. 그것은 곧 인류학의 탄생이었다. 그것은 입에서 입으로 전해 내려오는 이야기와 문학으로 전해져 오는 초기의 모험들로부터 시작된다. 그래서 이러한 요점이 짜릿한 모험에 길을 잃지 않도록, 그리고 방패에 칼이 부딪는 요란한 소리와 유혈이 낭자하고 떠들썩한 소리에 압도되지 않도록, 호메로스는 《오디세이아》의 서두에서 원형적인 모험가한테 고귀한 속성을 부여한다.

그는 땅들을 둘러보면서

멀리 떨어진 곳에 있는 사람들의 마음을 알게 되었다.

아프리카를 거쳐 아시아, 극동 지방까지 여행한 이븐바투타에게는 더 높은 찬사를 바쳐야 합당할 것 같다. 그는 헤로도토스보다 훨씬 더 세심한 역사가였고, 바다로 여행을 한 오디세우스보다 땅에서 훨씬 더 모험적인 여행을 한 사람이었다. 그러나 호메로스 덕분에 오디세우스는 영웅으로 부각되고 서사문학에서 추앙을 받는다. 다행히 그는 '유명한 선원'과 모험가 이상이었다. 그는 예리한 심리학자였을 뿐 아니라 새로운 경험을 배우고 기록한 사람이었다. 또한 불행하게도 다른 사람들을 위한 본보기가 되었다. 그는 "평화와 전쟁에서 엄청난 간계"를 부린 "교활하고 음험한 사람"이었던 것만큼이나 "임기응변의 대가"로도 인정을 받았다. 달리 말해, 그는 전해 내려오는 선원들의 믿기 어려운 이야기를 하는 것을 싫어하지 않았다. 실제로 셰익스피어가 율리시스(오디세우스)의 복잡한 성격을 묘사하면서 강조했던 것처럼, 율리시스는 서사적으로 꾸미는 기술에 능하고 이국적인 것과 있을 법하지 않은 것을 강박적으로 얘기하는 이야기꾼이었다. 칼립소 요정은 그의 "배움이 헛된 게 아니다"라는 것을 인정했고, 막강한 제우스 신도 "그의 반만큼이라도 현명한 사람이 없다"는 판단을 내렸다. 오디세우스가 헤로도토스, 프로베니우스, 리빙스턴, 멍고

파크, 조지프 톰슨, 앙드레 지드처럼 대륙을 여행한 다양한 모험가들의 모험에서 긍정적인 것을 대변하게 놔두자.

그런데 다수의 '단순한 인간들'과 달리, 또는 주목할 만한 경우에서처럼 유럽의 식민주의적 모험주의의 '단순한 인간들'보다 훨씬 못한 자들과 달리, 적어도 오디세우스는 부러워할 만큼 지적이고 창조적 재주를 가진 사람이었다. 그가 기본적으로 반식민주의자였거나 더 정확히 말하면, 성향에서는 비식민주의자였다고 주장할 수도 있다. 토착민들이 아무리 '원시적'으로 보여도 그가 새로 만난 땅에 아테네의 깃발을 꽂았다고 우리는 해석하지는 않는다. 오디세우스는 상대를 '문명화시키려는' 의도를 갖고 있지 않았다. 그가 원했던 것은 정조대를 차고 있는 페넬로페가 있는 고국으로 돌아가는 게 전부였다. 그 사이, 오디세우스는 선물을 챙기고 수많은 다른 사람들의 전리품을 챙겼다.

그런데 궁금해지는 것은 만약 토착민들이 오디세우스가 자신이 만난 수많은 사람들, 표면적으로는 그가 마음을 열심히 살폈던 많은 사람들에 관해 얘기하는 것을 엿들었다면 어떤 느낌이었을까 하는 것이다. 그랬다면 그들은 오디세우스의 관찰력이나 판단력에 대해 다시 한 번 생각해 보았을 것 같다. 그의 이야기를 들으면서 받은 충격은 그가 처음에 토착민들 앞에 나타났을 때 느꼈던 경이로움, 그를 그곳까지 데려온 항해술 또는 그가 그들 사이에 머물 때 보여 줬던 이상한 행동 방식에 관한 생각을 수정했을 게 틀림없다. 확언컨대, 많은 사람들은 오디세우스가 그들의 일상적인 삶에 관해 하는 얘기 속의 자신들을 알아보지 못했을 것이다. 오셀로가 살던 세계의 거주자들이 그랬을 것처럼 말이다. 오셀로가 살았던 세계는 오셀로가 전사이자 모험가라는 사실을 실제로 증언해 준 세계였다. 그런데 오셀로는 아름다운 데스데모나에게 깊은 인상을 주고 그녀의 마음을 사기 위해 그 세계를 너무 뻔뻔하게 꾸며 냈다.

조금 다른 맥락에서 보자면, 작가를 좌절당한 탐험가에 비유할 수도 있지 않을까 싶다. 작가는 곧바로 접근할 수 있는 곳 너머의 장소들을 언어적인 마술로 정복하며, 미지의 곳에 대한 자신의 두려움을 승화시킨다. 외계의 최초 침입자인 미국인들에 대한 노먼 메일러(1923~2007)의 유명한 찬가는 보통의 작가 안에 있는 탐험 '지망자'의 본질에 대한 가장 화려한 증언 가운데 하나로 남아 있다. 우리는 공상과학소설을 품위 있게 만들고, 그들이 만들어 낸 것들이 영화계를 지배하게 만들어 (적절한 모순어법을 사용해 말하자면) 가상공간에서 초현대적인 원형들을 뽑아내는 작가들에게까지 논의를 확대할 생각은 없다. 그러나 서두에서 얘기한 바와 같이, 분명한 것은 표면적인 것이 전체적인 그림, 즉 좌절당한 작가로서의 탐험가 또는 모험가의 개념을 정확하게 보여 준다는 점이다. 대단한 복수가 아닐 수 없다!

그래서 하나의 궤도가 호메로스나 조지프 콘래드를 헤로도토스, 리처드 해클루트, 라이더 해거드, 앙드레 지드 또는 지겨운 늪에 있는 극악무도한 용들에 가려져 있긴 하지만, "아프리카의 올바른 정신"에 대해 확신하고 말에 타고 있는 의협심 강한 조지프 톰슨을 연결시킨다. 문학이 여행기나 연대기와 다른 점은 그것이 이따금 소비자의 항해용 나침반에는 위험한 공간이라는 것이다. 어떠한 경우든 창의의 요소들이 개입되고 선별, 억압, 그리고 왜곡의 궤도가 그려진다. 그것들은 늘 그렇다. 오늘날 여행자들이 가족과 친구들만 보라는 의도로 쓰는 '집에 보내는 편지들'이 그렇듯이 말이다. 어째서 아프리카가 다를 것이라고 기대했는가?

그러나 나른한 휴양지에서 귀중한 에너지를 보존하기 위해, "당신도 여기에 있었으면 좋겠습니다"라는 말을 써서 보내는 목가적인 그림엽서는, 미지의 지역 속으로 필사적으로 들어갔던 초기 유럽 탐험가들의 아우성이고 그들의 습격 이후에 남은 균일하지 못한 문학이다. 아프리카는 온갖 '실패한 작가들'을 위한 사육장이었다. 그들은 대부분, "당신이 여기에 있지 않다는 것이 얼마나 감사한 일인지 모르겠습니다"라는 말을 써서 고향에 보냈다. 그들은 산과 계곡, 평원, 강들을 차가운 형상으로 구분하고 낯선 문화와 역사, 사회학들을 순진하게도 문학적으로 표현하려고 했다. 그것은 셰익스피어가 〈안토니와 클레오파트라〉에서 〈트로일러스와 크레시다〉에 이르기까지 본국에서 외국인의 풍경을 그렸던 것과는 부합되지 않을 수 있다. 그럼에도 불구하고 그것은 이후의 작가들, 특히 (대니얼 디포의 《로빈슨 크루소》의 경우처럼) 빅토리아 시대의 작가들에게 원료가 된다. 그러한 작가들이 속한 사회들이 세계에 대한 납득할 만한 모델을 완성하는 데 요구되는 원료가 된다. 여기에서 납득할 만한 모델이라고 하는 것은 그것이 세계의 사람들에 대한 논리적 질서 혹은 신이 정한 질서로 장려했던 그들의 선입관과 맞아떨어진다는 말이다.

그런데 아프리카 대륙을 탐험한 사람들의 태도에서 불변의 것은 신비감이었던 것 같다. 그 신비감은 종종 처음 접촉했던 경험에서 비롯된 고도로 낭만화된 신비감이었던 것 같다. 모노모타파 왕국에 처음 도착한 사람들은 짐바브웨의 폐허를 보고, 성서에서 솔로몬 왕에게 부를 공급했던 오피르의 전설적인 땅에 발을 들여놓았다고 생각했다. 프로베니우스는 독일로 돌아가서는, 일레이페(내가 살던 나이지리아의 요루바 지역)의 고대 문명이 잃어버린 도시 아틀란티스가 아니라는 사실을 결코 받아들이지 못했다. 그의 절제되지 않은 표현은 길게 인용할 만하다. 요루바족의 문화를 복수심에 차서 거칠게 무시하는 것이 그의 동료 모험가들이 결코 깊이 침투할 수 없었던 환경에 대한 적개심의 강도를 잘 말해 주기 때문이다. 언어에 대한 얄팍한 지식마저도 없던 프로베니우스는 대부분의 자기 동료들처럼 그들의 생각 속으로 들어가고, 그들의 영적인 믿음을 평가하거나, 심지어 그들의 일상적인 담론의 향연에 참여할 수 있다고 생각했다.

일리피안[프로베니우스는 일레이페의 토착민을 이렇게 불렀
다]한테는 특유의 경직성이 있다. 나는 지적으로 열등하다는
점이 그들의 가장 두드러진 속성이라는 것을 거듭 확인했다.
이것은 문화 역사가에게는 그리 낯선 것이 아닌 듯하다. 이것
은 일레이페가 종교적인 중심지라는 사실을 기억하면, 혹은 사
람들의 말처럼 요루바의 사회종교적 영역의 배꼽이라는 사실
을 기억하면, 처음에는 놀랍고 이해하기 어려운 것처럼 보일 수
있다. 이것은 모순적으로 들릴 수 있다. 한 나라의 사제직은 실
제로 반동적일 수 있기 때문이다. 그렇다고 사고에 결함이 있
는 것은 아니다.

이 아프리카 도시가 보여 주는 수수께끼의 핵심은 이것이다.
즉, 이 사람들은 정신적으로, 삶에 대한 현재적 인식과 전혀 접
촉이 없는 유산을 관리하고 있다는 것이다. 일레이페 사람들은
마치 선사시대의 보물창고에 있는 금괴 위에서 졸고 있는 용
같다. 무지 때문에 정신적으로 빈곤한 그들은 존경과 높은 지
위와 종교적인 우월성을 자신들에게 부여하는 옛 도시를 지키
고 있다. 그들이 그러한 것은 그 안에 살고 있기 때문이다. 그것
을 처음 세운 자들의 피가 흩어지고 증발했기 때문이다. 그러
나 그것은 분명히, 그들을 구조해 줄 구조선이 원래의 고대적인

창조의 외면적인 형태로 오지 않았기 때문은 결코 아니다. 이 활발한 지적 활동의 시대에 말이다.

주로 18세기 말과 19세기, 그리고 20세기 초 유럽인들의 마음에 주입된 것은 이런 사고방식이었다. 그것은 다수의 후손들에게 오늘날까지 확산된 전제조건이었다. 그런 사고방식은 조이스 캐리, 올더스 헉슬리, 그리고 가장 악명이 높은 조지프 콘래드 같은 작가들의 작품을 통해 더욱 강화되었다. 그들의 작품은 독서를 실제 이야기들보다 훨씬 더 재미있는 것으로 만들었다. 사람들은 그런 작품을 선호했다. 그들이 우월적인 자기평가에 대한 필요를 충족시키고 유럽의 군주들과 각료들, 사업가들 사이의 팽창주의적인 경쟁 관계가 포함되는 착취의 꿈들을 정당화화했기 때문이다.

그럼에도 불구하고 대조를 보이는 요인들이 있다. 대조적으로 위안이 되는 요인들이 있다. 신비의 대륙이 낙원의 빛을 듬뿍 받고 있던 곳에서 그렇다. 그러나 이것들은 영웅적인 이미지와 이득을 가져다준다는 약속에 들어맞는, 산문적이고 삽화까지 들어간 해석들에는 적수가 되지 못했다. 밖으로 나가기를 갈망했지만 자국에 머물렀던 앨프리드 테니슨 경도 이국의 전원 풍경을 환기시키는 대열에서 밀려나지 않으려 했다. 그가 형상화한 통북투(서아프리카 도시)는 많은 사람들이 바라던, 희미하게 가물거리는 오아

시스였다. 하지만 적어도 테니슨은 자신의 상상력을 신중하게 표현했다. 그는 1829년 케임브리지대학 트리니티칼리지에 다닐 때, 〈통북투〉라는 시를 발표하여 총장이 주는 문학상을 받았다.

광활한 아프리카여, 더 오래된 세계의 밤을 밝히는 별들처럼
그대의 태양은 도시에 빛을 밝히고
그대의 언덕은 도시를 펼쳐 보이는가?
그게 아니라면, 그대의 통북투에 관한 소문은
고대의 것들처럼 희미한 꿈일까?

…… 내가 이 영광스러운 고국을
강렬한 발견에 맡겨야 할 때가 거의 도래하였도다.
고국의 지팡이가 흔들리면 곧, 저곳에 있는 탑들이
어두워질 것이다. 어두워지고 줄어들고 부서져 오두막이 되고,
황량한 모래의 폐허 사이에 있는 검은 반점들이 되고
납작한 진흙 벽의 주거지가 되리라.

100년이 지난 후, 아프리카 출신의 흑인 망명객 세대는 지금도 여전히 이러한 대륙의 본질을 포착하려고 애쓰고 있었다. 그들은 옛 주인들로부터 물려받은 온갖 왜곡을 제거하고 기억 속 전설들의 후보를 적어도 상상 속에서 다시 확립하려고 애쓰고 있

었다. 그러나 인종차별주의 사회가 제시한 부정적인 현실을 되받아치기 위한 의도적이고 항의적인 성격이 더 짙었다. 몇몇은 이 기회를 놓치지 않고 자신들을 노예화했던 종족의 종교적인 도상을 의문시하는 것으로까지 나아갔다. 카운티 컬런의 시 〈유산〉(Heritage)은 뮤즈의 어깨에 놓인 이러한 이중적인 과업의 취지를 잘 포착하고 있다.

아프리카는 나에게 무엇인가.
구릿빛 태양 혹은 진홍색 바다,
정글의 별 혹은 정글의 길,
갈색 피부의 강한 남자들, 혹은 에덴동산의 새들이
노래할 때, 나를 다리 사이로 낳은
당당한 흑인 여자들?
삼백 년이나 떨어진 ……

하느님, 저도 검은 신들을 만들어
반항적인 검은 머리로 둘러싸이고
절망스러운 검은 얼굴을 감히 당신에게 부여하고 ……

인종, 사회적 지위, 역사, 그리고 이의 제기의 부담으로부터 자유로웠던 '빅토리아인들'은 이런 환상들이 자유롭게 날뛰게 놔뒀다. 테니슨의 친구인 아서 H. 핼럼도 자신의 열광을 마음껏 풀어 놓았다. 아프리카를 대변하는 통북투는 목가의 소재 그 자체였다.

사막의 언덕이 둘러싸고, 죄의식을 가진 대중과는 다른
요정의 도시여,
나는 그대가 발견되기를 바라지 않네
어쩌면 그대는 너무 순수하고 ……
나에게 그대의 궁궐들과 쾌락의 지붕들은
낯선 상념의 문제라네. 그대는 틀림없이
광야 속의 영광이네. 지구의 거대한 가슴을
지키는 수호자들은 그대에게 선별된 공물을 가져왔네,
많은 광산으로부터 다이아몬드, 벽옥, 반암을 가져다 바쳤네.
반짝이는 은도 부족하지 않았고
그보다 더 막강한 힘을 가진 금도 부족하지 않았네.
신성한 도시여! 그대는 그렇게 그곳에서 일어났네.
그대 안에서 살면서
다양한 황홀경을 맛보는 사람들은 누구인가.

1922년, 어떤 프랑스 학자는 더 산문적이지만 사실적으로, 빅 토리아 시대의 삼류 시인 두 사람이 그것으로부터 쉽게 영감을 끌어낼 수 있었을 기본적인 원료를 제시했다. 모리스 델라포스는 서아프리카가 이슬람 국가가 되기 이전인 1353년의 국가를 가리켜 "조직과 문명이 동시대의 무슬림 왕국들의 것에 견줄 만한 진짜 국가"라고 했다. 그러나 인간의 몸을 무역 대상으로 삼고 그것을 합리화할 필요가 생기면서 폐해가 나타나기 시작했다. 처음에는 상상과 낭만의 대상이 침식되고 나중에는 실제가 침식되기 시작했다. 그래서 조지 하디는 1927년에 이렇게 선언했다. "이슬람은 파괴 행위를 시작했다. …… 그런데 유럽은 그보다 더했다." 아프리카는 벌써 사냥터였다. 작가와 그래픽 아티스트(우리는 그때가지 탐험되지 않았던 곳들에 대한 경이로움을 그렸다는 평판이 있는 그림들이 아직도 존재한다는 사실을 잊어서는 안 된다. 수많은 원본들이 앞으로 나타나야 할 것이다), 예술가나 시인 또는 여행 기록자가 현실 속의 변경들을 축약하거나 재조정하는 전통을 이어 왔다. 그들의 목적은 아쉽게도 늘 정확성이나 예술적 선별이 아니었다. 그들은 이례적인 것을 위해, 또는 독자들의 인본주의 감성, 충동, 관심을 불필요한 혼란 없이 끌어들이기 위해 평범한 것을 버렸다. 조너선 스위프트의 신랄한 경고도 그들을 막지 못했다.

지리학자들은 아프리카 지도의 공간을
야만적인 그림들로 채우고
사람이 살 수 없는 구릉과
도시들이 없는 곳에

코끼리들을 그려 넣는다.

그렇다면 호메로스 시대에는 많이 달랐을까? 상상적인 서사시를 이야기할 따름이라고 했으니 그를 논외로 쳐야 한다면, 그의 동포인 선구적인 역사가 헤로도토스는 어땠을까? 헤로도토스도 온갖 사실을 자의적으로 처리했다. 그는 아프리카 대륙의 검은 내륙에 실제로 들어가 본 적이라고는 없는 사람이다. 그는 마음이 내키면 즐거운 마음으로 즉흥성을 발휘해 "사람이 살 수 없는 구릉"에 사람들을 채워 넣었다. 호메로스의 오디세우스는 헤로도토스처럼 모험을 하는 과정에서 "자기들과 다른 사람들의 마음을 알게 되었을" 수 있다. 그러나 우리에게 모험가의 원형인 오디세우스는 오래도록 자신을 따르던 충직한 양치기인 연약한 노인한테서 외투를 빼앗아 하룻밤을 따뜻하게 자기 위해서라면 주저하지 않고 이야기를 꾸며 냈다. 그는 미래에 더 편하게 여행할 전망에 대해서는 말할 것도 없고, 때때로 미래의 탐험에 대한 후원을 확보하고 미래 식민지의 잠재성에 대한 투자자들을 끌어 모으기 위해 진실을 과장한 것에 대해 조너선 스위프트의 동포들을 비난할 수도 있겠다. 그들은 여행 중에 제국을 위한 기초를 놓으며 독일, 에스파냐, 이탈리아, 네덜란드, 포르투갈에서 온 다른 자들과 끝없이 경쟁을 했을 것이다.

물론, 아프리카의 과거에 대한 '허구화'를 이렇게 다차원적으로 살펴보는 것은 가끔씩만 긍정적인일 뿐인 부정적 의미들과 더불어, 오랜 유럽중심주의 전통의 일부라고 늘 생각했던 경향을 환기시킨다. 제국주의 열강들에 의한 아프리카의 '허구화'는 더 잘 알려진 표현으로 하면 '분할'인데, 그것은 직접적인 수단으로 역사와 사실 위에 투기, 이익, 또는 자의적 현실을 계속 얹어 놓은 것일 따름이다. 이 문제에 관해서는 따로 더 비극적으로 다룰 필요가 있겠다. 아프리카는 유럽이 만들어 낸 거대한 허구로 남아 있다. 아프리카 대륙에 있는 모든 나라는 제국주의 열강들이 이해관계에 따라 만들어 낸 허구일 뿐이다. 식민 통치와 독립 이후의 국가들은 그 허구를 일치된 현실로 만들기 위해 끝없이 노력했지만 대개 실패로 끝났다.

허구는 속내가 밖으로 드러나면서 르완다-부룬디, 모리타니, 라이베리아, 소말리아, 그리고 최근에는 수단에 이르기까지, 수십만 명이 형벌을 계속 받는 총체적인 허구이다. 에티오피아 같은 몇몇 정부만이 용기를 갖고 그 허구를 전복하고 창조적으로 의문시했다. 강제적인 것이긴 하지만, 에티오피아의 영토는 분리되어 두 개의 국가로 다시 탄생했다. 다른 나라들은 그렇게 할 의지가 부족한 상태다. 나이지리아 북부 고원지대의 티브족과 델타 지역의 이조족을 합치거나, 루오족과 기쿠유족을 합쳐 하나의 불완전한 근대국가로 만든 것은 오셀로가 말한 아프리카인 두상만큼이나 터무니없는 허구였다. 실행 가능 여부와 상관없이, 역사와 문화와 사람들의 경제적인 관습에 대한 냉소적인 표현조차 없이 편리하게 외부적인 의지만으로 행해진 그러한 행위의 임의성은 끔찍한 반발을 사게 되어 있었다. 아프리카는 유럽이 만들어 낸 허구를 유지하기 위해 비싼 대가를 치러야만 했고 지금도 그러하다.

아프리카의 인간성을 허구화한 것은 우리가 이미 제시한 몇 가지 사례에서 드러났듯이, 땅을 분할하는 문제에서도 필수적인 부분이다. 인간성 격하의 문제는 대륙의 국가들이 20세기에 자신의 목소리를 찾고, 주인공들이 오디세우스나 프로베니우스보다 훨씬 더 지식이 많아지고, 더 조직적으로 이야기들을 교정하기 시작하면서 자연스레 논쟁의 대상이 되었다. 이러한 목소리들은 유명한 부르키나파소의 테오필루스 키 제르보, 가나의 아두 보아헨, 나이지리아의 케네스 다이크와 제이콥 아야이, 콩고의 발렌틴 무딤베, 베냉의 폴린 후툰지, 세네갈의 체이크 안타 디오프 같은 역사학자, 철학자, 민족학자들의 글에서 비로소 찾아볼 수 있다. 그들은 가장 지속적이고 탄력적인 아프리카 문화와 정신을 아메리카 대륙에 제공했던 서부 해안에서 많이 찾는다. 그리고 콩고에서도 찾는다. 또한 이것이 조지 패드모어, W. E. B. 듀보이스, 에드워드 블라이든, 실베스터 윌리엄스, 장 프리스-마르스 같은 위대한 디아스포라 범아프리카주의자들에게 영감을 준 아프리카 대륙의 일부라는 것은 놀라운 일이 아니다. W. E. B. 듀보이스가 자신의 최종적인 고향이자 궁극적인 휴식처로 선택한 곳이 바로 아프리카의 이 지역이었다.

이에 상응하는 작업이 소설이나 시의 형태로 나타났다. 세네갈의 셰이크 하미두 케인, 남아프리카공화국의 마지지 쿠네네, 말리의 아마두 코룸바의 작품이 그런 경우다. 마리스 콩데, 다니엘 막시맹, 에메 세제르, 데릭 월컷의 작품들은 특히 흥미롭다. 제국과 노예 상태를 경험한 아프리카를 광범위한 영역에 걸쳐 다뤘을 뿐 아니라, 서아프리카 사람들의 역사를 그들의 문학에서 재구성했기 때문이다. 유럽계 브라질인 인토니오 올린토와 조라 젤잔, 쿠바의 니콜라스 기옌, 브라질에서 아프리카 문화유산의 문제를 도발적으로 주장한 아브디아스 도 나시멘토도 있다. 이들도 산문과 종교적인 희곡 작품을 통해서 아프리카의 인간성을 어느 정도 재구성하는 일에 기여했다. 그리고 미국인이었던 챈슬러 윌리엄스는 아프리카 문명을 비아프리카적인 근원으로 돌리려고 하는 것을 되돌리기 위해 아프리카의 고대를 평생에 걸쳐 깊이 탐구했다. 영국인이었던 바실 데이비슨이 집필한 여러 저작은 과거와 현재를 부단히 관련지우고, 이따금 과거의 몰락에서 현재에 대한 설명을 찾으려고 했던 것으로 보인다.

우리가 아프리카 대륙과 국외로 이주한 사람들을 통틀어 학자들과 작가들의 이름을 거론한 것은 그들을 앞에서 잠깐 언급했던 허구화 전통의 후손들을 위한 비판의 요소로 제시하기 위해서다. 그 후손들은 정치적 권력의 정점이나 아첨꾼들과 변명자들 사이에 자주 발견된다. 그들은 우리에게 다소 곤혹스럽고 아이러 니하기까지 한 경향을 제시한다. 그들이 근본적으로 실천하려고 하는 것이 진정성, 아프리카성, 아프리카적 인격 등과 인종적 존 엄성을 회복하는 것이라고 주장할 때, 곧 인종적 자아의 역사와 그것의 운명을 재구성해야 한다고 주장할 때조차, 실제로 행동하 는 것을 보면 외부의 목소리들과 이해관계들로 인한 이전의 '허 구화'를 장려하고 인정하는 것이기 때문이다.

이것이 결국, 아프리카 근대화의 위기라고 흔히 일컬어지는 근 본적인 원인들 중 하나라는 점이 드러났다. 그 위기는 크게 보면 현실과는 동떨어진 리더십의 위기이다.

이 일의 중대성을 제대로 이해하려면 억압받는 사람들 사이에 서 개인이나 계급이 나타나는 문제를 제대로 파악할 필요가 있 다. 이 사람들은 부정적인 서술의 대상이었고 잘 해야 생색을 내 는 대상이었다. 그런데 이 사람들이 이제 똑같은 지배와 착취의 정신 구조를 갖고 새로운 차별의 시대와 방향을 출범시키려고 한 다. 즉, 원래의 침입자들이 하려고 했던 것을 실행하려고 하는 것 이다. 여기서 염두에 둘 것은 그 안에서 이 '새로운' 허구화가 근 원을 끌어내는 맥락이다.

이것은 심각한 문제가 아닐 수 없다. 그것이 한 편에 있는 아프 리카 대륙의 역사와 현실, 그리고 다른 편에 있는 지배자들에 대한 인위적인 인식 사이의 모순과 관련이 있기 때문이다. 바로 이 것이 우리가 실제 사람들과 그들의 경험과 예의, 관계 안에서 나름의 논리적 기준을 세운 공공연한 허구 외에도, 입증된 역사 속의 학자들과 다른 전문가들의 연구에 주목해야 하는 까닭이다. 그런 연구를 제대로 알게 되면, 아프리카의 역사적 현실에 대한 '신허구주의자'들이 기반으로 삼고 있는 것이 무엇인지 궁금해질 따름이다. 수정주의의 과제에서 방향의 선택은 그들의 외국인 전임자들의 것과 비교하면 훨씬 더 현실과 유리된 정신 구조와 불순한 의제를 드러낸다. 그 때문에 아프리카의 인격은 계속 비싼 대가를 치르고 있다. 톰슨은 "아프리카의 아름다운 정신"이 존재한다는 점을 적어도 인정했다. 그것을 추구하려고 그는 궁핍과 미지의 위험을 감수할 준비가 되어 있었다.

하지만 그를 이어받은 최근의 토착민 계승자들은 그렇지 않았다. 그들에게는 그들의 동료 아프리카인들이 '아름다운 정신'을 갖고 있는 대상이 아니었다. 토착민 계승자는 헨리 모턴 스탠리와 데이비드 리빙스턴이 그랬던 것처럼 동료들을 강압적으로 대한다. 아니면, 잘 해야 온정주의적으로 대한다. 그것은 외국인들이 아프리카인들의 목구멍 속으로 억지로 삼켜 긴 수백 년 동안 구역질을 나게 만들었던 정치적인 고깃국이었다. 많은 사람들에게 슬프게 다가오는 것은 아프리카적 경험으로부터 유리된 분리주의자들이 자신의 조상들에 관해 전혀 모르는 것 같다는 사실이다. 그들은 자신의 말과 행동이 옹호하는 인종차별주의적인 동기에 관해서 전혀 알지 못한다.

예를 들어, 식민 권력들이 모든 수단을 동원해서 자기들이 식민화하고 있는 나라가 "아직 자치를 할 준비가 되어 있지 않다"는 구실을 내세우며 독립을 미뤘던 것은 얼마나 최근 일이었던가? 어쩌면 우리는 시간을 더 거슬러 헤겔과 고비노, 데이비드 흄의 철학 학파들로 거슬러 올라가야 하는 건지 모른다. 그들이 인종적인 접촉의 결과를 연구하면서 도출한 결론은, 흑인들한테는 통치의 기술도 없고 예술도 없고 과학도 없다는 것이었다. 따라서 흑인들을 구원해 줄 유일한 존재는 우월한 정신을 가진 사람들, 곧 백인들에 의한 통치라는 얘기였다. 알베르트 슈바이처는 이러한 학문적인 견해를 세련되게 만들어, 아프리카인은 그의 형제이지만 어른이 아이에게 그러하듯이 통제할 필요가 있는 동생이라고 생각했다. 프랑스의 대주교 베르디에 추기경은 훨씬 더 매끄러운 방식으로, 이상적인 관계에 대해 델라포스와는 너무나 다른 얘기를 이렇게 한다.

흑인 형제의 손을 잡고 그를 일으켜 세우는 프랑스인의 몸짓보다 더 감동적인 것은 없다. 위계가 분명하지만 흑인들의 협조, 그들의 생각과 느낌의 가능성을 가늠하기 위해 흑인들을 향해 몸을 낮추는 형제애 …… 한마디로, 개선된 물리적·사회적·도덕적 복지를 위해 개성을 현명하게 개발시킴으로써 그들의 진보를 도와주는 기술. 검은 대륙에서 프랑스의 식민화 과업은 바로 이런 모습으로 우리에게 다가온다.

이 따위 말이 아프리카에서 최근에 벌어지는 일당 통치나 노골적인 독재자들의 주장과 뭐가 다르단 말인가? 그들은 세계를 향해 아무렇지도 않게, 아프리카인들이 정치적으로 너무 모자라서 통치 과정에 참여하거나 지도자를 선택하는 문제에서 목소리를 내도록 허용될 수 없다고 선언한다. 그렇다면 하느님은 너무 모순적이게도 그렇게 정신이 지체된 사람들 사이에 예외적인 사람들을 두었다가, 식민 통치자들이 떠나는 절묘한 순간에 그들이 권력을 잡고 그것을 영원히 붙들고 있을 수 있도록 허락한 것처럼 보인다. 어떤 나라든 군대 안에는 노예 소유주들이 그랬던 것처럼 언제나 강압적이고 격렬하게 흑인을 통치하는 백인의 짐을 떠맡을 준비가 되어 있는 독재자가 있을 것이다. 때때로 하늘의 지팡이가 개인의 머리가 아니라 집단한테 내려오기도 한다. 그래서 은연중에 아니면 명백하게, 모호하지 않은 선언을 하고 다른 사람들을 통치의 역할에서 배제한다.

독립 이후 오랫동안 케냐는 실제로 부글부글 끓는 불만의 가마솥이었다. 그것이 결국 2009년에 넘쳐흘렀다. 나이지리아도 그랬다. 나이지리아는 봉건적 통치의 옹호론자로부터 패권적인 신학이 그 나라에 적합하다는 말을 공개적으로 들어야 했다. 그는 허구 자체인 나이지리아가 궁극적으로 그것에 부딪쳐 부서질 바위가 될 수도 있는 배타주의 형태를 제시했다. 전 유엔 대사였던 이 정치가는 세 주요 인종을 제시함으로써 300여 부족들을 지도부에서 제외시켰다. 그는 혼란이 일어날 가능성에 대해서는 아무런 고려도 하지 않고 이렇게 선언했다. "지혜로우신 하느님께서는 서로 다른 사람들에게 서로 다른 재능을 주셨습니다. 이보족에게는 기업가 정신의 재능을 주셨습니다. 요루바족에게는 일급 관리자와 교육자가 될 수 있는 재능을 주셨습니다. 그러나 북부 지역(자신이 속한 인종 하우사·풀라니의 고향) 사람들에게는 지도할 수 있는 재능을 주셨습니다." 물론 그런 신성한 질서에 도전하는 것은 불경스러운 행위에 해당했다. 벨기에가 콩고를 '문명화시킬' 임무를 부여받았다고 선언한 것이나, 독일이 하느님의 부름을 받아 나미비아에 왔다고 했던 것을 이 정치가의 말과 비교해 보라. 그러면 우리는 너무나 익숙한 기반에 서 있다는 것을 알게 될 것이다. 2010년만 해도 그렇다. 수많은 계몽사상가들의 후계자인 역사가 로랑 그바그보가 통치하는 국가가 '아이보리인'이라는 배타적인 말을 입에 올리는 배타의 영성체의 독배를 들이마시고, 똑같은 정신 상태 때문에 격렬한 분열의 벼랑에서 다시 한 번 휘청거렸다. 대륙한테는 얼마나 비극적인 일인가!

중요한 것은 더 이상 외국 주인 인종 대 열등한 인종의 개념이 아니라, 주인 계급 대 나머지 사람들, 하늘이 임명한 목자 대 무지한 양떼들의 개념이라는 것이다. 하느님의 통치 원리를 현대적으로 다듬은 자들은 역사와 문화, 인간의 재능, 가치, 경향이 중요하지 않다고 선언하는 것이 어렵게 되자, 그러한 특성들도 중요한 게 아니라는 것을 암시하면서 빠져나간다. 그렇게 함으로써 수없이 오용되긴 하지만 그래도 완강한 개념인 민주주의라는 말이 요약하는 반대 의견을 물거품으로 만든다.

식민주의 이후에 권력의 자리에 오른 자들이 일관된 통치 정책으로 삼은 것은 바로 이것이었다. "권력을 잡아라, 그리고 사람들을 허구화하라!"

3
'만들어진' 아프리카

아프리카는 과거를 해결해야 한다. 그래야만 외부 세계와 정
직하게 서로를 존중하는 관계를 확립하고, 이 우울한 역사와
관련된 모든 당사자들이 서로에게 영향을 주는 시대를 열 수
있을 것이다. 이러한 목적을 위해서 우리는 사하라사막과 대서
양을 횡단하면서 저질러진 노예제에 관한 총체적인 진실을 밝
히고, 대륙의 분할과 식민화, 아프리카 대륙에 유독 폐기물을
은밀하게 버리는 일까지 소상히 밝혀야 한다. 그리고 우리는
아프리카의 현재에 미치는 이 경험들이 끼치는 해로운 영향들
에 주목해야 한다.

— 2001년 밀레니엄위원회 보고서

전반적으로, 허구화는 네 종류로 구분할 수 있다. 그중에 셋에 관해서는 이미 얘기했다. 하나는 순수한 동기를 가진 모험가에 의한 허구화다. 두 번째는 상업적인 허구화(스탠리, 레오폴 국왕, 빌헬름 2세 등)이고, 세 번째는 그들의 후임자들에 의한 권력 지향의 내적 허구화이다. 네 번째는 이따금 수면 위로 올라오고, 아프리카와 해외 거주자들 사이의 대륙 간 교환을 지배하는 주제로 남아 있는 허구화이다.

네 번째 허구화에 대해서는 어떠한 형태로든 역사를 바로잡고 역사적 강탈로부터 복귀하기 위한 추진력을 얻고 싶은 욕망 같은 긍정적인 동기를 생각해 볼 수 있다. 그러나 이런 허구화의 극단적이고 독단적인 성격은 예전처럼 감정주의의 활강로로 미끄러져 내려 자기만족의 구렁텅이, 궁극적으로 자기 훼손의 구렁텅이로 빠지는 경향이 있다. 문제는 보상에 대한 이런저런 요구가 지지를 받을 수 있는지 여부가 아니다. 그러한 허구화의 위험은 이런 일을 추진하는 과정에서 아프리카가 '만들어지고' 역사가 왜곡되고 심지어 기억마저도 매도된다는 점이다. 침략자와 희생자 사이의 배상 문제는 희생자가 태만을 통해서든 아니면 직접적인 공모를 통해서든, 자신의 파멸에 완전히 결백하지 않았다는 증거를 무마시킬 수 있을 것이다. 강도 혐의는 '내부 범죄'의 증거에 의해 무효화되지 않는다. 여기에는 침입자들을 위해 창문을 열어 놓는 행위가 포함될 수 있다. 그러나 집주인이 내부적인 태만의 분명한 증거를 완강히 거부한다면, 그는 결과적으로 미래의 강도를 도운 자가 되며 배상이나 정의에 대한 도덕적 권리를 상실하고 만다.

이런 것 중 어느 것도 대륙에 대해 저지른 범죄의 중대성을 최소화하거나 경감시키지 않고, 대조를 통해서든 상대성의 문제를 통해서든 그것을 둘러대려는 시도를 용납하지도 않는다. 그러나 비교는 그 자체로만 보면 가치가 없는 게 아니다. 주관성의 주장들을 분명히 하는 과정으로 도움이 될 수 있기 때문이다. 세계사의 지난 천 년을 돌이켜보려고 할 때마다 삽입되는, 북마크 같은 일종의 여행 기착지들이 있다. 그것은 이후의 세대들에게 수백 년 동안 적절한 것으로 남아 있을 가능성이 많은 기착지들이다. 개인들은 대부분 그것에 대한 기억만으로도, 인간의 성취에 있어서 부정할 수도 없고 종종 상상할 수도 없는 도약들에 놀라거나 그런 것들을 기릴 때조차 걸음이 멈칫거려지는 진지한 목록들을 갖고 있다. 보통의 목록에 으레 홀로코스트나 히로시마 중에 하나 또는 둘 다가 포함된다. 그러나 아프리카에 있든 다른 곳에 흩어져 있든, 대부분의 아프리카인들에게는 또 하나 포함되어야 할 것이 있다.

처음 두 가지는 사라지는 과거의 교훈적인 메타포로 결국 굳어질 수 있다. 즉, 거기에 생명을 불어넣은 사건들은 세계를 변화시키는 영향을 주는 엄청난 것이긴 했지만, 일회적인 사건이었고 상궤를 벗어난 사건이었다. 그 영향은 끝나지 않았고 당분간 어디로 사라질 것 같지도 않다. 특히 첫 번째인 홀로코스트가 그렇다. 이미 여러 차례 거론한 바 있지만, 세 번째는 훨씬 더 파악하기 어렵고 음험하고 겉보기에는 더 영속적인 상태이다. 또한 그것은 관용을 장려하기 때문에 모순적이게도 스스로를 약화시키는 메타포이다. 어쩌면 이 메타포가 그것의 집요함을 설명해 주는 것일 수 있다. 달리 말해, 한편으로 사람들은 "어떤 형태의 홀로코스트나 히로시마는 다른 것들보다 더 온건하다"라고 감히 말하지 않는다. 그렇게 얘기하면 '다시는 그러지 말라!'는 쌀쌀맞은 반응을 불러올 것이다. 물론 정신병에 걸린 소수를 제외하고는 말이다.

세 번째는 세계의 짧은 기억이 아니라 아프리카 대륙에 대한 관심의 증거이다. 보통의 아프리카인은 이 세 번째를 맨 먼저 떠올릴 것이기 때문이다. 그와는 대조적으로, 그것은 다른 사람들에게는 목록에 포함시켜 달라고 거의 강제로 인상을 심어 줘야 하는 문제이다. 나는 이러한 성향, 즉 기억, 인종 관계, 인권, 분쟁 해결, 화해 전략 등이 주제였던 이런저런 모임에서 재교육이 필요한 사람들을 만났다. 이것은 다른 많은 것들에 관해서도 시사하는 바가 많다. 왜냐하면 이 세 번째 북마크에는 종결된 과거 속의 존재라는 위로가 결여되어 있기 때문이다. 홀로코스트나 히로시마와 달리, 여기에는 테두리가 정해진 지속 기간이 없다. 그것은 인간의 부정적인 것에 대한 세계적인 목록에서 당연히 빠져 있다. 이런 주장해 대해 가장 흔히 볼 수 있는 증거는 많은 찬사를 받는 유럽 인본주의에 대한 최초의 물음표가 홀로코스트였다는, 우리가 자주 들을 수 있는 한탄 속에 내재해 있다. 나는 오랫동안 열심히 이 문제에 의문을 제기했다. 그럴 때마다 내게 돌아온 것은 거의 생색을 내는 듯하고 대부분은 확신을 결여한, 자제하면서도 불만스러운 반응이었다.

이러한 벤치마크, 북마크, 분수령, 아니 이것들을 합한 것 이상의 것들은 훨씬 더 오래 되고 지속적인 현상의 논리적인 산물이었다. 그것은 종종 "자신에 관해 잘 알지" 못하는 인간관계의 양상 가운데 하나였다. 사람들은 그것을 어떻게 해야 할지, 현재에서 그것의 존재를 인정해야 할지 말지조차 잘 모른다. 시대착오적이지만 그것이 가시적이고 구조적으로 존재를 드러내는 것은 앞의 두 가지 사건과 마찬가지로 그것도 목록에 일회성 사건으로 기록될 수 있는 보편적인 기억의 오점으로 고려될 자격을 갖추고 있다는 의미다. 그러나 수백 년에 걸쳐 그 시대가 연장되고 있다!

그렇다, 우리는 아프리카 노예무역에 관해 얘기하고 있는 것이다. 그 현상이 그 사건을 일으킨다. 그러나 그 사건이 끝났거나 적어도 형식적으로 끝났을 때도, 구조화된 노예무역 자체에 선행하는 잔존 형식들도 그대로 남아 기본적인 현상 즉 노예와 노예 상태, 예속을 영속화시킨다. 이제 중대한 범죄가 영속화되고 있는 세계는 스스로를 신중하게 점검할 때가 되었다. 외부의 침입자들을 향한 손가락질이 지구적 차원에서 벌어졌던 범죄의 희생자들의 후손들도 포함되도록, 아직도 그 현상 자체, 즉 노예 상태에 침잠해 있는 자들도 포함되도록, 내부로 향할지 여부를 확인할 때가 되었다. 그럴듯하게 포장된 노예 상태, 모순된 내부 관계의 기초가 되는 노예 상태, 이런저런 이름으로 불리는 노예제도, 끊임없이 다른 모습을 띠며 나타나는 노예 상태!

'그들'의 범죄는 논쟁의 여지가 없다. 그것은 확실하다. 회고록, 사진, 수채화, 현존하는 시장들, 법령, 입법, 논문, 연극, 조형미술, 인구 지도, 영화, 기념식 같은 다양한 매체로 충분히 기록이 되어 있다. 이러한 범죄는 집단 기억 속에 깊이 새겨져 있다. 해안선뿐 아니라 내륙 곳곳의 전략적 위치에 있는 성채들은 '그들'에게 죄가 있다는 것을 의심의 여지가 없이 확인해 준다. 그렇게 되면 '우리'가 남는다. 진실한 내적 청산의 필요성이 남는 것이다.

따라서 우리는 한때 그렇게 불렸고 실제로 어떤 지도에는 그렇게 표시되어 있는 슬레이브 코스트(노예해안)를 향해 곧장 길을 나서야 한다. 골드 코스트, 아이보리 코스트, 오일 코스트 같은 상품 표시 방식에 따라 '슬레이브 코스트'라 표시된 곳으로 말이다. 우리의 첫 경유지는 나이지리아 남서쪽 해안에 있는 바다그리 노예 수용소이다. 바다그리는 우리의 여행을 시작하기에 좋은 곳이다. 최근 뉴스(적어도 BBC 방송과 알자지라 방송)에도 나왔다. 그곳은 논란의 소지가 있지만, 테마파크가 있는 대규모 휴양지로 개발될 예정이라고 한다. 공원에는 카지노, 골프장, 영화관, 쇼핑몰, 박물관이 들어설 거라고 한다. 그런데 눈물과 쓰라린 기억의 장소인 그곳이 관광산업에 적합한 곳인지 여부를 놓고 논란이 벌어졌다. 찬성하는 쪽은 유럽의 휴양지(파리, 로마, 칸, 베니스)에서 휴가를 보내며 돈을 쓰는 아프리카계 미국인들이 기억과 교육의 장소로 순례를 오도록 장려하고 그 과정에서 즐겁게 여가를 보내도록 해야 한다고 주장한다. 그리고 그곳은 어차피 휴양지로 예정돼 있다는 것이다. 비판적인 사람들은 그것을 한 손으로는 눈에 묻은 눈물의 거품을 닦아내고 다른 손으로는 맥주잔에 묻은 맥주 거품을 닦아 내게 하는 것이나 다름없다고 주장한다.

그러나 노예무역에는 눈물 이상의 것이 있다. 아프리카의 노예 경험에는 회복과 승리의 순간들도 기록돼 있다. 그러한 것들은 기억하고 보존할 가치가 있다. 이것은 취향과 판단력의 시험대가 될 수 있다. 테마파크를 위해 선택된 주제는 공교롭게도 마이클 잭슨을 중심으로 하는 '잭슨 파이브'이다. 그림, 조각, 사진, 24시간 돌아가는 비디오와 영화에 이르기까지 기억할 만한 모든 것으로 이뤄진 잭슨 파이브이다. 모든 일에 대한 찬반양론, 적합성이나 진부함의 문제는 다른 곳으로 넘기기로 하자. 우리에게 정말로 중요한 질문은 이것이다. 표현에 구속받지 않는 완전한 역사를 방문객들에게 제시할 것인가? 아니면 세계의 다른 곳에서 수

입해 온 추하고 회피주의적인 것(정치적인 올바름)을 방문객들에게 주로 제시할 것인가? 우리가 검열의 조심스러운 가위들을 승인할 것인가? 그런데 잠시, 이곳을 왜 택했는지 그 이유나 물어보기로 하자. 그것은 어떤 사실들을 기록하고 있는가? 여기에 바다그리에 사는 두 가문의 이야기가 있다. 역사에 참여했던 거물들의 후손들은 아직도 살아 있다. 그들은 잘살고 있을 뿐 아니라 서로 경쟁 관계에 있다.

첫 번째는 모비 가문이다. 이 가문의 유명세와 풍요의 역사는 19세기로 거슬러 올라간다. 주로 그 가문의 우두머리였던 모비 추장이 노예무역이라는 수지가 맞는 사업에 참여한 결과였다. 기록에 따르면, 모비 추장은 영국한테 바다그리 지역을 영국 왕의 소유지로 영원히 양도했을 뿐 아니라, 궁극적으로 그 지역에서 무역을 폐지하는 조약에 서명한 여섯 명의 바다그리 추장 가운데 하나였다. 이렇게 조금씩 진행된 식민화 과정은 잘 알려져 있는 사실이다. 그들은 그렇게 조금씩 땅을 획득해 가다가 1891년에 베를린에서 있었던 아프리카 분할 조약으로 그것을 공고히 했다. 자기들의 주장에 합법성을 부여하기 위해 독일, 이탈리아, 영국, 프랑스 같은 나라들은 추장들을 매수했고, 서류에 지장을 찍게 하거나 우월한 군사력으로 그들을 제압하고 그들의 깃발을 꽂고 그들이 점령하고 있다는 사실을 동료 모험가들에게 인정해 달라고 베를린에 제시했다. 모비 추장은 노예무역의 거물이었을 뿐 아니라 서아프리카 땅과 재산의 일부를 영국한테 양도한 장본인이었다.

두 번째 가문은 세리키 윌리엄스 파레미 아바스 가문이다. 파레미 아바스는 우리가 다루는 주제의 방향을 가리키는 하나의 지시봉이다. 여러 개의 지시봉 가운데 하나라고 해야 맞겠다. 나는 노예제도의 희생자였으면서도 같은 부족 사람들을 노예로 만드는 것을 생각했던 사람들의 능력에 대한 놀라움을 다른 자리에서 표시한 적이 있다. 아바스는 그러한 능력을 몸소 보여 준 사람이었다. 그는 한때 유명했던 아이예토로라는 도시의 토착민이었다. 지금으로 따지자면 나이지리아의 남서부 요루바 지역에 있는 도시였다. 그는 여섯 살 때 노예로 팔려 갔다. 그는 탈출에 성공해 바다그리로 달아났다. 그는 몇 년 동안 농사도 짓고 장사도 하며 그럭저럭 살다가 자신의 진짜 직업을 발견했다. 다름 아닌 브라질 노예 상인들의 중개인이 되는 것이었다. 그런데 이 무렵, 노예무역은 노예제 폐지 운동을 통해 벌써 인기가 시들한 국면에 접어들고 있었다. 모비 추장은 시대의 흐름을 잘 읽었던 것 같다. 자신의 노예 바라쿤(노예를 배에 싣기 전에 가둬 놓던 우리를 그렇게 불렀다)을 세리키 아바스한테 팔았기 때문이다. 그러나 그것은 잘못된 선택이자 잘못된 사업적 결정이었다. 세리키는 사업을 확장해서 모비 추장보다 더 번창하고 세력을 얻게 되었다. 지금까지 계속된 가문들 사이의 경쟁 관계는 바로 이 지점에서 시작되었다. 이런 사정은 현재의 나이지리아 정치에까지 파고들고 있다.

경쟁 관계는 때로 생산적이다. 그런데 이 경쟁 관계는 가문들이 저마다 노예무역에서 활약한 모습이 담긴 유물과 문서를 보존하여 자기들만의 가문 박물관을 만드는 것으로 이어졌다. 세리키 박물관에는 위대한 노예 상인이 집이나 무역과 관련해서 사용했던 개인적인 물건들(의복, 자기 접시, 그릇 등)이 소장되어 있는데, 모든 것들이 지위와 풍요의 상징들이다. 브라질 협력업자들이 세리키 아바스에게 준 기념품이나 선물들도 있다. 새로운 탁송품의 도착을 알리는 오리지널 포스터와 영수증은 물론, 브라질 협력업자들이 사업 파트너한테 보내온 한두 통의 감사 편지도 보관되어 있다. 초기의 것인 베이클라이트 축음기 레코드판들도 있다. 추장이 외국인 사업 협력자들과 만나 찍은 사진들도 있다. 노예들이 배에 실릴 때까지 바라쿤에 꼼짝 못하도록 하기 위한 쇠고랑이나 쇠사슬 같은 유물들도 있음은 물론이다. 어쩌면 안마당에서 가장 인상적인 모습은 바라쿤 들머리를 내려다보고 있는 세리키 파레미 아바스의 정교하면서도 잘 보존된 무덤이다. 그 무덤은 안전상의 이유로 경내에서만 들어갈 수 있도록 되어 있다.

만약 당신이 바다그리에 갈 기회가 있다면, 이제는 분명히 표시가 되어 있는 모래를 따라 승선 지점을 향해 걸어가게 될 것이다. 지금은 현대식 기념비가 '돌아올 수 없는 지점'에 세워져 있다. 그 길을 따라가면서 여러분은 아주 잘 보존이 된 굉장히 큰 물그릇을 만날 수 있을 것이다. 그것은 '감퇴 우물'이라고 알려져 있다. 모든 노예는 그곳에 멈춰서 물을 마셔야 했다. 물에는 기억 감퇴를 유발한다는 일종의 약이 섞여 있었다. 어쩌면 단순히 심리적 효과였는지 모른다. 그것을 마시면 과거가 완전히 없어지고 포로들은 새로운 존재, 즉 노예 상태로 묵묵히 들어서게 된다.

우리는 여행을 계속 이어 간다. 이제 우리는 노예와 관련된 기억들을 훨씬 더 세밀하게 보존하고 있는 우이다로 간다. 여기에서도 비슷하게 모래를 따라서 걸으면 승선 지점에 이르게 된다. 그런데 여기는 인도가 두툼한 판자로 되어 있다. 이곳에는 '감퇴 우물' 대신 망각의 나무가 있다. 그들은 노예들에게 그 나무를 돌면서 똑같은 목적, 즉 기억상실을 위해 의식의 춤을 추게 했다고 한다. 해안의 노예들은 거의 예외 없이 아메리카 대륙을 향한 악명 높은 대서양 횡단 길에 올라야 했다.

이제 해안선 궤도를 바꿔 북쪽으로 방향을 돌려 가나를 지나 사헬 지역으로 가 보자. 해안에 있는 영국, 네덜란드, 프랑스, 포르투갈의 노예 바라쿤, 성채, 지하 감옥 같은 것들이 내륙에도 있다. 거대한 노예 수용소들이 그것이다. 그 잔재가 오늘날까지 남아 있다. 노예제도에 관한 연구들이 간과하는 것이 한 가지 있다. 노예들을 사서 해안에 있는 바라쿤과 대기 중인 선박으로 몰고 간 것은 주로 아프리카인 중개상들이었지만, 유럽의 노예 상인들도 때로는 노예 수용소에서 노예를 사려고 직접 내륙 깊숙이 들어갔다는 사실이다. 또한 자세히 알려지지 않은 것 중 하나는 이러한 노예들 중 다수가 북쪽으로 가서 사막의 대상들과 함께 통북투, 모리타니를 거쳐 모로코, 알제리, 이집트로 갔고, 일부는 시리아와 레바논을 비롯한 아랍 국가들로 갔다는 사실이다. 아프리카 노예의 후손들이 거주하는 흑인 빈민굴은 북부 및 북동부 아랍 국가들에 존재한다. 그러나 도망친 노예들과 해방된 노예들로 이뤄진, 빈민굴과 반대되는 흑인 도시가 실제로 있는 곳은 모로코의 에사우이라이다. 해안에 위치한 그 도시는 점점 관광 명소가 되어 가고 있다.

노예들이 수용소에 갇혔던 상황은 현대에 들어와서도 비슷하게 되풀이된다. 수억에 달하는 자유인 남자, 여자, 아이들이 노예가 되거나 쫓겨난 경험이나 기억이 없음에도, 그들 자신의 나라에서 그러한 상황에 처해 있다. 북부 수용소에서 찍은 몇 장의 스냅사진들이 여기에 있다.

피크워로 노예 수용소는 가나의 동부 위쪽 지역에 있는 파가에 자리 잡고 있다. 이곳은 가나와 부르키나파소의 경계에 위치한 전략적인 도시이다. 노예들을 위한 주요 임시 수용소인 피크워로 시장이 여기에서 번창했다. 매매와 운송 과정은 우리가 해안 무역에 관해 알고 있는 것과 다르지 않았다. 노예들은 상품성에 따라 여러 범주로 분류되었다. 건강하다고 생각되는 노예들은 선별되어 북부 지역에 있는 살라가의 더 큰 노예시장으로 끌려갔다. 병들거나 부적합하다고 생각되는 노예들은 그냥 버리거나 땅에 파묻었다. 이 중에는 반항적인 노예들이 포함되었음이 틀림없다. 노예 가격은 해안에서보다는 내륙에서 확실히 더 저렴했다. 이것이 유럽 상인들이 이따금 북쪽으로 직접 갔던 이유였다. 지금도 수용소가 위치해 있던, 바위가 많은 넓은 사막 지대에는 노골적으로 펼쳐지던 무역의 실제 표시들이 남아 있다.

믿을 수 없지만, 그들에게 음식을 주던 방식은 그들이 처했던 비참한 상황을 엿볼 수 있게 해준다. 그들에게는 접시나 그릇 같은 것들이 주어지지 않았다. 그들이 짐승의 상태로 격하되었다는 점을 분명히 하기 위해서였다. 포로들은 돌을 이용해 바위 표면을 우묵하게 파내야 했다. 네다섯 명의 노예들이 우묵하게 파인 곳에 모여 정해진 양의 음식을 먹었다. 음식은 도망치거나 반란을 일으키지 못하게 겨우 살아 있을 만큼만 주었다. 세월이 흐르면서 매끄러워지긴 했지만, 바위에 있는 우묵한 곳들은 아프리카 대륙의 토착민들이 아직도 지니고 있는 비인간화의 영원한 상처, 그리고 그들 자신의 나라에서 노예와 다르지 않은 상황에 처한 현실을 상징한다.

기억해야 하는 다른 이름들도 있다. 살라가, 산데마, 날레리구, 그월로, 제니니, 삼프, 카파바, 킨탐포. 이 중에서 마지막 둘은 볼타 호수를 가로지르는 내륙의 승선지와 하선지의 이름이다. 대서양 횡단 노예무역 경로로 가게 되어 있는 노예들은 아샨티 지역에 있는 볼가탕가와 쿠마시를 거쳐 특별한 용도로 제작된 성채들로 갔다. 사하라사막 노예무역 경로로 선별된 노예들은 타말레로 갔다가, 다시 부르키나파소와 말리로 갔다가, 북아프리카와 다른 아랍 국가들로 끌려갔다. 이 경로로 선별된 노예들이 급격하게 증가한 것은 18세기 말과 19세기의 노예제 폐지 운동이 노예무역을 압박하면서 해안에 위치한 바라쿤을 텅 비게 만들었기 때문이다. 그들은 훨씬 더 오래된 대상 경로에 합류했다. 아라비아-베르베르인들이 소말리아, 에티오피아, 수단, 니제르를 습격해서 포획한 노예들은 그 경로를 따라 이동했다. 우리가 서부 해안을 설명하면서 이미 개략적으로 얘기한 것처럼, 지역 추장들과의 협력적 상거래를 통해 공급받은 노예들이 그 경로를 통해 이송되었다. 상당수 노예들은 더 동쪽에 있는 사우디아라비아, 카타르, 두바이, 이란으로 이동해서 탄자니아나 잔지바르 같은 동부 아프리카에서 온 노예들과 합류했다. 이들은 범선을 타고 인도양을 건넜다. 아프리카인들의 분산에 관한 이야기를 하면서 빼먹는 사악한 것 중 하나는 대서양 횡단 노예무역보다 적어도 천 년 정도 앞서 시작되었으며 노예제 폐지 운동이 대서양 횡단 노예무역을 막은 뒤에도 오래도록 계속된, 훨씬 더 오래 된 노예무역이다.

노예무역 지대에는 무덤들과 매장 흔적들이 수없이 많다. 죽은 노예들이 묻힌 곳이다. 어떤 노예들은 산 채로 묻혔다. 그러나 그 중에서 살라가의 강 옆에 있는 한 그루 바오바브나무처럼 강렬한 모습은 없다. 이곳에는 무덤들이 없다. 그 바오바브나무의 가지들 사이에 흰 천이 묶여 있다. 지금은 비바람을 맞아 갈색으로 변해 있다. 거기에는 노예 상태를 거부하는 공동체의 언약이 적혀 있다. 그 바오바브나무는 내가 '소멸된' 노예들이라고 명명했던 사람들의 폐기장이었다. 장이 서는 도시였던 살라가에서는 노예들을 매장하지 않았다. 그냥 땅에 버렸다. 그래서 그 땅 옆으로 흐르는 강은 '라피 앙갈루'로 알려지게 되었다. 독수리들의 강이라는 뜻이다. 독수리들은 공중을 맴돌다가 노천 묘지 위의 시신을 처리하려고 한가롭게 내려앉았다.

아프리카의 역사는 '거대한 분산'(Great Dispersal)의 이야기이다. 동쪽, 서쪽, 북쪽 방향으로의 분산에 관한 얘기는 있는데, 마지막 두 방향으로의 분산에 관한 얘기는 너무 없다. 아프리카 인류에 대한 범죄를 저지른 자들은 우리에게, 역사는 늘 우리 대 그들 혹은 다른 사람들과 같은 단순한 이야기가 아니라는 따끔한 사실을 들이민다. 그리고 설령 단순한 이야기로 하더라도, 역사도 "닭들이 날이 저물면 곧 보금자리로 들어온다"는 사실을 보여 준다.* 인간성에 관한 교훈이 담긴 표현이다. 그러나 잠깐 기

---

* "Chickens come home to roost." 이 속담은 의역하자면 '누워서 침 뱉기,' '자업자득' 정도의 의미가 되지만, 여기에서는 직역했다. 작가가 이 말의 문자적 의미를 중시하면서 활용하고 있기 때문이다─옮긴이.

다려 보자. 이 표현에 새로운 의미가 생긴 것은 아닐까? 원래 의미와는 다른 의미가 생긴 것은 아닐까? 역사의 반전이 일어났다. 우리 역사를 아무리 살펴보아도 어디에서, 닭이 돌아와서 반전의 풍경에 있는 가장 큰 나무에서 홰를 치고, 그들을 가두고 있는 우리 안의 인간들을 내려다보기를 기대했던가? 지나간 세월의 '깜둥이'이자 단순한 거래 물품이요 경멸의 대상인 바라쿤 수감자들의 후손이 권력의 정점에 앉아 세계의 운전대를 잡고 파괴나 안전의 행선지를 향해 가고 있다. 그것은 의심할 바 없이 음미할 만한 순간이었다. 그러나 잠시뿐이었다. 아프리카 대륙이 냉정해져야 하는 시기다. 수십 년 동안 중단되었지만 이제는 요란해진 현황 조사를 다시 시작할 순간이다. 그러나 이번에는 방향이 완전히 바뀌어야 할 것이다.

춤판은 끝났다. 얕은 무덤 속에 있는 시신의 발가락처럼, 겨울잠에 빠져 있었던 현실의 싹이 나오고 있다. 이제, 지각이 있는 모든 아프리카인들과 아프리카계 미국인들이 왜 케냐에서, 오바마의 집권을 축하하기 위해 만든 가장 인기 있는 노래 하나가 이런 식인지를 스스로 질문해야 할 시점이다. "루오가 우간다 대통령이 되는 것보다 미국 대통령이 되는 쪽이 더 쉽네"(루오는 우간다의 소수 종족). 이 노래는 아프리카의 고통의 근원에 대한 고발이다. 배제의 정신 구조의 해악에 대한 고발이다. 미국처럼 인종차별이 심한 곳들은 드디어 거기에서 빠져나오고 있는데, 아이러니하게도 세계적인 차원에서 보면 인간성을 배제당한 역사를 갖고 있는 아프리카 대륙은 배제의 정신 구조에 시달리고 있다.

코피 아난 유엔 사무총장의 8년 임기가 끝나 가고 있다. 그는 조상들을 사냥하고 운송하는 짓으로 악명이 높았던 나라의 토착민이다. 그들의 후손들도 그런 악명에 대해서는 부정하지 않는다. 희생자들의 뼈가 사하라사막 횡단 노예무역 길에 있는 흰 뼈들 사이에 있다. 코피 아난의 임기가 끝나 가는 시점에서 그의 조상들이나 옛 친족들이 범선을 타고 인도양을 건너가 어쩌면 이라크에 있는 잔지족의 반역에 참여했을지도 모르고, 아니면 알레포나 다마스쿠스의 흑인 빈민굴에서 살았는지도 모르는 또 다른 토착민이 세계적인 권위의 자리에 올라서고 있다. 만약 이것이 로버트 무가베(1924~)로 하여금 생각을 하게 만들고, 소말리아의 근본주의 군벌들이 행동을 멈추게 하고, 수단의 오마르 알바시르(1944~)와 콩고에서 인간성을 능욕한 자들로 하여금 생각을 하게 만들지 못한다면, 아프리카는 그 안에 살고 있는 사람들의 관심에서마저 밀려나게 된다.

폭력적인 분산의 역사는 곧 제노사이드의 역사이다. 그리고 제노사이드는 아프리카 대륙에서 지금 이 순간에도 되풀이되고 있는 수많은 각본들의 이름이다. 그것은 어쩌면 수단 같은 나라에서 가장 조직적으로 일어나고 있다. 과거의 내부적인 범죄가 아무런 처벌을 받지 않는 현재로 바뀌었다. 과거가 허구화되거나 부정되는 한, 아프리카는 위장되고 심지어 세련된 형식이긴 하겠지만 반복적으로 저주를 받게 되어 있다. 그런 사례는 수없이 많지만 수단의 완고한 지배계급의 행동처럼 그렇게 극악무도한 예는 없고, 그들의 행동처럼 비인간적인 인종 관계의 과거를 넘어서는데 실패한 경우도 없다. 기억의 신성한 장소는 보존되고 또 남용된다. 그 사이에 나머지 세계는 망각의 나무 그늘 아래에서 휴식을 취한다.

4
다르푸르에 살아 있는 망각의 나무

나는 직업이 극작가여서 의식(儀式)을 아주 좋아한다. 그러나 세계가 알지 못했으면 싶은 하나의 의식이 있다. 그것에 관해서는 이미 언급한 적이 있다. 그것은 극적인 의식들의 세계를 수십 년 동안 탐구하면서 마주한 가장 황폐하고 가장 고통스러운 의식 가운데 하나로 내 마음에 남아 있다. 이 의식은 베냉공화국 우이다라는 고대 도시의 해안에서 있었다. 의식의 중심에는 그 기능 때문에 '망각의 나무'라 불리는 나무가 있었다.

그것의 기능은 이렇다. 서아프리카의 내륙 도시와 거주지에서 사들인 노예들은 전쟁이나 다양한 목적으로 저질러진 침략의 희생자들이 보통이었는데, 그들은 승선하기 전에 방책과 성채와 성의 지하 감옥(서아프리카에는 이런 것들이 많다)에 수용되어 여러 가지 의식을 거쳐야 했다. 거기에는 그 악명 높은 나무를 빙글빙글 돌면서 진행되는 의식도 포함되었다. 그것은 그들로 하여금 그들의 땅과 집과 가족, 그리고 그들이 한때 갖고 있던 직업 자체마저도 잊게 만드는 것이 목적이었다. 간단히 말해, 그들에게서 과거를 깨끗이 지워 이전의 삶을 잊고 낯선 곳에 잘 적응하게 만드는 것이었다. 그러나 이 의식에 대한 또 다른 설명은 노예 상인들이 느끼는 두려움과 관련된 것이다. 상인들은 그들의 희생자들이 만약 타향에서 죽게 되면(그런 경우가 대부분이었을 테니까) 그들의 혼이 돌아와서 그들을 능욕한 자들을 괴롭힐지 모른다는 두려움을 느끼고 있었다. 주된 의도가 무엇이었든 한 가지는 분명했다. 자기들과 같은 부류의 사람들을 파는 상인들은 그들의 행위가 심각한 범죄라는 것을 알고 있었다. 그래서 그들은 예상되는 보복을 좌절시키려고 그런 의식을 치르게 했던 것이다.

그보다 잘못된 낙관은 없었다. 의식으로서 그것은 완전한 실패였다. 노예들은 결코 잊지 않았다. 인간의 마음은 대개 오래전에 사라진 정신들의 구조를 간직하려고 한다. 노예 사냥꾼들과 중개 상인들의 것과 똑같은 땅, 똑같은 역사, 똑같은 생육 환경의 정신 구조를 간직하려고 한다. 외국의 침략자들이 아니라 '그들'이 그 의식을 생각해 냈다. 기억을 떠올리는 습관은 쇠고랑을 차고 나무 주변을 빙글빙글 도는 그 비현실적인 순간들로 희생자를 데려

가서, 그러한 나무들이 얼마나 많이 존재하는지, 상징적일지라도 다른 사람들, 다른 인종, 다른 국가들이 있는 모든 곳에 얼마나 많이 존재하는지 궁금해 하게 만든다.

그 망각의 나무는 유혈이 낭자한 영광 속에 지금도 살아 있다. 그 옆에는 모든 것을 밝혀 주는 봉분이 있다. 그 무덤은 망각의 의식이 효험이 없다는 것이 드러나는 것을 기다릴 수 없었던 노예들의 안식처이다. 그들은 반항했고, 배의 현문에 오르기를 거부했고, 탈출하거나 반란을 선동하려고 했고, 끝내 살육을 당했다. 그러나 배에 올라 다른 세계로 실려 간 사람들도 잊지 않았다. 그들은 그 세계를, 혹은 그 세계의 일부를 잊을 수 없었다. 적어도 그 시대에는 그랬다. 이것이 2007년의 대부분을, 여러 나라들(영국, 카리브 해 국가들, 프랑스와 식민지들, 특히 영국연방 국가들)이 영국과 영국의 식민지에서 노예무역이 폐지된 200주년을 기념했던 이유이다.

대부분의 아프리카인들은 망각의 나무를 잊는 것을 선호할 것이다. 미국에 사는 그들의 후손들이 잊는 걸 선택하는 것처럼 말이다. 적어도 아프리카계 미국인들과 아프리카 학자들과 시사평론가들이 보여 준 감정적인 반응에서 판단하자면 그렇다. 그들은 망각의 나무가 아프리카 토양에 뿌리를 두고 있으며, 의식이든 상업적인 성격이든 아프리카의 인류를 모독했던 그 과정에 아이러니하고 당황스럽게도, 수백만의 희생자들을 만들어 낸 동족이 포함되어 있다는 것을 사실적으로 얘기했을 따름인 텔레비전 연작에 대해 악의적인 비난을 쏟아냈다. 우리 모두는 망각의 나무에 있는 면책의 과일을 먹기 좋아하지 않던가? 그러나 그것이 아무런 위안이 되지는 않지만, 우리는 혼자가 아니다. 그것이 누구에 의한 것이든, 오늘날 우리가 직면하는 것은 그 과일을 먹은 것의 유산이다. 다른 맥락이긴 하지만 나는 최근에 이르기까지, 검은 피부의 냉혹한 주인 세대들이 관할하는 새로운 노예 농장들이 아프리카 대륙에서 급격히 확산되는 이유를 원죄, 즉 '금단의 과일'을 먹은 것 때문이라고 얘기한 바 있다. 예전에 노예였던 흑인과 아프리카인들이 경제적으로 성공하게 되자, 스스로가 미국에서 노예 소유주가 되었다는 기록이 있다. 배상에 대한 이야기가 가장 격렬하게 진행되는 미국이라는 나라에서 말이다. 이것이 어떤 사람들한테는 놀라운 일일까? 많은 사람들, 특히 국가를 초월하는 아프리카계 미국인들한테는 이것이 생각할 수도 없고 논란의 여지가 너무 많은 생각일까? 그러나 왜 그럴까? 그렇게 '돌아선' 노예들은 인간의 몸을 거래하는 자본주의 상인들이 되어 그들의 원래 고향에 널리 퍼져 있던 경제적 방식을 단순히 계속했던 것은 아니었을까? 어쨌든 논쟁의 여지가 없는 그런 기록들이 남아 있다.

어쩌면 그들은 잊었는지 모른다. 그게 아니라면 역사 자체를, 지금쯤 망각의 나무를 마지막으로 한 바퀴 돌았어야 하는 쇠고랑을 찬 포로라고 생각하는 건지 모른다. 다른 사람들은 그러지 않았다. 인종도, 국가적 혹은 지구적 제도도 그러지 않았다. 여기에는 여러 가지 이유가 있다. 우선, 가장 황폐한 역사들에도 향상되는 순간들은 있다. 용기와 탄력과 생존, 가해자들의 심경 변화, 배상을 위한 노력을 포기하게 되면 인간성은 더욱 메말라 간다. 세계는 그러한 발전적인 아이러니들을 요구한다. 그래서 몇 년 동안 유네스코는 노예무역과 그것의 폐지를 기억하는 국제적인 기념일을 만들어 해마다 기념해 왔다. 그 기념일이 2007년에는 특별한 의미를 띠었다. 200주년이 되는 해였기 때문이다. 그러나 내 생각에는 그해의 기록조차 3년 전인 2004년에 있었던 또 다른 200주년 기념식의 역사적인 중요성에 비할 바가 아니었다.

그해가 어떤 해였을까? 2004년은 지난 세기에 발생한 가장 끔찍한 지진 가운데 하나를 최근에 경험한 아이티공화국의 독립 200주년이 되는 해였다. 어쩌면 아이티는 과거가 주는 영웅적인 위안에 힘입어 처음에는 불가능할 것처럼 보이는 복구 작업을 해나갈 것이다. 그것을 계기로 일부는 300여 년 전에 그곳으로부터 잔인하게 뜯겨져 나온 대륙의 품으로 돌아가겠다는 변덕스러운 생각을 하게 되었다. 세네갈 정부는 지체 없이 손길을 내밀고, 1822년에 해방된 노예들의 재정착을 위해 라이베리아가 세워진 이래 최초로 흑인 송환자들을 받아들였다. 그러나 이것은 당연히 별개의 구원의 몸짓이었다. 피폐한 상황에서도, 그리고 아프리카의 이디 아민(1925~2003, 우간다)과 마시아스 응구에마(1924~1792, 적도기니)를 닮은 '파파' 두발리에(1907~1971)와 '베이비 독' 두발리에(1951~2014, 1986년까지 부자가 대를 이어 30동안 아이티를 통치했다) 같은 악랄하고 악마적인 통치자들이 지배했던 근대사에도 불구하고, 흩어진 흑인들을 위한 아이티의 해방은 아프리카 대륙과 세계를 위한 영웅적인 역사의 한 장이다. 끊임없이 허리케인에 시달리고 지금은 지진으로 시달리는 카리브 해의 작은 섬은 자유의 본질을 완전하게 구현한 본보기가 되었다.

아이티는 노예의 후손들이 세우고 통치하는 최초의 근대 흑인 공화국이며, 따라서 신세계 전역에서 벌어지던 인간의 노예화에 맞선 저항의 상징이고, 모든 곳에서 타오르는 자유의 정신을 위한 횃불이다. 여기에는 이라크도 포함된다. 이라크에서는 노예들이 '잔지의 난'이라 알려진 반란을 일으켜 거의 20년 동안 자치를 하면서 이슬람 칼리프 제국을 궁지로 몰아넣었다. 어째서 이러한 것들이 아프리카인들의 기록에는 감춰져 있는가? 역사를 공부하거나 공부했고, 모든 피부색과 윤곽의 범아프리카주의자를 포함하여 조상들의 운명에 단순히 열중했던 우리들은 너무 서구 지향적이어서 아프리카인의 디아스포라 역사는 유럽 침입자들과의 접촉으로 제한되어 있다. 그래서 1804년에 나폴레옹이 아이티 식민지에 노예제도를 부활시키려고 했던 일과 그가 자크 데살린(1758~1806)의 지휘를 받는 아프리카 노예 군대의 손에

패퇴한 것을 기억하는 편이 늘 더 편리하다. 아프리카인들이 아랍 세계에 어떻게 흩어지고 그들의 문화와 사회적 위치가 아랍화된 아프리카 지역들과 중동에서 어떻게 되었는지에 대해서는 대부분 알려져 있지 않지만, 그 역사 자체가 검은 대륙의 일부 지역에서는 비극적이고 절박한 문제였다.

우리는 구체적이고 지속적인 시나리오를 갖고 접근해야 한다. 더 정확히 말하면, 그러한 시나리오는 물론 과거의 조건을 탈출하려는 노력에서 인간이 갖고 있는 비극적인 한계를 보여 주거나 고발한다. 특히 타자의 권리와 존엄성을 결정하는 문제에서 그렇다. 우리는 이러한 고질적인 병리가 가장 위험하게 드러난 형태, 즉 세계의 많은 나라들이 애써 외면하는 인종과 인종 사이의 경멸적인 관계(인종차별이라는 불리는 관계)에서 아프리카 대륙에 어떤 형태의 해결책이 우세할 것인지 섣불리 예측하지 않을 것이다. 그렇지 않으면 사회 현상들에 대한 허황된 분류에 빠져 있는 책망의 목소리들, 즉 경제적·계급적 불균형 등에 대한 환원적 해석에 집착하는 원시주의자들은 그것을 현실과 동떨어진 미친 짓이나 사건들에 대한 '반동적인' 해석이라고 할 것이다. 이러한 것들은 모두 그럴 듯해 보이고 과장된 무시 전략이지만, 그들은 능수능란하고 편파적이고 도피적이다.

지난 40년 동안 잔지바르와 모리타니를 비롯한 곳에서, 그리고 가장 최근에는 전례가 없는 규모로 수단에서, 악의적인 인종 분규가 일어난 것은 은닉과 생략에 의한 수정주의 정책이 최후의 심판일을 연기할 뿐이라는 점을 경고하는 것이다.

1989년, 세네갈과 모리타니의 국경 분쟁은 수원지와 방목지 관련 다툼 때문에 촉발되었다. 그러나 그것과 관련된 다른 요인들을 부정하는 것이 현명할 짓일까? 예를 들면, 명백한 인종적 긴장 상황을 과거에 형편없이 처리한 일이나 모리타니에서 쫓겨난 7만5천 명 정도의 시민들이 거의 모두 아프리카 흑인들이라는 사실을 부정하는 것이 현명할 짓일까? 숨기거나 부정하는 것은 그것으로부터 이익을 얻는 사람들에게 반복을 조장할 뿐이다. 그들은 그렇게 하고도 처벌을 받지 않을 것이라고 더욱 확신하고 그런 짓을 되풀이할 것이다. 역사적인 은폐를 믿는 부류 때문에 다르푸르가 가능해졌는가, 아니 그들이 그것의 가능성을 염두에 두기라도 했는가? 모리타니가 서부 해안 노예들의 북서쪽 기착지였을 때도, 수단은 사하라사막 횡단 및 홍해를 거친 노예 수송의 보급소였다.

수단이 과거에 안이하게 살고 행동한 것을 인정할 필요가 있다. 그것을 배상하라는 압력도 없고 권고도 없기 때문이다. 수단에서 일어나는 사건들이 노예제 역사에 뿌리를 둔 관계로 거슬러 올라가는 인식에 기초를 두고 있지 않은 척하는 것은 역사의 힘을 속이는 짓이다. 유네스코 사무총장을 지낸 마쓰우라 고이치로의 말을 군이 참조할 것까지도 없다. 그는 아프리카 대륙이 "이

비극에서 담당했던 역할"과 "근대국가에 대한 그 비극의 지속적인 영향"에 주목해야 한다고 말했다. 바로 이것이 도덕적 의무에 대한 현실적인 교훈이다. 유네스코가 '노예 루트' 프로젝트를 시작하며 "노예무역과 노예제도를 둘러싼 침묵을 깨겠다"고 선언했을 때, 그 선언문에 깊이 담겨 있던 것은 그러한 도덕적 의무감이었다.

빌 클린턴은 미국 대통령으로 재임할 때, 자신이 다스리고 있는 사회 안에서 종지부를 찍기 위한 과정이 필요하다는 것을 확인하고 역사의 불미스러운 과거를 배상하려고 했던 것처럼 보인다. 그가 터스키기에서 저질러진 악명 높은 매독 실험을 언급한 것은 주목할 만한 행동이었다. 그것이 주목할 만했던 것은 그렇게 해야 할 즉각적인 이유가 없었기 때문이다. 미국의 어두운 과거를 환기시키고 과거를 다시 생각해야 할 아무런 사건도 없었다. 클린턴은 세일럼에서 교수형을 받아 죽은 마녀들의 명예(300년 전의 역사로 아서 밀러의 희곡 〈시련〉의 주제가 되었다)를 회복시켰을 뿐 아니라, 아프리카계 미국인들에게 실험의 방향을 알리지도 않고 그들을 실험의 재료로 썼던 터스키기 매독 실험에 대해 사과했다. 당시 흑인들에게 매독 균이 주입되었고, 일부에게는 치료도 해주지 않았다. 그것은 북반구에서 행해진 의학적 연구에서 가장 잔인한 사건 중 하나였다. 그렇게 마음대로 쓰고 버릴 수 있는 대상은 당연히 노예의 자손들이었다. 간단히 말해, 그들은 물려받은 소유물이었던 것이다.

빌 클린턴은 아프리카에 왔을 때, 노예무역에 대한 사과에 근접하는 말을 함으로써 역사에 유감을 표시했다. 그가 정략적 행위를 한 것일까? 그것은 중요하지 않다. 역사적 수정주의의 긍정적인 측면인 '역사 수정'의 동기는 과거의 회계장부를 덮으려는 시도를 뛰어넘는 것이다. 사실 그들은 결코 장부를 덮을 수가 없다. 그들은 닫혀져 있는 회계 원장을 다시 열고 잠재적인 비판의 역할을 하고, 어쩌면 현재와 미래에 인간에 대한 계획을 세우는 데 제한적인 역할을 한다. 이러한 것들이 배상을 지지하는 논의로 고려될 수 있겠지만, 이것이 지금 우리의 목적은 아니다.

과거의 잘못들을 바로잡으려는 클린턴의 몸짓과 비슷한 노력이 아시아에도 있었다. 일본인들은 고백소에 끌려나와 한국인들에 대한 범죄와 '위안부'라고 알려진 한국 여자들의 성노예화(말만으로도 인간 이하의 상태를 나타낸다)에 대해 사과해야 했다. 그리고 마지막으로, 가장 최근의 예를 들 수 있겠다. 2008년, 영국 식민지에서의 노예무역 폐지 200주년 기념일이 가까워졌을 때, 영국 총리 토니 블레어는 빌 클린턴이 했던 것과 가깝게 노예무역에서 영국이 했던 역할에 대해 사과했다. 흥미롭게도 영국 비평가들은 블레어의 사과가 충분하지 않았으며 명쾌한 사과를 한 것도 아니라고 비판했다. 사과할 것이 아무것도 없다고 주장하는 사람들도 있었다. 사과든 아니든, 기념일은 과거를 직면하는 데 있어서 적절한 시기이다. 역사와 직면함으로써 우리는 "역사적 조건에서 벗어날" 수 있고(여기에서 조건이란 왜곡된 인간관계에서 비롯되는 조건을 말한다) "자력을 띤 것처럼 보이는 궤도에서 벗어나 인간 상호간의 인정과 존중의 새로운 궤도 속으로 진입할 수" 있게 된다.

나는 내가 의식에 대해 갖고 있는, 간혹 모호한 관계를 인정하면서 이 이야기를 시작했다. 이제, 의식의 절차를 긍정적으로 사용(각색)한 사례를 하나 소개하겠다.

2006년 11월 11일, 뉴욕 유엔 본부 맞은편 건물의 3층 홀에서 다소 이상한 의식이 거행되었다. 그곳의 위치와 높이 때문에 그 의식은 거리에 나부끼는 유엔의 깃발들을 배경으로 진행되었다. 그것은 재판의 형식을 취한 의식이었다. 어울리지 않게 내가 재판장을 맡았다. 내가 맡은 사건은 인류에 대한 범죄를 저지른 아프리카 국가의 지도자에 대한 재판이었다. 그렇다, 그것은 미리 짜여진 형식이었다. 그러나 엄숙하게 진행된 대단히 진지한 의식이었다. 그 목적을 위해 증인들이 뉴욕으로 날아왔다. 국제구호단원들, 외부 관찰자들, 자기들도 희생자가 되는 것을 피할 수 없었던 기자들, 특히 트라우마 상담을 받고 있는 희생자들과 생존자들이 자리에 나왔다. 그들은 증언을 하고 몇 날 몇 주에 걸친 고통을 거듭 덜어내며, 말도 하지 못하고 눈물을 억제하지 못했다.

그것은 의식이었다. 모든 사실은 이미 알려져 있었다. 우리가 형식적으로 궐석 피고자인 수단 정부(그들은 우리가 뉴욕 주재 대사관을 통해 초청장을 보냈지만 무시했다)를 위해 국제적으로 명성이 높은 변호사들을 임명할 때조차, 아무런 요구도 없었다. 재판관들 중에는 푸르족 여성들을 구조하기 위해 자선단체의 대표로 여러 차례 수단에 가서 개인적으로 수백 명의 희생자들과 접촉했던 사람도 있었다. 직접 가지는 않았지만, 나도 그런 노력을 하지 않은 것은 아니었다.

2006년은 여러 달 동안, 지구에서 일어나는 다른 일은 거의 완전히 배제되고 하나의 사건이 지구촌 곳곳까지 매스컴을 도배했던 해였다. 그것은 매스컴이 오랫동안 O. J. 심슨의 살인사건 재판을 보도한 것과 같은 효과와 필적했다. 이라크에서 벌어지고 있는 전쟁조차도 그 사건에 묻혀 버릴 정도였다. 무가베는 세계가 관심을 갖지 않는 사이, 독재에 완강하게 반대하는 세력의 근거지인 도시 거주지들에 대한 파괴를 가속화했다.

그러나 매스컴의 주목을 받아야 하는 지구상의 다른 일들을 거의 완전히 배제한 채, 매스컴의 압도적인 주목을 받은 사건은 예언자 무함마드의 풍자만화를 두고 벌어진 소동이었다. 악명을 떨치고 싶어 안달이 난 덴마크의 지방 도시의 이름도 없는 잡지의 편집자가 위험한 풍자만화를 게재했다. 외관상 묵시적 차원의 그 사건은 같은 시기에 일어나서 250만~300만 명에 이르는 사람들의 삶에 영향을 끼친 사건을 묻히게 만들었다. 다르푸르에서 일어난 인종 대학살이 그것이었다. 계속되는 반인륜 범죄는 국제 매스컴의 주목을 거의 받지 못했다. 전 세계가 히스테리에 휩싸여 있을 때, 수단 정부는 아프리카 대륙에서 인종 학살을 자행하는 집단, 즉 '잔자위드'라고 알려진 의용군을 통제하겠다고 세계에 약속했던 것들을 계속 어겼다. 그들은 '인종청소'를 무지막지하게 밀고 나갔다. 전 세계는 혼수상태에 들어가 있었다.

늘 그렇듯이 여기저기에 예외는 있었다. 인도네시아의 쓰나미 피해 지역인 아체의 구호 작업에 참여했다가 막 돌아왔던 엘리위젤인권재단의 새로운 계획이 이번에는 다르푸르를 향했다. 나는 그 임무를 수행하는 데 함께해 달라는 요구에 조금도 주저하지 않았다. 만약 희생자들이 거대한 파도가 몰아치는 쓰나미와 잔자위드라고 불리는 연속적인 폭력의 물결 사이에서 선택권이 주어진다면, 상대적으로 약한 쓰나미를 선호했을 것이라고 나는 확신했다. 나는 BBC 주최 리스 강연이나 권력과 존엄 문제에 관해 얘기했던 회의에서, 둘 사이를 명확하게 구분한 바 있다. 아무리 파괴적이고 지독해도 자연이 풀어 놓은 힘은 인간에게 굴욕을 주거나 인간을 타락시키지 않지만, 인간이 다른 인간에게, 혹은 한 부류의 인간들이 다른 부류의 인간들한테 행사하는 힘은 경멸과 모욕과 모멸의 표시라는 것을 나는 역설하고자 했다.

우리의 다르푸르 일정은 4월 3일부터 4월 7일까지로 예정되어 있었다. 나는 소형 비디오 카메라를 챙겼다. 그럴 것 같지 않았지만, 수단 정부가 자기들이 한 말을 지키고 자유롭게 움직이면서 사람들을 접촉하도록 허락할 경우에 생생한 증언들을 담아올 작정이었다. 특히 일정에 잡혀 있던 난민 수용소를 방문할 경우에 그럴 예정이었다. 전 미국 국무장관 콜린 파월과 유엔 사무총장 코피 아난 같은 고위급 인사의 방문은 그들이 처벌을 받지 않고 넘어가도록 천박한 길을 열어 놓고 있었다. 그 앞에서 세계는 무기력해 보였다. 배상을 논의하는 자리에 어떤 세계적인 청중이 있든, 불행 속에서 아프리카인들이 내지르는 절규는 서글프게도 늘 뒷전이었다. 우리의 임무에 대해서는 엘리위젤재단의 공식 성명에 간결하게 나타나 있는데, 그것은 예상치 못했던 것은 아니었다. 수단 정부가 유엔 관리의 입국을 거부했다는 기사가 신문에 실린 직후, '편집자에게 보내는 편지'가《뉴욕타임스》에 실렸다.

수단 정부, 유엔 관리의 다르푸르 방문을 막다!
엘리위젤인권재단은 이번 주에 노벨상 수상자들을 중심으로 다르푸르 지역에 대표단을 파견할 예정이었다. 그러나 수단 정부는 우리에게 수단 입국을 허가할지 여부를 검토하고 있다고 얘기했다.
1986년의 노벨평화상 수상자 엘리 위젤은 4월 30일, 워싱턴에서 시위를 계획하고 있는 다르푸르 연합에 이런 메시지를 보냈다.

"고통의 중심지인 다르푸르에서는 지금, 남자들과 여자들과 아이들이 쫓겨나고 굶어죽고 고문당하고 신체를 훼손당하고 모욕당하고 몰살당하고 있습니다. 모든 문명 세계가 다 알고 있는 사실입니다. 이 엄청난 인권 침해를 멈추기 위해 거의 아무것도, 아니 아무것도 행해지고 않고 있습니다. 누구한테 죄가 있습니까? 그러한 범죄를 저지른 자들입니다. 그러나 '누구한테 책임이 있습니까?'라는 질문에 우리는 이렇게 말해야만 합니다. '우리 모두가 아닐까요?'"

인간 역사에서 가장 참혹했던 지난 세기의 경험에서 우리는 적어도 한 가지 교훈을 배워야 한다. 인종 학살을 저지른 자들이 국가의 경계선과 주권의 주장 뒤에 숨을 수 없다는 것이다. 폭력에 노출된 사람들을 방어하기 위해 행동하는 것 말고는 선택의 여지가 없다.

– 《뉴욕타임스》 2006년 4월 4일자

그랬다. 정말 우리 모두는 그곳으로 갈 준비가 되어 있었다. 신변이 보장된 상태였고 비자 문제도 해결되어 있었다. 다른 사람들도 그랬겠지만, 나도 잡혀 있던 모든 일정을 취소했다. 그런데 수단 정부가 꽁무니를 뺐다. 나는 그들이 유엔 관리들이 들어오지 못하게 막은 이유를 유엔한테 설명했는지 여부를 알지 못한다. 그러나 우리한테는 곧 열리게 될 아랍연맹 정상회담에 따른 준비가 벌써 한창이어서 서너 명의 노벨상 수상자들이 아프리카에서 가장 큰 나라의 한복판에 오는 것과 양립하기 어렵다는 이유를 댔다. 어쩌면 다행인지도 몰랐다. 사람은 사물의 밝은 면을 늘 보아야 하니 말이다. 우리가 비자를 받고도 그 멀리까지 가서 하르툼에 있는 특급 호텔에 갇혀 있거나, 다르푸르에서 멀리 떨어진 곳에 있는 매혹적인 유적들을 구경하며 시간을 때우고 있었을지 모르는 일이었으니까 말이다. 우리는 어떻게 일이 진행되어 갈지 알고 있었다. 수행원이 사라지고, 갑자기 적개심이 '높아지며' 가던 길이 위험해지고, 장관은 각료회의에 잡혀 있고, 물론 처음에는 환영을 하고 직접 우리에게 상황을 알려주고⋯⋯.

아랍연맹 정상회담은 우리의 방문이 불발되고 나서 몇 달이 지나도록 열리지 않았다. 우리는 수단 정부의 대리 군대인 잔자위드 아랍 침략자들이 정상회담을 위해 정전을 했다는, 위안이 되는 소식을 듣지 못했다. 반대로, 잔자위드가 폭력을 행사하고 아프리카 흑인들의 인종적 정체성을 지워 버리며, 아프리카 토착민들과 땅과 역사를 '아랍화'하고 그것을 공공연하고 떠들썩하게 알리는 데 더 열심히 매달리고 있다는 소식이 날마다 들려올 뿐이었다.

내가 그곳에 가서 가져왔을 모습들은 어쩌면 마음을 둔화시키는 데만 기여를 했을 것이다. 그 이상의 기억을 위한 능력을 둔화시키고 악에 대한 인간 능력의 평가를 둔화시키는 데만 기여했을 것이다. 보통의 마음은 그러한 것들을 다시 떠올리는 것에 저항함으로써 과부하로부터 자신을 보호하려는 경향이 있다. 이것이 어쩌면 그러한 일들이 계속, 그것도 점점 더 처벌을 받지 않고 일어나는 이유일 것이다. 수단은 자랑스럽다는 듯, 사라진 남아프리카공화국 아파르트헤이트 신학의 계승자로 자신을 계속 노골적으로 드러내 왔다.

전 세계의 이목을 집중시킨 악명 높은 발표는 인간이 이성적 행동의 옹호자라는 생각에 의문을 품게 만들었다. 솔직히 나는 개인적으로 할 일이 있었다. 우리는 이미 수단에서 벌어지는 흑인 토착민들에 대한 비인간화의 이미지들을 갖고 있었다. 그러나 나는 직접 이미지들을 확보해, 보고를 받을 때 그것들을 인터넷에서 이미 급격히 늘고 있는 불쾌한 만화들과 나란히 놓고, 내 말을 듣고 있는 청중들에게 북쪽 나라 시골에 사는 별로 이름 없는 편집자의 야비하고 무신경한 행동 때문에 벌어진 난리법석을, 당시의 다르푸르를 향해 세계의 양심으로부터 그것도 이따금씩 나오는 하소연과 비교해 보라고, 밖으로 나오자마자 아무것도 하지 않는 것의 무거움에 거의 질식되었던 하소연과 비교해 보라고 할 생각이었다. 그와는 대조적으로, 전 세계의 모든 일이 그 만화 때문에 정지된 것 같았다. 외교적인 메모들이 국가 및 종교 지도

자들 사이에서 날아다니고, 대사관들은 문을 닫아걸고, 정부에서는 국민들에게 여행을 자제하라고 경고하고, 유엔 안전보장이사회는 긴급회의를 열고, 열렬한 거부 선언이 방송과 국제 매스컴을 채우고, 동정과 고통과 연대의 메시지, 종교 전쟁의 위협, 아마겟돈, 헌팅턴, 후쿠야마, 대해체(大解體)의 메시지가 쏟아졌다. 그 사이에 다르푸르에서는 무슨 일이 일어나고 있었는가?

여기에 일상적인 사건과 관련된 하나의 증언이 있다. 수백, 아니 수천 건의 비슷한 보고서가 유엔 관리들이 편찬한 것에서 발견된다. 다음은 생존자 가운데 한 사람과의 인터뷰에서 나온 것이다.

무장을 하고 낙타와 말을 탄 수백 명의 남자들이 푸르족의 땅 한복판인 제벨마라의 동쪽 비탈에 있는 타윌라 타운을 공격했습니다. 사흘 뒤 그 공격이 끝났을 때, 75명이 죽었고 350명의 여성들과 아이들이 납치를 당했으며, 100명이 넘는 여자들이 강간을 당했습니다. 그 여성들에는 41명의 타윌라 기숙학교 교사들과 여학생들도 포함되어 있었습니다. 여성들 중 여섯은 나중에 죽임을 당한 그들의 아버지들이 보는 앞에서 강간을 당했습니다. 어떤 이들은 윤간을 당했습니다.

사실, 그 사건은 만화를 둘러싸고 난리법석일 때 일어난 게 아니라 그보다 1년 전에 일어난 사건이었다. 우리는 임무를 띠고 그곳에 가서 이런 성격의 증언들을 보강하기를 희망했었다. 우리는 그와 유사한 습격을 목격한 사람들을 만날 것을 대비해 독자적으로 장비를 갖춰 놓고, 그 희생자들이 카메라나 녹음기를 향해 직접 얘기하기를 바랐다. 하지만 예상했던 것처럼 그런 기회는 거부당했다.

다르푸르는 그러한 갈등들을 대개 복잡하게 만드는 여러 지역들의 범위를 정하는 데 큰 문제를 제기한다. 가해자들과 피해자들이 모두 같은 종교를 믿는다. 그래서 하나의 요소, 만화 사건이 보여 준 것 같은 감정적인 요소가 배제되었다. 수단에서 편을 가르는 선은 다른 변수들을 따라 그어졌다. 물론 그중에 두드러진 것은 인종이었고, 지금도 그건 마찬가지다. 그것이 원인이라는 명백한 증거는 얼마든지 있다.

유엔 조사관들과 참관인들이 악명 높은 잔자위드의 지도자 셰이크 무사 힐랄의 본부에서 회수한 서류들을 포함한 자료는 수단 정부가 다르푸르 지역에서 조직적으로 학살을 저질렀다는 사실을 분명히 보여 줬다. 수단의 국회의원들, 지역 지사의 발언, 군사작전 명령, 그리고 무방비의 마을들에 폭탄을 투하하는 수단 전투기 조종사들 사이에 오간 교신 내용이 그것을 뒷받침했다. 수단 정부의 정책은 앞에서 언급한 잔자위드 습격자들을 통해 확실하게 수행되었다. 잔자위드 습격자들은 수단 정부가 만들고 재정을 지원하고 무장시키고, 수단의 군사 및 정보기관들의 지시를 받는 아랍 시민군이었다. 코피 아난과 콜린 파월이 방문하기 오래전에 이미 여러 진취적인 기자들이 주로 다르푸르의 아프리카 토착민들을 향해 이미 벌어지고 있는 인권 범죄를 지적한 바 있다. 그들은 아프리카 토착민들의 생존권이 광범위하게 폭력적으로 부정당하고 있다는 기사들을 썼다. 전적으로 아프리카인들이 만들고 아프리카인들로 구성된 인권단체인 크레도(CREDO)는 몇 년에 걸친 압도적인 증거들을 갖고 아프리카연합의 문을 두드리고 있었다. 그들은 아프리카 지도자들의 끝없는 모임에 쫓아다니고 그들의 국가를 찾아다니며 서부 수단인들을 위해 강력한 행동을 취해 달라고 촉구했다. 당시 아프리카연합 의장이던 우마르 코나레는 수단과 난민 수용소들을 여러 차례 방문했다. 그는 형식적 차원의 책임을 넘어서 의무를 다하려 했다. 그는 오마르 알바시르를 비롯한 수단 관리들과 만났다. 나는 수단 정부에 대한 코나레의 비난이 분명했다는 것을 그에게 직접 들어 알고 있었다. 그러나 명목상이 아니라 효과적인 규모로 실질적으로 개입하기 위한 무력을 동원하기에는 아프리카 회원국 지도자들의 의지가 부족했다.

이처럼 사실들은 이미 알려져 있었다. 그래서 재판은 그야말로 의식의 차원이었다. 예상했던 대로 판결은 만장일치였다. 피고인 수단의 오마르 알바시르 장군은 기소된 대로 유죄 판결을 받았다. 그것은 상징적인 행위였다. 이상적인 세계 질서를 구현하게 되어 있는 전문가들인 유엔 사람들을 깨어나도록 촉발하기 위한 상징적인 행위였다. 유엔은 입에 발린 수사와 외교적인 의례에 갇혀 거래를 하고 속 다르고 겉 다른 말을 하고 있었다. 그 사이, 르완다 대학살 이래로 가장 큰 반인륜 범죄가 그들의 눈앞인 아프리카 대륙에서 벌어지고 있었다. 유엔의 레스토랑과 카페테리아에서 때때로 디저트로 나오는 것이 무엇인지를 식별하는 것은 너무 쉬운 일이다. 그것은 망각의 우이다 나무에서 따서 특별히 공수해 온 과일들이다.

자기 국민의 일부, 특히 서부 수단의 푸르족에 대한 수단 정부의 비인간적인 행위의 온상이 되는 마음의 저의를 이해하고자 하는 사람들은 역사가 이 시나리오에서 어떤 역할을 했는지 눈여겨볼 필요가 있다. 잔자위드 습격자들이 저지른 인종청소에서 살아남은 생존자들이 거듭 증언했듯이, 그들이 즐겨 외치던 소리가 역사적인 혐오의 소리인 "노예들을 죽이자!"였다는 것은 새삼스럽게 지적할 필요도 없겠다. 미국의 깊숙한 남부에서 KKK 단원들도 밤에 돌아다니며 비슷한 소리를 질렀다. 그들이 "검둥이들을 매달아 죽이자!" "노예들을 모조리 죽이자!"라고 소리를 질렀다는 사실은 뉴욕 법정을 비롯한 다양한 증언들에 기록되어 있다. 그것은 유엔이 결국 1년 후에 실행에 옮긴 기소들과 그와 관련된 다른 조치에서도 분명히 드러나게 될 것이다. 아직 속죄

받지 못한 사하라사막 횡단 노예무역의 역사, 즉 아프리카 대륙에 있는 두 인종 사이의 수백 년 역사는 주인과 노예의 전통으로 통합되었다. 그것은 인구의 일부를 인간 이하의 존재로 만들어 방치하고 이중적 통치 기준, 불평등한 법 적용, 무슨 짓을 해도 처벌을 받지 않는 관행을 통해 영원한 모욕을 받게 하고 있다. 그들은 자신들의 사회적 지위를 수정해 달라고 할 때마다 제거될 운명에 놓인다.

다르푸르에서 일어나는 사건을 이해하는 것이 어렵다고 생각하는 아프리카계 미국인들은 그리 오래되지 않은 자기네 역사를 돌아보면 된다. 다른 인종에 대한 한 인종의 태도를 아직도 지배하고 이따금 분출되어 나오는 역사의 자취를 돌아보면 된다. 한국의 일본군 '위안부들'이나 재미삼아 하는 린치와 터스키기 매독 실험의 희생자였던 흑인들처럼, 다르푸르인들은 스스로를 자랑스럽게 아랍인이자 영주라고 생각하는 수단의 지배계급의 마음에는 여전히 소유물이다. 종종 얼굴 모습에 별 차이가 없고 같은 종교를 믿으면서도, 가해자들은 스스로를 노예를 소유하는 계층으로 생각한다. 그것은 유럽인들 이전에 아프리카 대륙에서 벌어지던 아랍인들에 의한 노예무역, 끝없이 모호해지고 회피되고 그것의 자취가 희미해진 노예무역에서 비롯된 권위의 소산이다.

형식적인 의미에서조차 노예제도는 아프리카 대륙에서 없어진 것이 아니다. 아동 노예들이 트럭에 실려 나의 조국인 나이지리아와 다른 서부 아프리카 국가들에 있는 미지의 지점으로 가다가 경찰한테 아직도 구조되는 일이 벌어지고 있는 게 현실이다. 이것에 관해서 우웸 아크판의 《너도 그들의 편이라고 말해라》를 읽어 보라. 예를 들어, 우리는 노예제도의 단순한 자취 이상의 것이 현재 모리타니에 존재한다는 것을 알고 있다. 그러한 관계가 20년 전, 수백 명의 군인들의 학살 사건과 관련이 있었다. 이러한 사건들은 외국 언론에서조차 제대로 보도되지 않고 있다. 또한 그러한 관계가 군대 내에서 반란이 일어난 지 '3년' 뒤에 같은 나라에서 그 수의 세 배나 되는 민간인들이 학살당한 것과 관련이 있다. 그것은 결국 그 나라에서 세네갈 토착민들을 추방하는 것으로 이어졌다. 수단에서 현재, 그토록 냉소적이고 무자비하게 드러나고 있는 것은 노예제의 흔적이 남아 있는 관계의 역사이다. 그것이 그 나라에서 30년이 넘도록 기승을 부리면서 남부 수단의 시민사회와 문화들을 파괴하고 있는 내전의 배경이다. 전선은 결국 상호적인 저항력 저하와 완강한 저항 의지를 통해 진정 국면에 접어들었지만, 굴욕을 당한 수단 정부는 그 좌절감을 다르푸르라고 알려진 수단의 서부 지역으로 돌렸다. 계속되고 있는 이러한 주인-노예식의 대결은 내부와 외부의 공식 발표에서 냉소적으로 포장이 되고 있다. 예를 들어, 유엔은 르완다 대학살을 보고하면서 '제노사이드'이라는 말을 사용하지 않으려 했다. 그래도 그것이 어떻게 포장을 하든, 떨쳐 내지 못한 이러한 관계와 치명적인 짝(주인과 노예)에서 노예에 해당하는 쪽의 주장은 다르푸르 비극에 관여한 자들의 정신 병리를 보여 준다.

아직도 존속하는 노예 소유주의 병리는 나이지리아 작가 콜 오모토소가 나이지리아 역사를 재현한 《동트기 직전》이라는 소설에서 전하는 일화에 잘 포착되어 있다. 오모토소는 노예제 폐지 운동이 서아프리카에서 시작되던 시기를 형상화했다. 노예제 폐지 운동은 상업적인 편의에서였든, 이타적인 동기에서였든, 아니면 둘 다였든, 당시에 진행되고 있었다. 영국 식민지 관리는 노예무역을 끝내려 하는 영국의 의지에 관해 에미르(북부 나이지리아의 토후)에게 훈계를 하려고 했다. 토후는 엄청나게 화를 내며 이렇게 호통을 쳤다. "당신은 고양이한테 쥐를 잡지 말라고 할 수 있습니까? 차라리 나는 노예를 입에 물고 죽겠소!"

그 토후와 미국 남부와 서인도제도의 노예주들에게 일부 인간들은 소유물이다. 소유권이 있다는 것은 불에 지지든, 거세하든, 강간하든, 목매달아 죽이든, 아니면 먹어 버리든, 자기 마음대로 자기 물건을 처분을 권리가 있다는 것을 의미한다. 아이티라는 나라를 다시 노예 국가로 만들기 위해 계몽의 시대를 비웃었던 나폴레옹처럼, 살아 있는 사람을 트럭 뒤에 묶어 끌고 다니며 문자 그대로 산 채로 껍질을 벗겼던 미국의 살인자들처럼, 기록조차 되지 않은 수많은 사례들처럼, 수단 정부는 인간성과 유엔과 다른 아프리카 정부들의 법을 계속 위반하며 이렇게 비웃었다. "당신들 일이나 잘하라구. 여기는 주권국가야. 노예들한테 소유권을 행사하겠다는 데 무슨 참견이야."

이것이 현실이다. 그래서 20만 명이 넘는 사람들이 죽어 갔다. 희생자들은 정부의 지원을 받는 약탈자들과 무차별적인 공중폭격 때문에 죽었다. 250만 명에 달하는 사람들이 천막을 치고 살고 메마른 사막 바람과 가뭄과 질병에 고통당하고 있을 뿐 아니라 다르푸르의 KKK에 해당하는 잔자위드가 말과 낙타를 타고 벌이는 노략질에 고통당하고 있다. 그들은 아무것도 가진 것이 없는 사람들의 누더기마저도 약탈하고 있다. 심지어 수단 국경 너머에 있는 난민촌까지 공격하고 있다. 정부의 보호를 받고 있을 뿐 아니라 정부와 공모하여 그런 짓을 벌이고 있는 것이다. 사태가 이렇게 되자 수단 정부는 유엔의 색깔과 문장(紋章)으로 전투기를 위장시켜 포위된 지역으로 무기를 들여왔다. 적어도 2007년까지 나타난 기록상으로는 그렇다. 그것은 안전보장이사회의 명령과 약속을 위반한 것이었다. 그것도 유엔 감시자들의 코밑에서 그랬다. 그러한 행위는 뉴욕에서 개최된 오마르 알바시르 장군에 대한 모의재판에도 반영되었다. 수단 정부는 단도직입적으로, 수단 전체를 '아랍화'하겠다고 선언한다. 그렇게 하려면 당연히 다른 토착 문화를 제거하고 토착민들을 몰살시켜야 한다. 다시 한 번, 유엔의 결의문에는 제노사이드라는 말이 빠져 있었다.

토후에 관한 이야기는 꾸며낸 이야기가 아니다. 그것은 다행스럽게도 대부분 멸종된 종에 관한 이야기이지만, 세월이 지나며 부활되어 수단 정부에 이식되었다. 수단 정부가 그들의 돌격대원들인 잔자위드에게 특수부대 파견대를 통해 최신식 무기와 병참을 지원하며 지시한 최종적인 해결책이라며 내린 명령들은 "어서 가서 너희들 입에 몇 십 명의 노예들을 물고 돌아와라"라고 했던 토호의 생각과 정확히 부합된다. 잔자위드는 그 훈계를 문자 그대로 수행했다.

이것이 세계가, 특히 너무 어리석게도 아프리카 대륙이, 그토록 오랜 세월 동안 이해하지 못했던 것이다. 이것이 수단이 속해 있는 아랍연맹 국가들이 인정하기를 거부하는 것이다. 그들은 그것을 인정하기를 거부함으로써 잘못을 저지르는 회원국을 제재하는 데 실패했다. 오히려 그들은 수단이 아프리카연합을 배반하는 것을 장려하고 알바시르가 처벌을 받지 않도록 독려했다. 그들은 유엔이 반인륜 범죄를 저지른 뻔뻔한 독재자를 고발한 것을 거부하기까지 했다. 그런데 아랍연맹은 리비아와 시리아에서 발생한 반란에서는 동료 아랍 시민들을 위해 강력하게 개입했는데, 그것은 더 이상 말이 필요 없을 정도로 너무 대조적이고 차별적인 것이었다. 바로 이것이 떠들썩한 아프리카 르네상스의 발판인 아프리카 대륙의 양심이 아프리카 서해안의 모래바람처럼 오랜 잠에 빠지고 망각의 나무 둘레에 주저앉은 이유이다. 나머지 세계(일본인, 유럽인, 미국인, 이제는 머뭇거리긴 하지만 터키인까지)에서는 역사를 수정하고 수치스러운 과거의 종식을 기념하고, 세계의 다른 지역에서 있었던 과거에 대해 유감을 표시하고 있는데, 21세기의 아프리카 대륙에서는 격세유전 격으로 정반대 현상이 증가 일로에 있다는 사실은 참으로 믿기 어렵다.

아프리카에서는 지배자들에 의한 뻔뻔스러운 인종차별적 음모가 수치스러운 과거를 인종적 자부심의 차원으로 끌어올려 악당들을 규합해 역사적인 불법 행위를 공고히 하고 있다. 수십만에 달하는 오늘날의 노예 사냥꾼들은 오랜 삶의 터전을 파괴하고 곡물에 불을 지르고 가축을 살육하고 우물에 독을 탄다. 그들은 자식들 앞에서 어머니를 강간하고 선생과 아버지와 어머니 앞에서 여학생을 강간하고, 마을을 쓸어버리고 문화를 말살한다. 그들은 세상의 비난을 무시하고 밤낮으로 아무런 가책도 없이 그런 일을 벌인다. 그들은 처벌 면제에 대한 절대적 확신을 갖고 글자 그대로, 그들의 입에 수백 명의 노예들을 물고 다닌다. 전 세계가 지켜보고 있음에도 불구하고 말이다.

만약 그러한 현상이 국제적인 직무유기 때문에 그런 식으로밖에 나타날 수 없다면, 차라리 아프리카는 중요하지 않다고 하는게 더 낫고 위엄이 있다. 아프리카의 인류는 세계의 양심을 자극하는 것 이상의 존재여야 한다. 그것이 대륙이나 국가를 구성하는 주된 요소이니까 그렇다. 그것이 없다면 대륙이나 국가는 의미가 없다. 세계의 기억을 환기하고 과거의 실패에 도전하고 새로운 세계 질서의 토대와 기둥들을 이루는 약속들을 환기시키는 역할만을 하기에는 아프리카가 지불해야 하는 대가가 너무 크다. 결국 아우슈비츠와 베르겐 강제수용소 이후에 했던 약속은 '네버 어게인'(Never again)이었다. 유엔은 유고슬라비아와 르완다 사태 이후에 의식의 차원에서 '네버 어게인'이라고 선언했다. 어쩌면 그러한 형식적 차원의 선언들은 권리와 배상보다 의례와 의식을 우위에 둔 것이었다. 그렇다, 많은 사람들이 인권의 상징으로 받아들이는 모든 나라의 국기가 펄럭이는 곳을 배경으로 그런 의식이 행해졌다. 그래서 그곳은 유엔 플라자로 알려져 있지만, 사실 '네버 어게인 플라자'로 이름을 바꿔야 맞다. 그렇게 하는 편이 훨씬 더 합당하고 예언적이기까지 할 것이다. 우리는 아프리카 대륙이 배경이 되면 틀림없이 무기력한 두 단어, 즉 '네버 어게인'에 의해 다시 타성에 빠질 것이기 때문이다.

다르푸르의 황무지에 살아 있는 것은 망각의 나무일뿐이다. 이것은 세계가 지키지 않은 약속 '네버 어게인'과 더불어 아프리카의 미래를 다시 한 번 거부하는 완강하고 아이러니한 상징이 아닐 수 없다.

2부

몸과 영혼

5
근본주의의 족쇄

무엇보다 가장 우울한 것은 권리와 존엄, 목소리와 의지를
존중함으로써 평등을 확인해야 하는 해방의 열매들이 계속 부
정되고 있다는 사실이다. 아프리카 전역에 걸친 이러한 사회적
현실이 절망감과 무력감을 불러오고 과거의 주기적인 반복, 즉
다시 노예화된 대륙의 이미지를 환기시킨다.

— 2001년 밀레니엄위원회 보고서

그렇지 않아도 대륙에 문제가 많은데, 근본주의 신학의 사슬
을 갖고 대륙을 다시 노예화하기로 작정한 모호하지만 치명적인
세력이 아프리카에 들어온다! 아프리카의 잔혹한 지도자들이 독

립 이후에 보여 준 것처럼, 세속의 독재 정신은 이제 신정(神政)적인 경쟁자들에 직면해 있다. 그래서 민중은 한 쌍의 자칭 '구원의 질서' 밑에 깔려 있다. 그런데 애석하게도 최악의 선택은 선택을 할 수 없다는 것이다. 근본주의의 무자비함과 세속적인 극단성 사이에는 딜레마라고 할 만한 것도 별로 없다. 중요한 것은 선택이다. 그것은 아프리카 대륙에만 해당되는 것이 아니라 나머지 세계에는 훨씬 더 중요한 것이다. 세속적인 독재는 다양한 단계에서 맞설 수 있지만, 역사는 종교적인 절대주의를 통해 마음의 둘레에 처진 사슬들이 세속적인 독재에 의한 것보다 훨씬 더 단단하고 집요하고 무자비하다는 사실을 말해 준다. 인지할 수 있는 존재의 명령 아래에 있다는 것은, 그것이 한쪽으로 기울어진 경우에도, 타협을 위한 문이 열려 있다는 의미이다. 하지만 그러한 명령을 보이지 않거나 수백 년 전에 죽은 권위자의 것으로 돌리고, 그것이 자신들은 "명령을 수행할 뿐"이지만 그러한 명령을 내리는 '유일한 권위적 목소리'에 접근했다고 주장하는 중개자들을 통해 전달되는 것이라면, 모든 대화는 차단된다.

그러나 아프리카의 사유 체계와 세계관의 후계자들은 두 가지를 다 거부하고 "양쪽 다 저주를 받아라!"라고 말하며 그것으로부터 벗어날 수 있는 전통을 갖고 있다. 그들은 그런 말을 처음에는 세속적이고 신정적인 이데올로기를 갖고 경쟁하는 독재자들을 향해서 쏟아 내고, 다음에는 기독교와 이슬람의 공격적인 신정 이데올로기를 향해 쏟아 낸다. 거부의 대상 중 앞의 것(세속적인 독재)은 잔인한 내란을 일으키고 수백만 명에 이르는 생명과 수십 년에 걸쳐 이룩한 발전을 파괴했다. 서양과 동양의 이익을 대변하는 아프리카인들은 어느 한 쪽의 이데올로기적 입장을 취하고 때로는 빠르게 편을 바꿔 가며 권력을 쟁취하려고 했다. 이 것이 유아 상태의 대륙에는 '강력한 지도자'가 반드시 필요하다고 생각했던 신화의 시대였다. 그들은 자기 사람들에게는 더 잔인하고 외부의 이익에는 비굴할수록(호통과 언동은 무시하자!) 더 열렬한 환영을 받고 더 화려하게 성공했다. 이디 아민, 장 베델 보카사(1921~1996), 세세 세코 모부투(1930~1997), 사이드 바레 (1919~1995) 모두가 그랬다. 그런데 그러한 국면은 민주주의 깃발 아래 상당히 수축되고 약해졌다. 확산된 범위와 속도의 측면에서 극적이었던 이른바 아랍의 봄은 아랍 세계가 아니라 아프리카 땅에서 시작되었다. 그것은 튀니지 반란이 있기 몇 십 년 전에, 독립의 깃발이 펄럭이는 것과 거의 동시에 싹트고 있었다.

다른 '집,' 즉 한 손에는 성서를 들고 다른 손에는 칼라시니코프 소총이나 자살 폭탄을 들고 행진하는 지지자들의 신이 머문다는 곳에 대한 '새로워진' 주장들('새로워진'이라는 말을 늘 염두에 둬야 한다)은 모두, 종교가 권력의 노골적인 의제와 결탁한 후로 주기적으로 솟구쳐 전 세계 이곳저곳을 유린하는 수천 년 된 원시적 충동의 낡은 본질에 대해 알지 못하거나 무관심하다. 세속적인 지배에 대한 신정적인 지배의 실질적인 전쟁터는 아프리카의 취약 지역 중 어느 곳이든 될 수 있었다. 그곳이 지금은 소말리아와 아프리카의 뿔 지역(아프리카 북동부)일 뿐이다. 그런데 그 지역은 충분히 그럴 만하다. 오랜 잠복기를 거친 곳이기 때문이다. 그곳은 별로 주목받지 못했지만 주기적인 소요와 폭발이 있었던 곳이다. 아프리카의 왕이 되는 것을 꿈꾸었지만 '시궁창의 쥐'처럼 불명예스러운 최후를 맞았던 무아마르 알 카다피 중령은 엄청난 자금과 동맹과 공개적인 입장 표명으로, 치명적인 고깃국물을 휘젓는 걸 결코 주저하지 않았다. 급진적인 성격의 신정정치와 세속적인 수사법은 그가 필요할 때면 권력의 주먹에 끼던 장갑에 지나지 않았다. 따라서 아프리카연합이 소말리아에 들어선 신정 권력의 물결을 저지하겠다고 결의한 것은 단호함을 널리 보여 준 것이다.

아프리카연합은 더 세속적인 성향이 강한 2009년 소말리아 정부를 인정했을 뿐 아니라 무력 개입을 결의했다. 임시정부를 지원하기 위해 에티오피아가 일방적으로 소말리아를 침략한 것을 배경으로 내려진 그 결정은 분명히 논쟁의 여지가 있다. 그러나 그것은 근본적인 문제, 즉 "아프리카 땅에 대한 근원적인 침략자는 누구였고 지금은 누구인가?"라는 문제를 제기했을 뿐이다. 에티오피아 정부인가, 아니면 알카에다라고 알려진 국경 없는 유사 정부인가? 그 문제가 궁극적으로 어떻게 해결되든, 말만 주고받

는 것으로 끝나는 게 아니라 '아비장의 정신'*에 입각해, 전쟁의
당사자들이 임시정부를 결성하는 결정이 내려졌으면 싶다. 어떤
결정이 내려지든, 고통에 시달리는 소말리아의 미래는 불안하다.
아프리카의 뿔은 다시 한 번 엄청나게 피를 흘리고 있다.

이쯤 해서, 아프리카 대륙이 바다에 의해 지리적인 테두리에
묶여 있는 것을 거부해 왔다는 사실을 떠올릴 필요가 있을 것
같다. 이것은 분명히 외부인들의 개입이 낳은 결과였다. 그러나
그 개입이 자신만의 생명력을 갖게 되었고, 그것의 산물들은 낯
선 땅에 이식되면서 발생하는 성숙한 변화를 자신들의 운명으로
받아들였다. 강제적으로 귀양살이를 하게 된 사람들은 완전히 동
화된 것과는 아직 거리가 있었지만, 대부분 잘 적응했다. 그들은
결핍에도 불구하고 자신감과 능력을 갖게 되었고 세계의 복잡다
단한 면들을 충분히 인식하게 되었다. 그들은 자신들의 정체성과
조직화된 관심을 위해 자신들의 기원인 대륙에 관심을 갖기 시작
했다. 전 세계의 다른 사람들처럼 그들도 새로운 세기가 시작될
때처럼 중요한 시대가 다가오면 사람들을 사로잡는 보편적인 현
황 조사에 대한 의식, 즉 예를 들어 2000년에 새 천년이 다가오

---

* 창조적 집단사고 순례단은 1년여에 걸친 기간 동안, 아프리카의 여러 수도를
  거쳐 코트디부아르의 아비장에서 종료되었다. '아비장의 정신'은 이 순례단이
  표방하는 정신을 가리킨다 —옮긴이.

는 것을 축하할 때 훨씬 더 절박하게 느껴지던 세기말적 충동으로부터 예외일 수 없었다. 그래서 2000년은 유엔의 지원 속에 아프리카 밀레니엄위원회가 발족한 해이기도 했다. 100년 전에도 그랬다. 디아스포라 아프리카인들을 위해서 비인간적인 노예제에 대한 유럽의 양심을 불확실하게, 주로 상징적으로 일깨우는 것을 그만두고 그것을 대체할 것을 찾아야 한다는 분위기가 있었다. 경건함을 이제는 자신들의 목소리를 강력하게 내기 시작한 희생자들의 미래를 위한 구체적인 제안으로 대체해야 한다는 얘기였다. 대규모 강제 이주를 당한 후손들은 그들의 해방 목록에 거대한 물음표를 끼워 넣기 시작했다. "그러한 대규모의 심장 정지를 경험한 거대한 대륙에 어떤 미래가 있을까?" 우리가 앞서 언급한 맥락에서, 그들에게 얼마나 선견지명이 있었는지 고려해 보는 것도 교훈적이다.

예를 들어 1900년에는 아프리카 후손들의 예비 회의가 런던에서 개최되었다. 서인도제도 변호사인 실베스트 윌리엄스가 맨 앞자리에 서고 에티오피아, 시에라리온, 라이베리아, (독립이 되면서 가나가 된) 골드코스트의 대표자들이 참석했다. 새로운 백년이 시작되던 1900년과 제2차 세계대전 사이에 여러 차례 회의가 이어졌다. 1919년, 1921년, 1923년에 각각 브뤼셀, 파리, 런던에서 개최되었고 1945년에 맨체스터에서 개최되었다. 그 사이에 다양한 차원의 모임이 여럿 있었다. 그중에는 유엔의 모임도 포함된다. 그때까지 아프리카의 지적·정치적 시각은 또 다른 서인도 제도 출신의 조지 패드모어, 미국의 사회학자 W. E. B. 듀보이스, 나중에는 아프리카의 콰메 은크루마(1909~1972), 조모 케냐타(1889~1978), 그리고 그들의 동료들이 합세하면서 확장되었다. 이러한 정치사상의 지도자들에게 아프리카는 그저 중요한 정도가 아니었다. 그들에게 아프리카는 모든 것이었다.

예술가와 지식인들도 자체 조직을 만들어 대륙을 새롭게 만드는 일에 동참했다. 그들은 광활한 대륙의 미래를 열렬한 민족주의 성향을 띠더라도 정치가들에게만 맡겨서는 안 된다고 생각했다. 파리, 이탈리아, 런던은 다수의 아프리카와 디아스포라 사상가들과 작가들을 초대해 행사를 주최했다. 초대받은 사람들 중에는 리처드 라이트, 레오폴 세다르 상고르, 니콜라스 기엔, 에메 세제르, 장 프리스-마르스, 라베마난자라, 비라고 디오프, 데이비드 디오프 등이 포함되어 있었다. 토론에서 드러난 것처럼, 그들은 아프리카 문제 말고도 두 차례의 전쟁과 홀로코스트 이후 무너진 유럽의 휴머니즘에 대한 새로운 물음표에 자극을 받고 있었다. 그들은 아프리카적인 가치들을 분리하고 다시 점검할 것을 촉구했다. 그들은 자신들의 우월성이 심하게 훼손된 세계가 오랫동안 억누르고 모욕했던 독립적인 인간적 지류로써 아프리카적인 가치들을 다시 점검할 것을 촉구했다. 대륙 안팎의 모순에서 비롯된 야만주의는 이 점을 확인시켜 주었다. 외부적인 모순의 증거는 유럽인들이 그들의 식민지에서 저지른 행동이었다. 야만적인 골육상잔의 전쟁이 끝난 후, 지배자였던 유럽도 상황이 바뀌고 있었다. 그것은 아프리카 대륙의 후손들이 그들과는 다른 사람들로 나타날 능동적인 배경을 제공했다. 공산주의의 발흥은 서구적인 관념을 철저히 조사할 또 다른 자극제가 되고, 사회의 진화와 구성의 본질에 대한 선택권을 제시했다. 이러한 사상가들 다수는 아프리카 대륙을 타불라라사, 곧 백지상태로 보고 접근했다. 결국 아프리카 대륙은 어떤 의미에서 보면 활동이 정지된 상태였다. 역사적으로 너무 부정적이었다는 것이 드러난 서구의 이데올로기로부터 자유로워진 아프리카는 탯줄로부터 벗어나, 점점 더 저의가 의심스러워지는 부담스러운 훈계 없이 밑바닥에서부터 출발할 준비가 되어 있었다. 1948년에 열린 회의에서는 '사회주의'라는 말이 자치라는 말과 나란히 자리를 잡고 있었다.

아프리카를 규명과 방향성이 필요한 실체로 인식하는 것은 그래서 독립 이후의 현상이 아니었다. 그것은 독립적인 아프리카 국가에 대한 개념 자체가 생각할 수 없었을 때부터 시작되었다. 다만 그것이 독립투쟁 기간과 독립 투쟁 이후, 국가 확립의 기간에 질적으로 다른 방향으로 가속도가 붙었다는 것이 다를 뿐이다. 그래서 복잡한 창조적 사고를 거치고 동양과 서양의 이데올로기적인 권역 사이의 경쟁 탓에 더욱 복잡한 양상을 띠었다. 반식민주의 세대의 지도자들은 대륙이 근대적인 세계 질서 속으로 들어가는 것과 관련된 구체적인 문제들에 직면했다. 그들은 초기 상태에 머물러 있고 거의 형태가 없다는 점에서 부담이 있지만, 형태를 갖추는 문제에 있어서 공동체를 위해서만이 아니라 나머지 세계를 위해서도 약속의 실체가 분명하다는 사실을 의식하고 흥분했다. 아프리카는 미래에 대한 계획이 필요한 실체로서 형태를 갖추기 시작했다.

아프리카는 아주 다르거나 유사하게 출발한 인도네시아, 말레이시아, 싱가포르 같은 나라들과 비교가 되었다. 결국 식민주의 역사를 가지고 있다는 점에서 흡사한 그 나라들은 아프리카와 비교된다. 그러면서 아프리카는 오늘날까지도 여전히 그들과 비교되어, 때로는 조용하고 때로는 시끄러운 비난의 대상이 된다. 그들이 아프리카 대륙에 있는 형제 나라들보다 빠르게 앞으로 나아갔기 때문이다. 그럼에도 더 신학적인 경향을 띤 사람들과 떠오르는 세대의 학자들과 시인들에게 아프리카는, 아득한 과거에는 인간의 진짜 영혼을 드러낸 "창조의 신비적인 부분"이 구체적으로 존재했다는 것에 대한 증거였다. 아프리카는 궁극적으로 구원적인 운명을 갖고 활활 타올라 그 사이에 있었던 '저주'를 물리치고, 에드워드 블라이든의 표현을 빌리면 "잃어버린 낙원을 되찾는 신성한 의무"를 수행하게 될 존재였다.

여기에서 우리는 중요하고 적절한 교훈을 얻을 수 있게 된다. 서양의 모든 노예들이 그러한 것처럼 노예의 후손인 지도자들이 기독교식 교육에 깊이 젖어 있기 때문에, 그들이 아프리카의 만회를 논할 때 사용하는 언어가 대부분 기독교식 은유로 되어 있다는 점은 놀라운 일이 아니다. 후원이나 물질적 지원을 포함한 범아프리카 모임의 개최지가 기독교 국가, 교회, 선교 단체의 자원에서 나왔듯이 말이다. 그러나 헌법소원에 이를 만큼 열광적인 전도로 유명한 미국 땅에서 있었던 것을 포함하여 모든 만남들은 세계에 다수의 종교들이 있다는 것을 받아들이고, 아프리카의 신생 국가들에게 국가적인 종교를 강요하는 것을 거부했다. 1919년 1월 6일, 뉴욕의 카네기홀에서 열린 미국유색인지위향상협회(NAACP) 대회에서는 아프리카 대륙의 신생국들을 위한 결의문이 채택되었는데, 그중에서 다음 조항은 '문화와 종교'라는 항목으로 발의되어 통과되었다.

특정한 종교도 강요되지 않고 특정한 형태의 문화도 강요되지 않을 것이다. 양심의 자유가 있게 될 것이다.

개인적으로도 그렇고 세대적으로도 자유로워진 노예들의 만남은 속박이 무엇인지를 잘 알고 있었다. 그들은 자신들의 정체성을 낯선 땅에서 찾으려 하고 그들이 염려하는 대륙에 대해 똑같은 것을 숙고하면서, 강요된 종교가 위험하다는 점을 인정했다. 중요한 것은 그들이 이슬람은 생각하지도 않고 기독교에 대해서만 생각하고 있었다는 사실이다! 기독교는 식민주의자들의 종교였다. 그들은 정복자가 강요한 종교와 문화의 지배와 정복을 확고한 현실로 만드는 무기의 중요한 부분이라는 것을 이해했다.

한 세기가 지난 후, 이번에는 아프리카 땅에서 밀레니엄위원회가 발족했다. 이번에도 자체 규약을 만들기 위한 것이었다. 위원회는 전과 똑같은 사회적 이상으로 돌아갔다. 그것은 대륙 속으로 밀고 들어온 종교 제국주의를 막고, "세계를 종교에 따라 양극화하는" 일부의 강박관념을 개탄하기 위한 것이었다. 엄밀하게 말하면, 종교적인 전쟁들이 대륙을 산산이 찢어 놓은 것은 아니었다. 그러나 편협과 강요된 획일성의 피투성이 깃발이 내걸리고, 모리타니에서 아프리카의 뿔까지, 그리고 나이지리아를 포함한 그 사이의 지역까지, 대륙에는 끔찍한 시험이 날마다 도입되고 있다. 그것을 묘사하기에 가장 적합한 말은 '양극화'라는 말이다. 이원적인 대결을 상정한 것에서 나온 것이기 때문이다. 그에 반해 대륙에 활발하게 존재하는 이전의 현실, 즉 기독교와 이슬람 이전의 현실은 그러한 이원화를 거부한다.

특히 소말리아가 종교적 패권의 사악한 시험장이 되었다. 아프리카는 종교적인 패권을 차지한 새로운 지배자들에게 줄 교훈을 갖고 있을까? 답은 '그렇다'이다. 그러니 이제 치료를 위한 유사 요법은 버리고, 아프리카의 영성과 세계를 위한 교훈들을 점검해 보기로 하자. 하지만 그러기 전에 이슬람 학자의 말을 잠깐 들어 보자. 그 학자는 국민들에게 이슬람은 근본적으로 인본주의적이고 해방적인 종교이며, 물음과 지식을 억압하는 일로 신에게 호소하는 것은 이슬람 신앙을 왜곡하는 것이고, 그러한 왜곡이 사회를 침체하게 만들 따름이고 방해하기까지 한다는 것을 일깨우는 용기를 보여 준, 점점 더 많아지는 사람들 중의 하나이다. 엄밀히 말하자면, 슬프게도 진실은 피할 수도 외면할 수도 없다. 엄밀히 말하면, 문제는 이슬람이 아니라 정치적인 이슬람이라고 일반적으로 알려진 것과 그것의 패권적인 공격성이다. 그들이 아프리카 대륙을 계속 괴롭히는 불안 요인들 중에서 가장 최근에 불거진 것이다.

이제, 이집트의 알렉산드리아 도서관 관장인 이스마일 세라겔딘의 말을 들어 보자. 그는 이슬람 신앙과 세계관을 신정적으로 조작하는 자들을 향해 싸움을 걸었다. 2009년 7월, 그는 강연에서 이렇게 말했다.

나는 신학자들이 아니라 전문가들이 판단해야 하는 문제를 두고 종교에 호소하지도, 종교를 관련시키지도 않아야 한다고 생각합니다. 그런 문제는 종교적으로 허용되거나 금지되는 것(할랄 또는 하람)에 관련된 것이 아니라 무엇이 옳고 그른가에 관련된 것이고 공익에 관한 것이기 때문입니다. 모든 것은 시간과 장소, 상황에 따라 변할 수 있습니다. 예를 들어, 우리가 카이로-알렉산드리아 도로의 제한속도를 100킬로미터로 정하기로 하면, 그것은 종교적으로 110킬로미터는 금지되고 90킬로미터는 인정된다는 의미가 아닙니다. 그러한 결정은 도로의 형태, 교통 기술, 도로의 사고 통계에 기초를 둔 것입니다. 그러한 것들은 모두, 전문가들의 문제이지 신학자들의 문제가 아닙니다.

크든 작든, 종교적이든 세속이적이든, 모든 문제를 종교적인 학자들한테 갖고 가서 의견을 구하고 파트와(판단)를 내려 달라고 하는 현상은 정말로 놀라운 일입니다. 그것은 인간의 마음을 활용하는 것을 정지시키고 어떤 결정이든 그것의 책임을 파트와의 창시자한테 돌리기 위한 것입니다. 반면, 우리는 아바스 마무드 엘 아카드 같은 위대한 지식인들로부터 "마음을 활용하는 것은 이슬람의 의무"이며 정신적인 능력을 활용하는 것은 모든 무슬림에게 의무라는 것을 배웠습니다.

세라겔딘(그리고 그가 속한 종교철학 학파)은 이슬람과 기독교 이전에 있었지만 아프리카의 영성에서 유래한 원칙들의 개요를 쉽게 설명할 수 있었을 것이다. 그런데 대부분의 세계는 그것을 원시적이거나 존재하지 않는 것으로 생각했다. 그러나 그것은 신세계로 옮겨 갔고, 그곳에 뿌리를 내렸고, 브라질 같은 나라들의 영성과 문화에 스며들었다. 그것도 침해나 폭력, 또는 개종시키려는 의지 없이 그렇게 되었다.

앞에서 나는 아프리카가 발견의 항해라는 새로운 물결의 가장 자리에 서 있다고 말했다. 생산적인 인본주의를 갖고 세계에 빛을 드리우기 위해 가만히 기다리고 있는 하나의 제안이 있다면, 그것은 아프리카 대륙의 '보이지 않는' 종교 가운데 하나인 오리사의 제안이다.

6
토착 종교, 존재의 안내자

    윤리학, 미학, 법학, 경제학, 공학, 의학에 이르기까지 인간 행위의 모든 면을 포괄하는 총체적인 삶의 방식이 되겠다고 한 것은 처음에는 기독교였지만 최근에는 더 단호하게 이슬람이었다. 아무것도 세속적인 지성에 남겨지지 않고, 어떠한 인간 발전도 우연이 아니고, 그 어떤 속성도 양쪽 신앙의 기원에 등록되지 않은 것이 없다.

    주일 강론에 대한 내 유년의 기억을 돌아보면, 설교단에서 땀을 흘리며 성서의 특정한 대목과 이야기에서 여러 학문들의 씨앗을 열심히 끌어내려고 애쓰던 성직자의 모습이 아직도 생생하다. 경제학을 위해 사제가 예로 든 대목은 아나니 다를까, 상인과 세

하인들에 관한 우화였다. 상인은 여행을 떠나기 전에 세 하인들에게 서로 다른 액수의 돈을 줬다. 두 사람은 그 돈을 갖고 장사를 해서 상당한 수익을 냈고, 다른 한 사람은 그 돈을 안전하게 지키기 위해 땅속에 묻었다. 당연히 세 번째 사람은 꾸지람을 들었고, 다른 두 사람은 칭찬을 들었다. "잘하였다, 너는 착하고 충성스러운 종이다. 자, 와서 네 주인과 함께 기쁨을 나누어라!" 신부의 목소리가 교회 안에 메아리쳤다. 그 신부가 축복의 말을 기쁨에 들떠 너무 우렁차게 발음한 탓에 지금까지도 그 말들이 나한테 남아 있다. 그가 수학과 관련해서 한 얘기는 더 이상 기억하지 못한다. 다만 그의 말이 나를 수학자로 만들어 주지 않았다는 것을 알고 있을 따름이다. 사업적 재능으로 말할 것 같으면, 내가 하느님의 왕국에 들어갈 팔자가 못 된다는 것은 틀림없다.

그로부터 몇 십 년이 지나 1980년대에 있었던 일이다. 이번에는 이슬람 성직자·정치가가 나이지리아인들에게 입헌주의의 근본에 관해 훈계를 했다. 그는 코란이 국가의 헌법보다 '우월하다'고 선언했다. 그는 영감을 주는 몽상적인 서정성으로 나를 사로잡았다. 그러나 애석하게도 그가 의도했던 것은 이러한 장엄한 특성들이 아니었다. 얼마 후 나이지리아가 IMF의 구조조정 프로그램을 채택할 것인지 여부를 놓고 토론이 한창일 때, 상부로부터 적절한 지시를 받은 무슬림여성협회는 그것이 코란에 위배된다고 당당하게 선언했다. 실제로 대부분의 나이지리아인들은 구조조정에 반대했다. 그러나 내가 기억하기로 아무도 성서나 바가바드기타, 이파서의 권위를 내세우지 않았다.

우리는 아프리카 종교들이 아프리카인들의 삶에서 훨씬 더 겸손한 역할을 한다는 것을 인정하게 될 것이다. 그럼에도 그것은 사회적 행동, 인간관계, 생존 전략을 지시하는 것이 아니라 안내해 주는 독특한 세계관을 제시하는 역할이다. 이슬람이나 기독교보다 오래 된, 서아프리카 요루바족의 수천 년 된 종교인 오리사교는 타자에 관한 전체론적이고 때로 보편주의적인 주장에 대한 응답에서, 아프리카 종교들에 대한 패러다임을 우리에게 제시해 줄 것이다. 그것은 대서양 무역 항로를 견뎌 내고 남아메리카와 카리브해의 영적인 대지에 깊이 뿌리를 내렸다. 그러한 사회의 주변부에서만 찾아볼 수 있음에도 그것은 언제나 요루바 땅에 있는 근원, 즉 일레이페를 향한 순례를 포함하는 헌신적인 포용력을 보여 준다. 오리사는 쿠바, 도미니카, 콜롬비아, 미국 남부의 일부, 푸에르토리코, 아르헨티나, 그중에서도 가장 역동적으로 브라질에서 발견된다. 신들과 그들이 관장하는 사회적 행위들, 즉 파종과 수확에서부터 가족과 가풍, 기술, 역사적 연속성까지, 나아가 공동체의 화합 전략에서부터 저항의 정치, 그리고 필요하다면 전쟁에 이르는 사회적 행위들이 추방된 문화들의 심장부에 자리를 잡고 있다.

종교 자체의 신비로움이 아니라 솔직히 말해 전략적인 측면, 아무리 사소하다 하더라도 종교가 관여하는 세속적인 행위의 측면에서 논의를 시작해 더 평화적이고 꼭 필요한 직업들 사이에서 선택을 해보기로 하자. 서정성이 연상되는 치유학은 좋은 출발점이면서, 동시에 신들의 세속성을 보여 주는 기능을 할 것이다. 건강은 인간의 공통된 관심사이기 때문이다. 건강은 어쩌면 살아 있는 존재에게 가장 필요한 음식 다음으로 중요한 관심사일 것이다. 또한 치유학은 인간의 기본적인 관심사에 대한 신들의 개입, 더 정확히 말하면 융합을 보여 준다. 몸과 마음의 우주가 외적인 우주와 화합을 이루는 것보다 더 신비로운 것은 없다.

이슬람의 코란과 기독교의 성서에 해당한다고 할 수 있는 이파서에는 윤리적인 교훈을 비롯한 수많은 글귀들로 가득하다. 그것은 삶의 모든 국면에서 사적이거나 공적인 결정을 내리는 데, 거듭 얘기하지만 지시가 아니라 안내를 해준다. 종종 격언적인 발언을 가장한 이러한 글귀는 오리사의 신도들을 조직화하려는 어떠한 시도도 하지 않는다. 그들은 의복 규정이나 성적 선호도 같은 사적인 문제에 아무 관심이 없다. 신성모독 중에서도 신성모독으로 들릴지 모르지만, 이 종교에는 진지함이 없다. 이 종교의 성서에 해당하는 이파서는 사실 장난스럽고 익살스럽고 때로는 외설적인 감각을 보여 주며, 영감이 찾아드는 것이 사회적·영적 균형과 일반적인 복지에 필요한 부분이라는 것을 인정한다. 어쩌면 이것이 오리사교를, 단순한 영적 영감들을 억압의 도구로 삼는 다른 종교들의 독재적인 사제직에 영합하지 않도록 만든다. 그러나 영적인 영역에서 보이는 겸손함에도 불구하고, 오리사교는 무엇보다도 이파서와 거기에 나와 있는 지식과 모범이 되는 이야기들을 통해 인간을 안내하는 것을 주저하지 않는다.

세속적인 문제에 관심을 갖지 않거나 개입하지 않는 종교는 없다. 오리사교도 예외가 아니다. 하지만 오리사교는 교조적인 입장을 취하지 않는다. 오리사교는 경전을 통해 영적이거나 신적인 것을 당당하게 초월하여 이파의 오두(odu), 즉 시로 된 다양한 이야기들을 통해 전통적인 치유와 약리학 같은 문제들에 개입한다. 늦었지만 다행히, 유네스코는 이파서를 보존 가치가 있는 것으로 판단하고 세계무형문화유산으로 등재했다. 그러나 이파서의 추종자들이나 이파서에 관해 단순히 알고 있는 사람들에게, 이러한 인정이 그것의 정당성을 부여하는 것은 아니다. 그와는 정반대이다. 우리가 기독교 환경에서 교육을 받았음에도 불구하고, 다행스럽게도 오리사교의 세계는 종종 산발적으로, 그러나 늘 확실하게 일상생활의 배경과 환경이 되어 줬다. 오리사교의 세계는 형식적으로 금지된 것이지만, 유년 시절의 상상력에 불을 지폈다. 그것은 마음속에 자연스럽게 공간을 확보하고 자율적으로 늘 존재했다. 나중에는 경쟁적인 다른 세계관들, 다른 영적 주장들, 지식과 진실에 대한 다른 횡포들에 대해 비판적 평가를 내렸다. 오리사 개종과는 거리가 멀어도 너무 먼, 나의 유년 시절에 얽힌 세부적인 것들을 여기에서 소개하려고 한다.

우리 어머니는 흔히 말하는 소상인이었다. 어머니의 가게 옆에는 전통적인 치료사인 바발라우(babalawo)가 있었다. 진료소는 그가 살아가는 진흙 오두막의 베란다였다. 원채에서 달아낸 지붕 밑이 진료소였던 것이다. 그곳은 내가 종종 앉아 있던 우리 집 가게 앞에서 잘 보이는 곳이었다. 우리 아버지는 교사였다. 그런데 아버지가 하는 일과 바발라우가 하는 일은 가르친다는 점에서 공통점이 있는 것 같았다. 그래서 나는 그의 방식에 불순한 관심을 갖기 시작했다. 불순하다고 말하는 것은 기독교 가정에서 잘 자란 아이에게 그런 행동들은 분명히 악마의 일이었기 때문이다. 이웃으로서 적당히 인사를 하는 것 말고는 치료사와 우리 구역 사이에는 사회적인 교류가 없었다. 사회적인 배척 행위도 없었다. 하지만 양쪽은 많은 점에서 서로에게 영향을 줬다. 특히 마을에서 일어나는 문제와 물건을 사고파는 일에서 그랬다. 그러나 우리 아이들은 바발라우가 있는 곳으로 가거나 그 집의 아이들과 노는 것이 엄격하게 금지되어 있었다. 그들은 이교도들이었다!

어렸을 때 나는 다양한 강박증의 형태로 드러나는, 진단이 확정되지 않은 병으로 고생했던 것 같다. 《아케, 유년시절》에서 얘기한 것처럼, 나는 성가대에 들어갔다. 성공회 학교 교장의 아들이었기 때문에 당연히 그래야 했다. 그런데 그것은 내가 스테인드글라스 창문에 있는 기독교 성자들과 초기 선교사들의 전신 초상화들을 가까운 거리에서 보면서 경건한 찬송가 연습을 하며 많은 시간을 보내야 한다는 의미였다. 그런 초상화를 처음 보았을 때부터, 그들은 축제 때 거리를 행진하고 쉰 목소리로 얘기를 하는 우리 조상들의 '이교적인' 가면무도회를 떠올리게 만들었다. 기독교 전도사들(나의 종조할아버지가 그들 중 하나였다)은 가면무도회 속의 인물들이 사회에서 행하는 역할을 전혀 이해하지 못하고 그들을 조롱하는 노래를 불렀다.

여보게, 조상을 추종하는 이들이여
거짓말 좀 그만 하게나
죽은 사람은 말이 없다네
아, 조상 추종자들이여
거짓말 좀 그만 하게나

이슬람 설교자들도 이런 점에서는 크게 다르지 않았다. 그렇다고 오리사 교인들이 그러한 도발에 늘 침묵으로 일관했던 것은 아니다. 오리사 신앙에 있는 어느 것도 "다른 뺨을 대 주라"는 기독교적 유순함을 강요하지 않기 때문이다. 나중에 알게 되겠지만, 그럼에도 오리사교는 비공격적인 철학을 철저히 유지한다. 그러나 이러한 충돌들은 경미하고 주변적인 관심사였을 따름이다. 나는 기독교도도 아니고 이슬람도 아닌 '금지된' 이웃인 바발라우가 열중하는 정말로 신비적인 행위에 매혹되어 있었던 것이다. 게 다가 바발라우의 진료소는 어울리지 않게도, 성자들과 선교사들의 모습이 그려진 스테인드글라스 창문들이 반짝거리는 흰 탑과 낭랑한 소리가 나는 종들이 있는 성공회 교회의 길 건너편에 있었다.

처음에는 바발라우가 환자들을 다루는 방법이 정부와 교회에서 운영하는 진료소들(우리가 보통 다니는)과 견주어 난해해 보였다. 그러나 내가 바발라우의 익숙한 치료법을 간파하고 얘기하기 시작하기까지는 오래 걸리지 않았다. 나는 내 형제들에게만 그 얘기를 해줬다. 그의 치료법이 가족 중 누군가가 아프거나 아이를 낳을 때 일반적으로 가는 종합병원, 맥커터 태아검진소, 오케파디 병원, 약국에서 사용하는 서양의 치료 방식과 많은 것들을 공유한다는 점이 내게는 놀라웠다. 바발라우는 첫 단계로 상담을 하고 마지막에는 약을 처방했다. 그 모든 것이 두 '세계'가 가진 연속성의 의식 같았다. 신조와 명령에 있어서 절대 분리를 강조하는 기독교의 가르침과는 모순되는 이처럼 쉬운 공존은 내가 하나의 문화를 다른 문화로부터 분리하는 절대적으로 밀폐된 영역이 없다는 것을 기본적으로 이해하게 된 가장 확실한 요인이었는지 모른다. 결국 나는 나이가 들어갔지만 그때 받은 인상은 여전히 강렬하게 남아 있었다. 그것은 사소한 것이든 심오한 것이든, 여러 사회적 원칙이나 관습, 관행의 일치가 자연현상과 사회적 관례를 포함한 그것의 파생물들에 대한 충분한 이해를 위한 감각 조직의 일부일 뿐이라는 인식으로 발전되었다.

바발라우의 진료소는 온갖 병에 대해 약초를 처방하는 걸 볼 수 있는 무척 매혹적인 장소였다. 껍질과 뿌리에서 추출한 약은 쓰고 떫고, 미끌미끌 하거나 알갱이가 있었다. 서구식 병원에서 병에 담겨 스푼으로 주는 것들과 크게 다르지 않았다. 기독교인들과 무슬림들이 바발라우의 오두막에 찾아오는 모습도 볼 수 있었다. 상당수는 어두워진 뒤에나 이른 아침에 번듯한 일터로 가다가 슬그머니 그곳으로 들어갔다. 이사라에 살 때 우리 할아버지가 그랬던 것과 다르게, 기독교도였던 우리 가족은 우리의 이웃을 찾아가지 않았다. 우리 할아버지는 바발라우를 신뢰했다. 또한 나의 예리한 눈은 우리 집에 정부 병원에서 처방해 준 알약과 물약 말고도, 내용물이 바발라우가 처방한 것들과 흡사한 병이며 항아리, 조롱박이 있다는 사실에 주목했다. 거기에서는 얼얼한 냄새가 났다. 그러나 나는 서구식 병원에서 준 헤노포디유(명아주)와 피마자유보다 더 오래가는 역겨운 냄새를 맡아보지 못했다. 훨씬 더 흥미로웠던 것은 벌레에 물리거나 열이 오르거나 배가 아플 때 우리한테 주는 병 속의 줄기나 뿌리들이 자꾸만 보충된다는 사실이었다. 간단히 말해, 바발라우의 처방은 똑같은 병에 대한 서구식 알약과 번갈아 사용되거나 공존하는 것처럼 보였다.

의심스러운 개종 이전에는 완강한 '이교도'였던 우리 할아버지는 다른 도시에 살고 있었다. 나는 곧, 할아버지가 우리 집에 오셔서 집안에 있는 '구급상자'에 귀한 도움을 주고 있다는 사실도 알았다. 그는 때때로 새로운 껍질, 뿌리, 잎을 보내 약 그릇에 새로 보충하게 했다. 이따금 약을 먹이기 전에 암송해야 하는 주문들도 있었다. 훨씬 더 흥미로웠던 것은 우리 아버지와 친구분들이 이 아그보(agbo, 예방약)가 좋은지 다른 것이 좋은지를 놓고 얘기를 나눴다는 점이다. 나는 어른들이 뿌리와 껍질, 병에 든 농축액을 나눠 먹으며 저마다의 상대적 효험에 관해 얘기하는 모습을 지켜보았다.

나는 유년 시절의 경험을 통해 어렵지 않게 수동적인 치료법과 능동적인(참여적인) 치료법의 차이를 알게 되었다. 나는 능동적인 치료법이 아프리카의 전통적인 약의 기본 원리를 드러낸다고 말하면서, 이것을 아프리카와 어쩌면 아시아의 전통에 국한시키려고 하는 것이 아니라, 이것이 유럽인들의 전통적인 치료법의 일부였다는 것을 환기시키고자 한다. 지금은 비록 현대 이론과 질병에 대한 임상적 접근 방식, 이익을 위한 거대한 제약회사들의 경쟁, 이른바 과학적 방법론 때문에 약화되어 있지만, 그것은 유럽인들의 전통적 치료법의 일부였다. 그러나 서구식 훈련을 받은 의사들의 완전한 협력 하에 "근원으로의 귀환"은 확신이라기보다는 상업적인 이해관계에 더 급급해 발전을 한다. 그러나 그 귀환은 계속되고 있고 복수심으로 가득 차 있다. 중국인, 태국인, 아메리카 원주민, 스코틀랜드인, 웨일스인들이 검은 대륙의 미개발 자원을 찾아 다시금 새로운 각축전을 벌이고 있다.

내게는 딱딱하고 전반적으로 하얀 서양식 진료실들보다 바발
라우의 진료실이 훨씬 더 흥미로웠다. 서양식 진료실에서는 아주
인상적으로 보이는 의사가 목에 청진기를 걸고 심장박동 소리에
귀를 기울이고 맥박을 재고 알아볼 수 없는 글씨로 처방전을 썼
다. 그 의사는 위협적일 만큼, 무엇이든 알고 있는 것 같았다. 그
는 분명히 인간의 몸이 내는 모든 소리에 접촉하고 있는 것 같았
다. 바발라우한테서도 지식과 신비로움이 뿜어져 나왔다. 그런데
바발라우가 환자들과 더 가까워 보였다. 그는 마루 매트에 다리
를 포개고 앉아 환자들이 그에게 상담을 해주는 것만큼이나 그
들과 상담을 해주는 것처럼 보였다.

내가 지켜본 과정은 이랬다. 환자(가령 여자 환자라고 가정하자)
는 도착해서 바발라우의 맞은 편 마룻바닥에 앉는다. 그들 사이
에는 흰 밀가루가 묻은, 점을 치는 널빤지가 놓여 있다. 나는 너
무 멀리 있어서 두 사람이 서로 무슨 말을 하는지 알 수가 없었
다. 물론 나중에는 모든 과정을 자세히 관찰했다. 여하튼 당시에
환자가 동전이나 개인 물건을 꺼내는 모습을 보았다. 때로는 조
개껍질을 꺼내기도 했다. 바발라우가 지시한대로 환자는 그것에
대고 무슨 말인가를 속삭이고 널빤지 가장자리에 놓았다. 나중
에 알게 된 것이긴 하지만, 그것은 분명히 속삭이는 소리였다. 신
령들과 탄원자 사이의 사적인 의사소통을 위한 속삭임이었다. 그

소리는 바발라우한테 들으라고 내는 소리가 아니었다.

그러고 나자 바발라우는 오펠레(opele, 점을 치는 줄)를 여러 번 던지고 널빤지 위에 뭔가를 표시했다. 그러고는 그 앞에 있는 표시들의 형태를 바라보고 이파서의 한 구절을 암송했다. 때때로 탄원자는 고개를 저었다. 그 과정은 탄원자가 고개를 끄덕일 때까지 반복되었다. 중요한 사실은 바발라우가 탄원자를 진단과 처방에 이르게 되는 과정에 능동적인 참여자로 만들었다는 점이다. 그 과정에서 가장 놀라운 신비로움은 마법의 주문처럼 들리는 소리가 행하는 역할 같았다. 나중에 알게 되었지만, 그것은 점술서인 이파서의 구절들이었다. 그 구절들은 탄원자를 유사한 역사나 이전의 탄원자들, 즉 전설적인 인물들, 이제는 고인이 된 사람들, 과거의 현자들과 신들이 겪었던 비슷한 고통과 이어 주었다. 이 행위의 치료적인 가치는 탄원자를 심리적으로 부족의 역사를 포함한 치유 문화 안에 있는 힘들과 연결시키는 것이었다. 때때로 그러한 기도는 처방받은 약과 제물과 더불어, 탄원자의 집에서도 계속되었다. 그때서야 나는 바발라우가 일부 탄원자들에게 주문을 완전하게 외울 때까지 지도를 한 까닭을 알게 되었다. 그것은 처방, 제물, 혹은 일상적인 과정이 효험을 보기 위해서는 필수적인 것이었다. 그 후의 과정은 시냇물에서 몸을 씻는 것에서부터 조상들의 묘나 역사적인 장소를 방문하는 것에 이르기까지 다양했다. 주문은 약이 갖고 있는 본연의 속성에 호소하여 그 효험을 증대시켰으며, 치유하는 과정에서 유사한 고통을 겪었던 신들과 조상들을 불러왔다.

바로 이것이 인간과 신과 자연을 묶어 주는 끈이다. 그런데 기독교인들과 무슬림들은 그들을 '이교적' '이단적' '악마적'이라고 하면서 아프리카 대륙에 마음대로 처방을 내리고 파괴하고, 때로는 폭력을 통해서 자기들의 신앙으로 바꿔 놓았다. 더 우아하고 건축 면에서 웅장하고 매력적으로 포장되었지만, 미신의 구조에 바탕을 두고 있다는 점에서는 매한가지일지 모르는 자기들의 신앙으로 바꿔 놓은 것이다. 그러나 그 모든 것의 한복판에는 독단주의에 의해 지탱되는 믿음의 조항밖에는 없다.

대부분의 종교 의식에는 공통적으로 시가 있다. 어쩌면 이게 가장 강력한 요소일지 모른다. 시는 종교에서 추정하는 본질적인 진실들보다 훨씬 더 강력한 것일지 모른다. 시, 또는 서정성과 매혹적인 수사법은 어떤 문화에서든 카리스마 강한 지도자들이 자연스럽게 갖고 있거나 연마하는 도구이다. 그러한 속성들이 세속적이든 종교적이든, 어떠한 목적을 위한 것인가와 상관없이 말이다. 아프리카의 종교적인 기도(신들의 이름이 있을 때도 있고 없을 때도 있다)의 시적인 보고(寶庫)는 흔한 속담, 사회적인 서정시, 언어의 음악성만이 아니라 전통 문학을 풍요롭게 만드는 온갖 서사적인 표현에서 지금도 찾아볼 수 있다. 예를 들어 내가 좋아하는 것을 하나 들어 보겠다. 어쩌면 내가 이리저리 옮겨 다니면서 사는 운명 때문에 좋아하게 된 것이지만, 앞에서 얘기한 것을 아름답게 요약해 주는 것이기도 하다. 단어들이 갖고 있는 두운(頭韻)의 힘과 보호해 달라고 하는 간구가 결합된 좋은 예이다.

모 자웨 이그베그베 (나는 그베그베의 잎들을 땄네)
키 원 마 그바그베 미 (내가 잊히지 않도록)
모 자웨 오니 테테 (나는 테테의 잎들을 땄네)
키 원 마 테 미 몰레 (내가 밟히지 않도록)*

자연을 통해서 작동하는, 보이지 않는 것의 힘들에 호소하는 이러한 과정과 결부된 복잡한 논리를 간단하게 설명하자면 이렇

---

* 이 시는 말의 소리에 대한 순수한 유희를 보여 주는 익숙한 사례 가운데 하나이다. 이것은 많은 아프리카 언어들처럼 요루바어도 음조의 언어라는 사실을 말해 준다. 음절은 음조에 따라 여러 가지 의미를 띨 수 있다. 그래서 하나의 음조를 가진 음절은 상황에 따라 하나 이상의 의미를 갖게 된다. 나는 이 노래가 여행자의 안녕을 위한 기도에 근간을 두고 있다고 확신한다. 그 여행자는 여행의 위험에서 자신을 지켜 달라며 사제를 찾아갔을 것이다. 그는 뒤에 두고 떠나는 사람들의 기억과 관심에서 자신이 사라지지 않을까 하는 불안을 달래고 싶었을 것이다. 그래서 별로 중요하지 않은 '그베그베' 잎과 '테테' 채소(소리만 들어도 부정적인 속성을 연상시킨다)를 의도적으로 불러냈다가 몰아내 버린다. 음성적으로 '그베그베'와 가까운 '그바그베' 잎은 망각을 의미한다. 그베그베의 잎들을 따서 갖고 있음으로써 정반대의 감정이입이 환기된다. 여행자는 자신이 그바그베가 상징하는 망각에 빠지지 않을 것을 확신한다. 이와 유사하게, '밟다' '억압하다'라는 의미의 '테'도 정반대의 의미가 주어진다. 그러니까 나는 테테 잎들을 따서 지킴으로써, '테'라는 음소 속에 있는 부정적인 가능성을 통제한다.

다. 나에게 해를 끼칠 수 있는 것이 이제 포로 또는 나의 편으로 바뀐다. 결국 우리는 동종요법(同種療法)의 지배를 피할 수 없는 것처럼 보인다!

그러나 점과 지혜의 신 '오룬밀라'는 슬기롭게 고개를 끄덕여 줄 것이고, 식물 세계를 관장하는 신 '오리사 오코'는 여행길에 오르는 사람에게 축복을 내려줄 것이다. 그들은 다른 종교들, '세계 종교들'의 닫힌 마음을 향해 비웃음을 던질 것이다. 그들이 비웃는 종교들 가운데에는 성체를 신도들의 입에 넣어 주고 성인이 된 신의 몸을 먹으라고 하는 종교도 있고, 해마다 악마를 쫓기 위해 석판에 돌을 던지게 하는 종교도 있다. 그렇다, 그들은 이성의 시대와 그에 따르는 탐구 정신 이래 몇 세기가 흘렀어도, 직관적인 힘들의 풍요로운 융단을 짜고 유지할 수 있는 것으로 밝혀진 대륙을 아직도 퇴행적이고 악마적이라고 생각하는 사람들을 향해서도 비웃음을 던질 것이다. 그런데 과연 그들이 그러한 믿음 체계들을 알았거나 그 속으로 진지하게 파고들었을까? 그렇지 않다. 그들의 원천은 미지의 것으로만 남았다. 그러나 그 모든 것에도 불구하고, 아프리카는 여전히 살아남아 세계를 가르친다. 개종을 시키지 않고도 말이다.

과학 연구, 세계보건기구(WHO), 질병 퇴치를 위한 이런저런 조직들을 통해서 의학 분야에 성취가 있었다는 사실은 틀림없다. 그러니 다음에 내가 얘기하는 것에 오해가 없었으면 싶다. 나의 가족, 넓은 의미에서 우리 가족 중 한 사람이 아프리카의 전문성이 지금처럼 인정되기 훨씬 이전에, 제네바에 있는 세계보건기구의 사무부총장을 지냈다는 사실을 나는 자랑스럽게 생각한다. 그는 정신의학에 대한 전통적인 접근 방식을 기반으로 국제기구를 만든 최초의 아프리카인이기도 했다. 그곳은 호기심이 많은 내가 어렸을 때 바발라우가 정신적·생리적 질환을 고치는 것을 보았던 곳과 같은 아베오쿠타 지역이었다. 그러나 우리 가족 중에 또 한 분이 전통 의학에 효능이 있다는 것을 무시하면서 보건부 장관으로서 경력을 시작했다. 그는 공감 능력이 뛰어난 사람이었지만, 전통 의학에 관련된 사람들을 모두 돌팔이들이거나 좋게 말해도 비과학적이라고 생각했다. 그런데 장관 자리에 오른 지 한 해도 지나지 않아 지금껏 알지 못했던 효험을 직접 확인했고, 곧 전통 의학의 잠재성을 조심스럽게 인정하는 쪽으로 돌아섰다.

여기에서 우리의 관심은 그저 치유의 과학을 종교적 신앙의 문제와 연결시키는 데 있다. 그중에서 가장 효험이 있는 양상은 '말,' 즉 치료적이면서 동시에 동종요법식으로 작용하는 서정성과 치유의 시다. 나는 다음의 예를 들면서, 서아프리카에서 기니벌레를 박멸하는 데 지미카터재단이 했던 역할을 조금도 폄하하려는 게 아니다. 무엇보다도 내가 배타주의라는 범죄를 저지르면, 요루바 세계는 나와 의절하고 말 것이다! 그것은 단지 약초 치료와 주문이 결합된 적절한 예일 따름이다. 아버지의 서류에서 내가 직접 찾아낸 그 주문은 우리 가족이 계속 그 병으로 고통스러워할 때 할아버지가 아버지에게 보낸 것이다. 우리 모두는 이제 물을 마시거나 썩은 물에 들어갈 때, 예방이 기니벌레에 대한 가장 확실한 해결책이라는 것을 알고 있다. 하지만 그 시절에는 그 벌레들이 어떻게 몸에 들어오는지 아무것도 모르는 상태였다.

여하튼, 할아버지가 아베오쿠타에 있는 우리 집에 여러 차례 오신 다음 알아낸 것처럼, 가족 중에서 몇몇은 만성 환자들이었다. 할아버지는 이사라에 돌아가시더니, 전통적인 치료사와 상담해서 필요한 물건들을 심부름꾼에게 들려 보냈다. 갈아서 사용해야 하는 약초와 줄기, 미네랄 파우더 같은 게 거기에 들어 있었다. 그것들을 발효시킨 옥수수 물이나 지금은 내가 기억하지 못하는 다른 것에 타서 마시라는 것이었다. 다행스럽게도 주된 지시 사항은 종이에 적혀 있었다. 그리고 날마다 벌레가 몸에서 나오도록 주문을 외우라고 되어 있었다. 그러면 벌레가 서서히 몸을 웅크려 살 속으로 더 깊이 들어가지 않게 될 것이라고 했다. 지금은 상상하기 어렵지만, 당시에는 이것이 기니벌레를 발에서 서서히 그러나 효과적으로 쫓아내는 방법이었다. 그때 암송하던 시 몇 구절을 나는 지금도 기억하고 있다.

오테에레 이누, 오테에레 오데
오니보데 아우 아라, 오파아라 라그바라 에제

아 오 레 니 코모 온레 마 윌레

아 오 레 니 키 바아알레 마 텔레

수그본 비 아 팔레조 시 니 웅그베

이비 아 테니 시 라라린조 웅페힌 롤레

오니보데 아라, 야 아 마 테리 보데

아무쿤 오도, 야 아 마 요리 보데 ……

요루바어가 가진 화려한 음조적 특성이 없는 언어로 위의 시를 번역하면 조야해질 수밖에 없다. 여하튼, 조야하게나마 이렇게 옮길 수 있겠다.

안에서 미끄러지듯 나아가는 그대

밖에서 미끄러지듯 나아가는 그대

살갗의 문지기

혈관 속의 방랑자

우리는 이 집의 아이에게 들어오지 말라고 할 수 없다

우리는 이 땅의 어른에게 땅을 밟지 말라고 할 수 없다

그러나 그가 묵는 곳은 우리가 손님을 모시는 곳이다

그가 쉬는 곳은 우리가 여행자를 위해 매트를 펴 놓은 곳이다

살갗의 문지기여, 현관 너머에서 그대의 머리를 보자

깊은 곳에서 자맥질을 하며 그대의 머리로 표면을 가르는 ……

서구식 교육을 받은 사람들은 이것이 효험이 있다는 것을 비웃거나 무시하겠지만, 종교만이 아니라 아프리카의 문학적 풍요로움, 즉 아프리카 대륙과 이산의 장소에서 발견되는 고대 및 현대의 기록되고 수사적인 구전적 전통이 가장 잘 음미될 수 있는 것은 그러한 자원들로부터이다. 본니 그 전통 속으로 태어났지만 이제는 '거듭난 크리스천'이자 교회 장로인 명망가가 넬슨 만델라를 찾아가 만난 적이 있다. 만델라가 아직 로벤 섬에 갇혀 있을 때였다. 전직 대통령이었던 그는 로벤 섬을 방문한 후, 그 치욕스러운 상황에 괴로워하며 자신의 정치적 위상과 기독교 배경을 잊고 전통의 창고로 돌아가 마음속에서 우러나오는 말을 했다.

우리의 '에그베'는 어디 있습니까? 우리의 '온데'는 어디 있습니까? 우리 땅에서 끔찍한 불의를 저지르는 자들을 쫓아낼 우리의 유명한 '주주'는 어디에 있습니까?

그가 말한 것의 일반적인 의미를 짚고 넘어갈 필요가 있겠다. 비록 그가 궁극적으로 자기 나라인 나이지리아에서 수치스럽고 위선적인 통치자인 것이 드러났고, 그래서 당시의 열정적인 말조차도 관심을 받으려는 정치인의 속임수 이상의 것이 아닌지 의심을 받았지만, 그럼에도 그의 말들은 대부분의 아프리카인들의 전통적인 병기고에 있는 뭔가를 건드렸다. 그것이 아프리카의 신전에 머물고 있는 자비로운 신들과 그들의 능력, 그들의 치유적이고 강력한 개입만이 아니라, 적을 물리쳐 달라고 호소할 수 있는 전투적이고 악의적이기까지 한 신들을 환기시켰기 때문이다. 물론 상황에 따른 그들의 기능에서 그러한 면은 예방적이거나 방어적인 차원의 공격이라고 볼 수 있다. 효과적이든 아니든, 그들은 아프리카 대륙이 간직한 비밀의 일부이다. 그것은 이스라엘 출신 초능력자인 유리 겔러가 주장한 것처럼 단순한 의지만으로 포크를 구부리는 것이나, 어느 미국 대통령이 그의 부인과 함께 크리스탈 점쟁이라고 알려진 점쟁이들한테 의존했던 것보다 개연성이 덜한 것도 아니다. 우리는 아프리카 대륙이라고 알려진 신비한 방들이 있는 건물의 작은 창문을 한 번에 하나씩 열 수 있을 따름이다. 그러나 아프리카가 자신의 모든 비밀들을 보여 주기까지는 몇 백 년이 아니라면 몇 십 년은 걸릴 것이다. 그런데 아쉽게도 그중에 많은 부분은 가장 비정하지만 가장 진취적이기도 한 자들의 수중에 들어갈 것이다. 우리에게는 그러한 신비로움이 창조적으로 활용되는 것으로 충분하다. 카마라 라예가 고전적인 소설 《검은 아이》에서 유년 시절을 서정적으로 환기했던 것처럼, 적어도 지난 시대에 대한 씁쓸하고 달콤한 향수가 없어지지 않고 회복될 것이니 말이다.

아니다, 그러한 전통적인 자원들과 현대의 창조적인 정신 사이의 연속성에 관해서는 여전히 잘 알려지지 않은 상태이다. 그래서 여기에서 몇 가지 유용한 점을 제시할 필요가 있겠다. 아프리카적인 영성이 갖고 있는 접근 가능한 신비로움과 그것이 생산적인 존재의 세속적인 과정에 자연스럽게 동화된 것을 잘 포착한 작품을 하나만 골라야 한다면, 이 책이 아닐까 싶다. 아마도 카마라 라예의 소설에 나오는 이름 없는 신이 나 자신이 택한 조물주인 '오군'(Ogun)이라는 사실과 관련이 있는 것이 아닐까 싶다. 오군은 야금학 신, 즉 대장장이, 기술자, 서정시, 창조력, 전쟁의 수호신이다. 그러나 개인적인 공감의 문제와는 별개로, 《검은 아이》는 사라지는 유년 시절의 추억을 가장 능숙하게 재현한 작품 가운데 하나이다. 그 이야기는 대장장이였던 작가의 아버지를 주인공으로 삼고 있다. 카마라 라예는 자기 아버지의 정령신앙적인 말과 의식들을 통해, 야금학과 기술의 세계가 치료사의 조제서와 결합된 대장간의 모습을 생생하게 그려 낸다. 이러한 작품에서 으레 그런 것처럼, 마술적이고 종종 신들린 듯한 언어의 서정성이 그러한 용해를 가능하게 만든다. 그것은 가족의 토템인 뱀조차 가족의 영적인 일원이 되어 가족의 역사와 행위 속으로 흡수되게 하고, 무사하고 무해한 상태로 가족의 생활 리듬을 반영하는 평온한 속도로 드나들게 한다. 배냉공화국에 있는 우이다와 비단뱀 사당에 가 보면, 별다른 노력을 하지 않고도 현대인에게는 찾기 어려운 인간과 자연 속 피조물과의 내적인 조화를 보게 될 것이다.

전통적인 치료사는 대서양을 건너 디아스포라의 삶을 살면서도 대륙의 지혜로 무장한 채 여전히 활동적이었고, 디아스포라 문학에서 높은 평가를 받는다. 과들르푸의 다니엘 막시맹은 신비롭지만 치료 능력이 있으며 현실적인 '어머니 베아'(Mother Bea)라는 인물을 통해 그러한 모습을 그려 냈다. 조상들로부터 물려받은 약제적인 지식은 치료뿐만 아니라 필요할 경우 그녀를 괴롭히는 자들을 죽일 힘까지 준다. 환생한 사람들이 해방을 위한 노예들의 투쟁을 지배한다. 점을 치거나 정신적인 것을 가늠하는 데도 효과가 있고 약초에 대한 실질적인 지식도 많다. 그녀는 그 지식을 혁명적으로 활용해서 자신을 괴롭히는 사람들을 제거하는 데 필요한 독을 거기에서 추출한다.

다니엘 막시맹의 동포 마리스 콩데의 창조물인 '티투바'는 같은 형식의 또 다른 예이다. 티투바는 비웃음을 샀지만, 노예주들을 치료하는 데 서양 약이 실패로 돌아간 후 찾는 사람이 많아졌다. 아서 밀러의 《도가니》를 잘 읽어 보면, 마녀 히스테리의 중심에 있던 아프리카 여자 노예가 진단을 위한 놀라운 지성과 그에 걸맞은 약초 지식을 갖추고 있는 것으로 나온다. 그런데 세일럼의 일부 정착민들은 그것을 인정하지만, 무지하고 편협한 사람들은 주술이라고 생각한다. 사회학적인 재료로서 때때로 이렇게 허구화된 인물들의 상당수는 노예들과 더불어 미국에 건너왔던 치료 창고의 존재를 확인해 준다. 자연의 힘들의 일상적인 변화를 관장하는 것은 그들의 추종자들로부터 멀지 않은 곳에서 지켜보고 참여하는 신들이다. 의식을 치를 때 읊조리는 시는 그들의 도덕적 추종자들이 하는 모든 일에 꼭 필요한 것이다.

특히 정신과 영역에서 전통적인 치유 방식이 서구 세계에 베풀 것이 많다는 점은 놀라운 일이 아니다. 온갖 사례를 통해 확인할 수 있는 것처럼 서구의 정신의학, 특히 미국의 정신의학은 의존과 불안의 존재에 맞춰 만들어진 것처럼 보인다. 그런데 그것이 너무나 부정적인 영향을 끼쳐서, 이따금 미국인의 영혼 회복은 프로이트와 융의 많은 책들을 가장 가까운 바다에 던져 버리고, 정신의학 이론들에 대한 주석과 수정론 연구를 불법화하고, "윈도 쇼핑이나 해야겠어" 또는 "운동하러 갈 시간이야"라고 말하는 것처럼 태연하게 "정신과 의사한테 가 봐"라고 말하는 것을 법으로 금지할 때라야 시작될 것처럼 보인다. 정신과 의사와 '환자' 사이의 권위적이고 의존적인 관계는 미국과 유럽 사회, 특히 수많은 젊은 세대의 두뇌를 혼란시키고 집단적인 정신을 왜곡시켰다. 애석하게도 그것은 이제 아프리카계 미국인들, 특히 중산층 의식을 지닌 아프리카계 미국인들에게도 침투되고 있다. 아프리카 정신과 의사들은 그 위험을 감지하기 시작하고, 전통적인 정신 치료사들과 협력하여 필요한 곳에서 자신들의 방법을 세련되게 만들고 있다. 그들은 전통적인 치료사들이 성공했던 것에 기초해서 자신들의 방식을 발전시키고 있다.

아프리카 대륙 전역에서 접골사들을 찾아볼 수 있다. 오늘날, 그들은 서구의 정형외과에서 이송되어 오는 환자들을 받는다. 놀라운 사례들이 기록되고 있다. 그것은 기적적인 것에 중독되었거나 단순히 잔혹한 연극에 중독된 사람들이 의무적으로 텔레비전을 통해 지켜보는 기독교적 믿음 치료의 연속극과는 차원이 다른 것들이다. 그러나 이러한 최근의 현상은 아이러니하게도 의도되지 않았던 기대를 한층 강화한다. 이러한 다수의 '기적' 치유들이 비록 가짜이고 때때로 그렇다는 사실이 극적으로 드러나긴 하지만, 그것들도 영성과 심리학의 결합에 기대고 있다. 그리고 이것이 앞에서 얘기한 것들이 기반으로 삼고 있는 것이다. 미리 연습을 하고 이따금 조야하게 시행을 하지만, 그들은 초자연적인 주문의 효험과 몸이라는 우주를 전통적으로 통합시킴으로써 이득을 얻고 있다.

그러나 돌팔이 행위에는 돈을 벌기 위한 상업적 의도가 짙기 때문에 눈에 보이지 않는 것이나 신비로운 요소가 균형을 잃을 수 있다. 인간의 복지를 위하여 자연의 힘들을 풀고자 하는 사람들은 정신적인 물결을 따라 여행할 필요가 없이, 그러한 지식을 지키고 실천하는 모호하지만 점점 더 잘 알려지고 있는 마을들로 가는 시골길을 따라가면 된다. 도시적인 환경에서도 마찬가지다. 위생 문제를 다루는 아프리카 언론에는 날마다, 서구에서 훈련을 받은 의사들과 영양사들이 전통적인 치료사들의 방식과 발견들(재료!)과 수천 년 된 치유 방식과 다양한 질병에 대한 예방법을 점검하고 확산시키는 기사들로 넘쳐난다. 그러한 질병들의 이름이 서구의 의학 서적에 들어간 것은 지난 반세기에나 가능했던 일이다. 양쪽의 상대적이고 구체적인 장점을 활용한 수년에 걸친 임상 작업은 점점 더 많은 서구 의사들에게 겸손을 가르쳤고 치유적인 지식의 분야를 확장시켰다. 구체적인 (어쩌면 획기적일 가능성이 다분한) 사례를 하나 들겠다.

고대부터 전통적인 치료사들이 사용했던 아프리카 관목이 7년이 넘게 임상 실험의 대상이 되었다. 그런데 지금, 그것이 당뇨병을 치료하고 피부암을 비롯한 여러 피부병을 치료하는 분야에서 선두주자로 자리를 잡은 것처럼 보인다. 유명한 프랑스 화장품 회사가 상당히 일찍부터, 미국에 기반을 둔 나이지리아 의학 연구자들이 진행하는 연구에 돈을 대기 시작했고 지금은 상업적인 이윤을 추구하기 위해 회사를 설립했다.

하지만 나는 이 이야기를 마무리하기 전에, 이러한 '보이지 않는' 지식의 보존과 꾸준한 활용의 가장 극적인 예를 개인적으로 증언하고 싶다. 이 무용담은 로스앤젤레스에서 시작되어 가나의 아크라 외곽에 있는 병원에서 끝난다. 그 병원은 점점 더 유명세를 타고 있으며 지금은 서구적인 훈련을 받은 가나 의사가 이끌고 있다. 그 병원이 로스앤젤레스에 있는 시다스-시나이의료원처럼 유명한 전문 병원들도 실패했던 척추 손상 치료에 성공한 성과는 빠르게 전설이 되어 가고 있다. 치료의 대상이 된 환자는 나의 친척이었다. 그는 내가 망명 생활을 하는 곳 가까이에 사는 젊은 선원으로 가나 출신의 미국 시민이었다. 제이컵 T는 배에서 컨테이너 짐을 내리다가 척추뼈를 심하게 다쳤다. 캐나다 해안에서 발생한 사고였다. 그래서 처음에는 비행기로 시애틀에 있는 병원으로 이송되었다. 나중에는 상태가 악화되면서 치료를 계속 받기 위해 로스앤젤레스로 공수되었다.

제이컵 T의 상태는 비위가 약한 사람이라면 볼 수 없을 지경이었다. 그는 여러 차례 자살까지 생각했다. 한번은 너무 절망하여 차에 치여 죽으려고 휠체어를 도로로 밀고 나갔다. 훨씬 나중에야 그 병이 제1차 세계대전 중에서만 확인되었던 특이한 형태의 척추 손상이라는 진단을 받았다. 전쟁 당시에는 꾀병이라고 생각하고 무시했던 병이다. 그 병에 걸린 병사들 여럿이 꾀병을 부린다고 총살을 당했다. 그들은 죽어서야 명예를 회복할 수 있었다. 그를 고용하고 있던 선박회사도 비슷한 생각을 하고 있었다. 그들은 T가 소송과 배상금을 노리고 꾀병을 부리고 있다고 생각했다. 나는 지금껏 살아오면서 고문을 당한 희생자들을 여럿 만났다. 제이컵의 흐릿한 눈을 들여다보고 나는 그가 정말로 끔찍한 고문을 당하고 있다는 것을 한눈에 알 수 있었다.

그는 여러 차례 수술을 받았다. 하루에 알약을 열아홉 개나 먹어야 하는 경우도 있었다. 특수 장치가 척추에 삽입되었다. 그는 고통으로 견디기 어려울 때마다 조금씩 약을 복용했다. 나중에 그는 특수 병원으로 이송되어 6주 동안 머물며 두 번에 걸쳐, 고통을 다스리며 살아가는 기술을 습득했다. 그가 가족의 일을 처리하기 위해 가나로 가는 모험을 감행하게 된 것은 이 기간에 발생한 어머니의 죽음 때문이었다. 그는 20년 전에 가나를 떠난 뒤로 어머니를 한 번도 보지 못했다. 그것은 행운의 여행이었다. 마침 가나를 방문하는 기간에 누군가 전통적인 방식으로 치료하는 이 병원을 추천해 줬기 때문이다. 그는 의심스러워하면서도 그곳에 갔다.

병원에서는 제이컵의 상태를 바로 알아보았다. 의사들은 그에게 갖고 있는 모든 약을 다 꺼내라고 했다. 의사는 약들을 하나씩 쓰레기통에 던지더니 하나만 남겼다. 그것도 일주일 안에 버리게 될 것이라고 했다. 그런 다음, 약초 잎으로 만든 찜질 약을 바르며 치료를 시작했다. 나는 그 잎들을 따는 데 굉장한 공이 들어간다는 사실을 나중에 알게 되었다. 그것은 서구식 훈련을 받은 가나인 병원장이 철저하게 지키는 의식이었다. 그 병원이 필사적으로 지키는 비밀이 하나 있는데, 그것은 찜질 약을 만드는 데 필요한 잎을 따는 장소이다. 치료 과정을 비디오로 찍은 기록물이 있는데, 카메라는 잎을 따는 사람들이 숲으로 들어가서 어두워지기 전에 귀한 잎들을 들고 다시 나타나는 지점에서 멈췄다. 아무도 정확하게 기억할 수 없을 때부터 늘 그래 왔듯이 계절, 시간, 숲으로 들어가는 행렬, 엄숙한 노래와 주문에 이르기까지 모든 것이 엄격하게 준수되었다.

치료는 2005년 6월에 시작되었다. 사고가 난 지 3년이 지났고 그동안 고통과 화학적인 완화책을 두루 경험한 후였다. 조심스럽게 이어진 운동, 처음에는 참을 수 없을 정도의 고통, 그런 다음에 이어진 힘겨운 걸음(그의 지팡이는 치료 초기에 압수되었다)에서 시작해 점점 더 기운찬 걸음, 경내에서 감독 하에 걷는 속보, 점점 더 속도와 거리를 더해서 걷는 속보. 약의 효과를 높이기 위한 특별한 식이요법. 제이컵은 이러한 치료를 한 달 남짓 받았다.

제이컵 T가 몇 주 후 아크라에서 돌아왔을 때, 나는 업랜드에 있는 서재에서 뭔가를 하느라 바쁜 상태였다. 나는 문을 두드리는 소리가 나기에, 짜증 섞인 목소리로 "들어오세요!" 하고 말했다. 웬 남자가 웃으며 들어왔다. 내가 멍하고 계속 쳐다보자, 그가 가나 춤 '크팔롱고'를 추기 시작했다. "제이컵? 제이컵 T?" 3년 동안 휠체어에 묶여 있었고, 텔레비전을 보려면 휠체어에서 거실에 있는 의자까지 흐느적거려야 겨우 옮겨 갈 수 있었고, 침대 옆에 늘 지팡이를 두고 있었던 제이컵? 나는 눈물을 애써 참았다.

아프리카의 신앙 체계에서 다양한 형태로 나타나는 요루바의 신 '아세'는 양육자이자 치료사로서 자연을 몸의 평안과 공동체의 안녕을 위한 인간의 영혼과 결합시킨다. 그래서 이 글을 '아세'

에 관한 시로 마무리하는 게 좋을 듯하다. 요루바어를 번역하는 것은 어려운 일이지만 그래도 생동감 있는 표현으로 만들어 보는 것이 최선일 것 같다. 이 시는 사건과 우주, 자연에 나타나는 힘과 에너지를 관장하는 오리사 신의 권위를 환기시킨다.

아아세, 코 니 사이세, 니토리 아위제 니 티파,
아포세 니 토룬밀라
아세 에군모 니이 세 라우조 에포
아세 이지메레 니이 세 라우조 에란코
테레케세 나아 니이 세 라우조 오우
그보그보 이기 티 레그베데 바 포우 바 니이 둔
코 세 코 세 니 틸라코세
이 아 바 위 한 오그보 니 오그보 이 그보
이 아 바 위 한 이그바 니 이그바 이 그바
오로 오케테 바 레 소 니 일레 이 그보
아 바 알라게모 바 다 로리사 이 그바
아로 오운 아부케 키 이 포훈 오리사 다
상고 키 이 코 오훈 오로그보
오리사 키 이 코 오훈 오비
오바탈라 키 이 코 오훈 세세에푼

그렇게 될 것이다, 실패하지 않을 것이다

말씀의 성취가 이파이기 때문이다

목소리의 성취가 오룬밀라이기 때문이다

에군모는 식물의 수확을 지배한다

비비는 숲의 짐승들의 모임을 지배한다

서리로 덮인 목화는 목화가 모이는 장소를 지배한다

모든 나무는 오랑우탄의 손이 닿기만 해도 울린다

그렇게 될 것이다, 그것은 강에 있는 홍합의 일부가 될 것이다

풀은 우리가 날카로운 가장자리의 풀에 속삭이는 소리를 듣는다

우리가 수액채취자의 낫에게 얘기하는 것을 낫은 받아들인다

숲속의 쥐가 땅에게 얘기하는 것을 땅은 틀림없이 듣는다

카멜레온의 변화는 신들이 인정하는 것이다

절름발이와 곱사등이는 신들의 목소리를 소홀히 하지 않는다

상고는 쓴 견과를 바치는 것을 거절하지 않는다

어떤 신도 콜라 열매의 목소리를 거절하지 않는다

오바탈라는 새하얀 산호 구슬의 목소리를 결코 거절하지 않을 것이다. 아-아-세. 그러할 것이다.

7
대륙의 영성

이제 우리의 주제는 몸에서 영혼으로, 생리적·정신적 영역에서 영적인 영역으로 더 가까이 다가가고 있다. 일반적인 역사에서도, 아프리카는 냉소적이고 부당한 대우를 받아 왔다. 그런데 이것은 아프리카보다는 외부 세계에 대한 부정적인 면을 드러내 준다. 그러한 평가를 받는 사회들 안에서 보이는 것들이 흔히 그들의 '문명화 사명'과 개발 측면에서의 지도적 역할에 대한 주장과 배치되기 때문이다. 물론, 물질적인 발전을 넘어서는 영적인 발전이 있다. 특히 이슬람교와 기독교 세계는 그렇게 주장한다. 그것이 노골적인 우월성의 주장이 아니라면 말이다. 물질성이 그런 것처럼, 영성도 고양시키거나 고귀하게 할 수도 있고 타락시키거나 품위를 떨어뜨릴 수도 있다. 세계의 물질적인 문제들에 대한 답을 갖고 있을지 모르는 아프리카 영성의 미개발 영역 혹은 소홀히 되고 무시된 영역은 이미 얘기한 것처럼, 역사적으로 부정해 온 수많은 것들 중에 어쩌면 가장 악명 높은 것인지 모른다.

종교, 더 정확히 말해서 광신주의는 다시 한 번 그리고 엄청나게 광포한 형식으로, 대륙의 일부 지역에서 이빨을 드러내고 아프리카를 전쟁터로 만들었다. 그리고 전통적인 우방들을 혼란에 빠지게 하고 아프리카인들의 구조적 의지를 받들겠다고 맹세한 상부 조직을 무력화시켰다. 따라서 아프리카가 두 '세계' 종교가 들어오기 전에는 진공 상태였다고 하는 프레임 안에서 현실의 개요를 단순히 얘기하는 것만으로는 충분하지 않고, 침입자들의 중요한, 대부분은 대조적인 속성들에 관해 얘기할 필요가 있겠다. 결국 아프리카의 영혼을 위한 전쟁, 폭력적인 징병을 통해 벌이고 있는 그 전쟁은, 다른 곳에서 시작되었지만 대륙에서 결론이 날 가능성이 많다. 아프리카가 광신자들의 의지에 떨어진다면, 세계는 거기서 야기되는 불안을 자신의 미래이자 영원한 조건으로 받아들여야 한다. 다른 선택은 없다.

아프리카 대륙은 이슬람과 기독교가 오기 전에 어떤 형식으로 자신의 영성을 표현했을까? 이 질문에 대한 답은 네거티브에서 가장 쉽게 찾을 수 있다. 답은 이것이다. 그 영성은 어떠한 폭력이나 징집의 형식으로 표현된 것이 아니었다. 전 세계의 다른 지역들과 달리, 아프리카 대륙의 종교는 주로 개인적인 방식이긴 하지만, 기록과 축하 의식이나 공동체의 강화에서처럼 집단적으로, 인간을 둘러싸고 있는 현상들, 보이지 않는 힘들도 포함되는 현상들과 관련된 과정이었다. 이런 체계 가운데 가장 유명한 것이 나이지리아 서부 해안의 요루바 사람들과 관련된 것이라는 사실을 많은 사람들은 인정한다. 그것은 대륙의 구석구석에 있는 영성(페티시즘, 애니미즘, 조상 숭배, 주술, 혹은 영혼 숭배 등 어떤 이름으로 불리든 상관없이)의 본보기가 될 수 있다. 그러나 그것은 사이비 종교와 쉽게 뒤섞인 본보기는 아니다. 사이비 종교들은 순수한 종교에서 나왔다고 할 수 있는 곳에서도 대부분이 권력의 은밀한 도구이다. 아프리카의 모든 종교는 저마다 그것을 둘러싼 힘들을 갖고 인간과 타협(상징적인 것을 포함해)하고 인간의 생존을 위해 자연의 힘들에 호소하고 그것들을 달래고 혹은 사용할 필요에 의해 생명력을 얻는다.

일신론을 위한 가장 놀라운 주장 가운데 하나는 그것이 인간이 할 수 있는 종교적 의식의 정점이라는 근거 없는 생각이다. 그것이 아프리카 사회에서도 사실이라는 주장이 나오는 것은 예기치 않은 것은 아니다. 볼라지 이도우의 《올로두마레: 요루바 신앙에서의 신》은 좋은 예이다. 그러한 학자들이 기독교 신학으로 개종한 사람들이기 때문이다. 그런데 문제는 스스로를 철학자나 사회과학자라고 주장하는 자들이다. 그들은 헤겔처럼 아프리카인의 지성이 안고 있는 주된 결함은 하나의 신을 생각하지 못하는 무능력이라고 말하기까지 한다. 우선, 그러한 주장들은 명백한 거짓이다. 오리사교 같은 종교는 실제로 최고신의 존재를 인정한다. 그런데 일신교에서 얘기하는 신의 서열이 인간의 정신적인 능력에서 다른 쪽보다 더 발전된 것이라는 생각은 이성이나 논리에 반하는 것이다. 그것은 민주주의보다 독재를 좋아한다는 생각만큼이나 이치에 어긋난다.

애석하게도 아프리카 대륙의 종교는 최근 들어 단순한 추상이나 학문의 사치 이상으로 나아갔다. 그것은 신비로운 주문과 묵상을 하는 사제들의 직관에 의해서가 아니라, 죄 없는 인간들에게 무작위로 해를 가하는 대규모 최첨단 살상 기술을 통해 자신이 주장하는 바를 밀고 나가면서 세계적 관심의 중심으로 떠올랐다. 그것은 10여 년 전만 해도 광적인 신앙들로부터 떨어져 있었던, 그리고 수백 년에 걸친 파괴로부터 제대로 회복하지도 못하고 있는 대륙의 구조 자체를 위협한다. 예를 들어 10년 전만 해도 우리는 나이지리아 신문의 특집기사 제목처럼, "죽이는 것이 신앙인가?"라는 고뇌에 찬 소리를 듣지 못했을 것이다.

모든 종교는 그 나름으로 특색이 있다. 그렇지 않다면 종교적인 갈등도 없을 것이다. 그래서 어쩌면 이 경우 다양성이 삶의 양념이라기보다 분쟁의 유발 요소인 경우 중 하나이다. 그러나 모든 종교는 똑같이 불투명한 목적, 즉 이승이나 저승에서 신의 현존과의 합일이나 암시를 지향한다. 따라서 이 목적을 성취하기 위해서 행해지는 개인적이거나 집단적인 여행을 방해하려는 본능은 인간 이해의 측면에서 기형적인 것이거나, 종교적인 성취와는 아무런 관련이 없는 것을 의식적으로 추구하는 것이라고 생각해야 한다. 그 본능은 틀림없이 권력에 바탕을 두고 있다.

아프리카에는 신앙들의 화합을 향한 길을 제시하는 종교들이 있다. 그들 중 상당수는 거의 알려져 있지 않다. 허세를 부리지 않는 그들의 옛 가르침들이, 외면적으로 경외감을 불러일으키는 대성당, 모스크, 사원, 사당 같은 기념물들과 해석에서 드러나는 도전적인 역설들에 의해 위축되는 것은 세계에 큰 손실이 아닐 수 없다. 내가 여기에서 역설이라고 한 것은, 그것이 증명되지 않았고 증명될 수 없는 것의 기초 위에 세워진 지적인 구성물 이상의 것이 아니기 때문이다. 기독교 신학에서 얘기하는 최면적인 화체설(化體說)만 해도 그렇다. 그것에 관한 논문들은 가장 오래된 필사본들만 따져도, 넓은 대학 도서관의 서가들을 바닥에서 천장까지 채울 정도로 많다. 그러나 이러한 끝없는 논쟁과 형식적인 회칙(回勅)들은 해석의 영역 안에서 벌어지는 자가 증식에 기초를 둔 것이다. 즉, 논쟁의 중심에 있는 것은 사실일 필요가 없다. 변증법적 논리를 구성하는 층들이 적당히 쌓이고 또 쌓이면 그만이다. 양파가 그런 것처럼 중심에 어떤 실체가 있을 필요는 없다.

옛날의 필사본들을 예로 들어 보자. 이른바 암흑기라 불리는 중세기의 멋지게 채색된 필사본들을 예로 들어 보자. 신앙심이 깊은 예술적인 성향의 수사들은 긴긴 겨울 밤 내내 달리 할 일이 없었을 것이다. 인간에 대한 사랑과 인간에 대한 경고를 표현하는 데에는 성자나 천사, 악마들밖에 출구가 없었을 것이다. 그렇게 해서 필사본이 남게 되었다. 그 필사본들은 오늘날 우리에게 경외감과 찬사를 불러일으키고, 당연히 신앙을 강화시킨다. 산스크리트 경전, 힌두교의 베다, 불교 사원의 불경, 혹은 코란의 고대 경전 같은 것도 다 그렇다.

우리는 종교의 외부적인 장식에 해당하는 이러한 유혹들을 세속의 경쟁적인 속성들에 입각해 이해할 수 있다. 특히 이데올로기적인 주도권을 향한 경쟁으로 이해할 수 있다. 파시즘이나 공산주의의 거대한 성취, 그들의 존재를 과시했던 안무의 화려함과 구경거리, 예술, 건축, 이데올로기적인 논문들은 아직도 우리를 감동시키거나 불쾌하게 만든다. 독일의 제3제국이나 동유럽 공산 정권이 세운 혐오스러운 건축물을 생각해 보라. 그들의 미학적 가치는 별것이 아닐지 모르지만, 그들의 생각과 실행의 거창한 규모는 지금 생각해 봐도 놀라울 따름이다. 비록 그중에 어떤 이데올로기도 전 세계에 영구적인 진실을 제시하지 못했지만 말이다. 그래서 우리는 화려하게 장식된 성서들을 보면서 즐거워하고 우리의 마음을 고양시키는 음악을 들으며 황홀경에 빠지고, 의식의 신비에 압도당할 때, 대성당과 모스크, 사원과 사당의 존재를 보는 법을 배워야 한다. 그것들 중에 어느 것도, 인간에게 알려진 어느 종교도, 그들이 환기하는 '진실'의 영원한 확실성을 확인해 주지 못한다.

그와는 대조적으로, 철학적인 문헌이나 단기간에 마음을 사로잡았던 프랑스혁명의 실험(이성의 축제)을 제외하면, 인본주의는 뿌리 깊은 덕목들을 보여 주는 화려한 기념물이나 의식들을 갖고 있지 않다. 물론 기념물들은 존재한다. 그것들은 문명의 진보, 예술과 과학, 일반적인 수공예품과 인간의 생산 능력과 환경의 계속적인 발전에 이르기까지 모든 면에서 찾아볼 수 있다. 그러나 이러한 것들에는 거창한 표지가 붙어 있지 않다. 위대한 교향곡들, 요루바에서 아라와크에 이르는 고전적인 조각들, 성공한 인공위성과 실패한 화성 탐사선 등은 인본주의에 대한 기념물들이다. 그러나 이러한 것들은 '인본주의'라는 표지가 붙은 주초(柱礎)를 기반으로 하는 게 아니다. 그래서 모순적이지만 활력이 넘치게, 오리사교처럼 '보이지 않는' 종교들이 세속적인 신들의 보이지 않는 질서이다. 그러나 겉으로 보이는 표시가 없음에도 불구하고 인본주의는 적어도, 모든 종교들이 그것의 교의(教義)한테 주는 호의를 즐긴다. 사실, 이러한 종교들은 실패한 대립적 이데올로기들이 인간적인 가치들, 즉 인류 평등주의, 착취의 종식, 인류애 등을 그들의 원리로 삼으려고 시도했던 것처럼, 인간을 숭고하게 만드는 것을 관심사로 삼으려 했다는 점에서 서로 겹치는 것처럼 보인다.

따라서 우리가 추구해야 하는 것은 이데올로기나 종교의 주장들에 대한 치열한 경쟁의 공간이 아니라 관념과 믿음들의 열린 장터이다. 오리사교와 그 신성한 가르침을 담아 놓은 이파서가 종교 영역에서 위대한 인본주의적인 가치들을 보여 주는 것은 분명히 이러한 맥락에서다. 탐색으로서 그리고 영적인 탐구의 원칙으로서, 이파서는 어떤 형태의 믿음이든 상관없이 믿는 이들을 포용하는 본보기가 된다.

우리가 믿음과 영성의 자연스러운 질서를 탐구하는 데 길잡이로 택한 이 고대의 종교는 종교들 사이에 전쟁을 벌일 필요가 없다고 제안한다. 이 종교의 본질은 다른 종교들의 호전적인 본능으로부터 스스로를 보호한다. 다른 믿음의 수호자들은 자신의 목숨을 걸고, 아니 더 정확히 말하면 이단자, 이교도, 배교자, 신의 적, 혹은 다른 관대한 용어들로 편리하게 가리키는 '다른 사람들'의 목숨을 걸고, 그들의 교의적인 책의 가장 사소한 주석까지도 지키려고 한다. 그런데 이 종교는 종교라는 것이 인간 심리에 기반을 둔 것이 분명하기 때문에, 세속화된 신들을 택하는 쪽이 인간에게 더 이롭다는 점을 보여 준다. 이 종교는 우리와 전혀 다르지 않은 인간들이 군림하면서 인간에 대한 통제 지대를 환기시키는 매혹적인 전례들을 가진 다른 신들보다, 세속화된 신들이 인간에게 더 좋다는 점을 보여 준다.

대관절 세속적인 신들이라니? 이게 무슨 모순어법인가! 우리는 이 문제를 뒤에서 다시 점검할 것이다. 우리의 본보기, 즉 아프리카 서부 해안의 토착민 요루바족이 믿는 오리사교의 본질적이고 특별한 미덕은 사제의 위상이 중개자의 역할로 축소되어 있다는 데 있다. 다른 수많은 종교에서 사제는 사제직을 별개의 계급으로 신성시하고 신에 대한 접근을 독점하는 경향이 있다. 그래서 사제들은 독점적으로 계시를 받고 그것을 수호하는 존재가 된다. 그러한 영적인 기능으로부터 습관이나 취향, 심지어 사적인 관계 등에 대한 세속적인 통제까지는 거리가 아주 가깝다. 사실, 정치를 포함하여 사회의 다른 조직들에 속하는 세속적인 삶의 모든 국면을 통제하는 것은 쉬운 일이다. 이것이 문제이다. 수천 년에 걸쳐 기록된 인간의 역사가 있었으니, 그 종교나 그 이름 아래에 모인 경험들을 믿는 것은 충분히 쉬운 일이다. 그것은 인간의 유전자 자체에 기록되어 있는 것인지 모른다. 그래서 어떠한 이유에서든, 사회적인 삶에 교조적으로 개입하는 폭력적인 성향을 띤 적이 없거나 그러한 초인간적인 경향들로부터 발전한 종교들을 살펴보는 것이 우리의 이익에 부합된다.

물론 편리하게도, '보이지 않는' 종교라고 표현되는 몇몇 종교들이 있다. 그들이 보이지 않는 것은 정교하고 지나치게 크고 지나치게 주석이 많이 달리고 영역적으로 탐욕스러운 다른 세계 종교들에 의해 거의 보이지 않을 정도로 가려졌기 때문이다. 이러한 '보이지 않는' 도덕적 도전자 중에서 두드러지는 게 오리사교다. 면면을 살펴보면 이 종교가 가톨릭 종교재판과 같은 것을 결코 만들어 내지 않았을 것이라는 걸 확실히 말할 수 있다. 과거뿐 아니라 현재에도 진행되는 십자군이나 지하드 개념은 이 종교에서는 상상할 수 없는 것이다. 이러한 특성들은 정복, 강제 개종, 우상 파괴, 전쟁을 통해 확장해 간 다른 종교들의 역사와 전혀 다른 비자발적인 확장의 역사와 더불어, 이 독특한 종교가 신도들의 영적인 갈망에 대한 모범이라는 것을 보여 준다. 어째서 그렇게 많은 영적인 구조들의 본래적인 숭고함이 편협, 피, 증오, 불안에 젖어 있고(그중에서 가장 악명 높은 것은 우월성을 주장하는 두 종교, 즉 유대-기독교와 이슬람이다), 그들의 생존을 위한 기본 조건들로써 온갖 지독한 반인본주의를 드러내는지 의아하게 생각하는 신도들의 영적인 갈망에 대한 답이 이 종교에 있다.

20세기의 중요한 문제가 인종의 문제일 것이라는 아프리카계 미국인 사회학자 W. E. B. 듀보이스의 예견이 21세기에는 종교 갈등에 자리를 내줬다. 이것을 조금 더 밀고 나아가서 종말론에 가까운 말로 표현할 수도 있겠다. 즉, 세속적인 차원에서 인간이 우선한다는 대의를 거부하는 것을 포함하여, 고대와 현대를 아울러 세계를 집어삼키려고 끊임없이 위협하는 광신적인 기질이 솟구치는 상황에서, 우리가 할 수 있는 질문은 이런 것이 아닐까? 종교는 과연 21세기에 인본주의와 평화롭게 공존할 수 있을까?

세계의 특정한 지역에서는 이런 질문이 될 것 같다. 종교는 인류와 공존할 수 있을까? 종교는 끔찍한 갈등의 중심이었거나 그것을 조장했다. 그럼으로써 교리적인 미세함이나 역사적인 해석의 단순한 차이들을 위해 세워진 제단에 수많은 사람들을 희생시켰다. 가장 치명적인 것은 이런 일이 같은 종교 안에서 일어날 때이다.

　그러면 좀 더 쉽게 다룰 수 있는 앞의 질문에 우리 자신을 국한시키기로 하자. 그것은 종교가 세속적인 자유를 점점 더 통제하는 문제와 관련된 질문이다. 그것은 우리에게 종교적인 충동과 인본주의적인 추구가 조화롭게 공존할 의도가 있었는지 여부를 생각해 볼 기회를 준다. 50년 전, 그러니까 20세기 중반 무렵만 해도 이러한 질문은 생각하지도 못했을 것이다. 그렇다고 반인본주의적인 사건들이 우리 세계를 뿌리째 흔들었던 경우가 없었다는 말은 아니다. 다만, 종교가 점점 더 분명한 역할을 하고 있는 세계적인 균열의 시대를 우리가 살고 있다는 말일 따름이다. 지금 종교가 하고 있는 역할은 지난날 유럽의 암흑기와 더불어 사라졌으면 싶었던 역할이다. 설령 우리가 세속적인 것과 종교적인 것 사이의 영역 다툼에서 가장 초기의 순교(종교적인 확신, 아니더 정확히 얘기하면 비종교적인 확신으로 인한 소크라테스의 독약 처형)로부터 몇 세기를 건너뛰는 일이 있다 하더라도 말이다. 다양한 효능과 적용 방식과 더불어, 그 독배는 신정적인 편과 세속적인 편의 양쪽(대부분의 경우, 신정적인 쪽이 지배했다)에 있는 주역들 위에 떠돌고 있었던 것처럼 보인다. 그 독배가 아프리카 대륙에 건네졌다. 아프리카는 익숙하지 않은 영성체에 경련을 일으키고 있다.

그러나 종교가 저지른 파괴의 맥락을 제대로 이해할 필요가 있다. 반종교적인 의제가 반드시 세속주의나 그것과 가까운 인본주의와 똑같은 목적으로 연대를 하거나 똑같은 목적을 추구하는 것은 아니다. 종교적인 질서를 공격한다고 세속적인 인본주의의 명분을 반드시 지지하는 것도 아니다. 20세기의 가장 악명 높은 몇몇 범죄는 종교에 책임을 물을 수 없는 것들이었다. 홀로코스트를 자행한 나치의 사악한 세계관은 적어도, 종교라는 이름으로 그 범죄를 정당화하지 않을 정도의 억제력이나 자신감은 갖고 있었다. 이데올로기적인 양극성의 반대편에는 스탈린이 있었다. 그는 대량학살이라는 면에서 히틀러에 뒤지지 않았다. 그는 신의 계시가 아니라 계급 없는 사회에 대한 생각에 종교적으로, 더 정확히 얘기하면 비종교적으로 집착했다. 그 목적을 추진하기 위해서 모든 종교를 박해하고 경배의 장소들을 폐쇄했다. 그는 수백만에 달하는 '쿨라크,' 즉 최고의 과학자와 인본주의자를 포함한 수정주의자와 이탈자를 숙청했다. 다양한 차원의 인간 혐오 사도들이 스탈린의 뒤를 이었다. 캄보디아의 폴 포트, 에티오피아의 멩기스투 하일레 마리암 같은 인물이 그렇다. 그들은 특정한 사람들을 자신의 통제 아래에 뒀다는 점에서 히틀러나 스탈린에 필적하거나 그들을 넘어서기 위해 최선을 다했던 셈이다.

전 세계의 악명 높은 반인본주의자들에게 이데올로기가 종교를 대체하는 수단이었다고 말하는 것은 논리적으로 타당하다. 이것이 종교적인 충동이 실제로 인간 진보의 초기 단계에서 인간 유전체에 들어왔을 수 있다는 의심을 하게 되는 한 가지 이유이다. 설명하는 명칭은 저마다 다르다. 하나는 확실성이 부족한 많은 텍스트들에 기술된, 인류 역사에 대한 과학적인 추론에 따른 결론이라고 주장할 수도 있겠고, 다른 하나는 신성한 경전들이 정당화한 계시의 길을 따라서 진행된다고 할 수도 있겠다. 그러나 상투적인 말이긴 하지만, 그 사회가 비록 묘지로 바뀐다 해도 과학적·사회적 변화에 대한 마르크스주의자들의 생각은 탈레반의 종교적인 계시주의와 별로 다를 게 없었다. 열흘 남짓 만에 백만 명 중 4분의 3을 살육한 기록을 세운 제노사이드를 저지른 후투족은 종교적인 열정의 순수주의를 옹호하는 자들이었다. 그들은 예정된 운명과 무오류의 관념을 갖고 학살을 밀고 나갔다. 그것은 남아프리카 보어인들의 운명론, 즉 인종적 우월성과 순수성에 대한 나치식의 관념과 별반 다르지 않았다. 이들 중 누구도 종교가 주된 영감을 제공했다고 주장하지 않았다. 그러나 성서의 권위가 인용되고, 루터교회는 아파르트헤이트의 인종우월 정책이 옳다고 확인했다. 르완다 대학살의 몇몇 지도자는 그 범죄를 장려하기 위해 자신의 종교적 지위를 열광적으로 활용했던 기독교 사제들이었다. 탄자니아의 아루샤에서 열린 반인륜 범죄 국제재판에서 종종 입증된 것처럼, 그들 중 여럿은 희생자들에게 피난처를 주겠다고 안심시켜 교회로 유인하고 후투 살인 조직 '인테레함웨'와 군대를 불러 잔혹한 작업을 감행하도록 했다. 종교, 더 정확히 말하면 교회가 연루된 것이 분명하지만, 인간을 그렇게 함부로 다루는 일에 종교가 기본이었다는 얘기는 없었다.

지금까지 그러한 예외적인 것들에 합당한 관심을 할애했기 때문에 우리는 이제 다음처럼 주장할 수 있을 것이다. 즉, 십자군전쟁, 종교재판, 지하드, 이교도와 이단자들에 대한 열광적인 학살이 있은 지 몇 세기가 지났지만, 세계적인 차원에서 살인적인 종교적 초월주의가 확산되면서 종교가 살인의 도구가 되고 아무 처벌도 받지 않는 것을 보장해 주는 수단이 되고 살인적인 영감을 주는 수단이 된 것은 최근의 현상이라는 것이다. 종교는 겉으로는 우리를 영원한 파멸로부터 구해 주겠다고 하면서, 아무 통지도 없이 우리 모두를 저세상으로 몰아넣으려고 작정한 것처럼 보인다.

그처럼 종교는 살인이 난무하는 사건들에 관여했거나 한마디로 그런 짓을 옹호했다. 종교는 규모가 작든 크든, 기간이 짧든 길든, 나이지리아, 아일랜드, 인도, 소련, 인도네시아처럼 문화적으로 다양한 곳에서, 그리고 소말리아에서처럼 단편적으로 계속, 일어나는 살인적인 사건들에 관여되어 있었다. 그러한 사건들은 분명히 지구 어딘가에서 영향력을 행사하는 요인이 되었다. 그래서 이른바 근대의 현 시점에서도 종교에 짧은 속죄 기간을 주어서 부정적 요인과 긍정적인 요인을 저울질해 보라고 하는 것도 이해할 만한 일일 것이다. 그런데 가장 최근에 발생한 소말리아의 유혈 분규는 우리를 세속적인 의무감보다 절망으로 몰아넣는다.

우리는 다시 한 번, 종교적인 세뇌의 지배를 가능하게 만드는 요인들을 인정해야 할 것이다. 사회적·문화적 성향, 정부의 직무 태만, 실패한 국가의 무능력에 따른 불안정 상태, 실업자들과 소외당한 사람들, 사회적으로 박탈당한 사람들의 떠도는 무리 등이 그것이다. 이런 것들을 부정할 수는 없다. 그러나 종교의 지정학이 가장 최근에 있었던 소말리아 분규의 뿌리에 있는 것은 분명하다. 수단과 달리 소말리아는 모든 경쟁자들이 단일 종교(이슬람)를 믿고 있다. 그래서 이른바 이슬람연합 같은 조직을 만들어 계속되는 내란의 종교적인 요소(사실은 의무이다)를 인정하라고 요구할 필요가 없다. 상황은 에티오피아 정부의 종교적인 당파성에 의해 더욱 명료해진다. 에티오피아 정부는 기독교 옛 분파의 신자들로 구성되어 있다. 그들은 과거에 모가디슈에서 이슬람주의자들을 권좌에서 몰라낸 적이 있었다. 적어도 잠시 그랬다. 동원, 조직화, 충성, 그리고 광적인 헌신이 살육을 부채질했다. 병사들에게 이것은 문제가 아니다. 그들은 이해하기 어려운 종교적 발작의 실질적인 좀비들이다. 신앙의 불합리한 감정을 교묘하게 조종하는 지도자들에게 늘 그러했던 것처럼, 권력은 노획물이다. 근본주의적인 종교적 확신도 맹목적으로 권력의 편을 든다. 사회로부터 이질적인 요인들을 쫓아내려는 완강한 충동을 포함한 물질주의의 문제까지 고려하면, 종교가 권력 추구와 파시즘을 받드는 데 부지런한 시녀의 역할을 했다는 점이 확연히 드러난다. 인종적 순수성의 교리와 이념적·영적 순수성의 교리 사이에서, 인간의 일상에 미치는 사소한 것들을 과연 누가 고려하겠는가.

소련(체첸)에서부터 인도네시아의 아체 섬들, 감시 밖에 있는 전 세계 곳곳에 이르기까지 이런 시나리오가 도처에서 복제되고 있다. 종교가 점점 더 반인도주의 경향을 띠는 것들을 옹호하는 것을 보면, 그렇지 않아도 엄청나게 많은 다른 문제들을 인간한테 넘기고 종교가 그냥 없어졌으면 싶다. 그러나 잠시, 악마의 옹호자 역할을 해보기로 하자. 악마조차도 교훈의 메타포로 쓰이면 쓸모가 있는 법이니까 말이다.

우리는 알지도 못하면서, 종교가 훨씬 무모한 반인도주의적인 경향을 억제하는 요소일 수 있으며, 종교가 제공하는 보이지 않는 억제들이 세계의 실존적인 위기의 가마솥에 감지할 수 없는 뚜껑을 덮었을 수도 있다는 가능성을 생각해야 하는 위험에 직면해 있다. 이것이 세계가 흔히 직면하는 위험한 상황을 정확하게 평가하려고 할 때 마주치게 되는 문제이다. 내가 이런 말을 하는 것은 역설적으로, 전 세계의 상황에 대한 평가에서 나오는 아찔한 그림이 적어도 이론적으로는 우리의 상황이 종교가 없으면 훨씬 더 나쁠 수 있다는 것을 인정하게 할 수 있다는 것이다. 어떠한 사회적 요인들(습관, 믿음, 정보 폭발, 기술, 그 밖의 관심사)이 최후의 대충돌을 억제하고 있는지를 결정하려고 할 때, 우리는 인간의 마음에 엄청난 영향을 미치는 종교의 존재가 인간의 생존에 아주 중요할 수 있다는 가능성에 도달할 수 있다. 외교, 예술의 역할, 사회적인 시설에 대한 접근, 빈곤 퇴치, 팝 콘서트와 축구와 미식축구나 농구가 주는 행복감, 평화 유지 활동이 그러한 것처럼 말이다. 달리 말해, 종교는 수많은 개인들의 심리적 안정에 기여했던 것처럼, 존재의 지속성에 기여했을 수 있다는 것이다.

죄수를 예로 들어 보자. 죄수들을 교화하는 종교의 역할은 덮어 놓고 무시될 수 있는 게 아니다. 가장 유명한 예는 이슬람으로 개종한 맬컴 엑스가 아닐까 싶다. 시인이자 극작가이며 타고난 재담꾼이었던 오스카 와일드는 비가《레딩 감옥의 발라드》를 썼음에도 완전히 변하지는 않았던 것 같지만, 불행 속에서 자기 탐색을 하는 감동적인 글을 세상에 남겼다. 그렇다고 내가 아름답거나 위안이 되는 시를 쓰기 위해서 감옥에 가라고 추천하는 게 아니다. 세상에는 감옥에 가본 적이 없는 종교적인 시인들이 얼마든지 있다. 감옥에 가지 않았어도 칼릴 지브란처럼 명상적인 시를 쓰고 제러드 맨리 홉킨스처럼 고통스러운 시를 쓰는 시인들은 얼마든지 있다.

의학에서 유사한 예를 빌려와 보자. 정확하게 진단이 된 병도 그 병이 더 나쁜 상태를 막기 위한 예방적인 차원일 가능성을 배제하지 않는다. 우리 모두가 알고 있는 것처럼, 때맞춰 발생한 편두통은 뇌졸중을 예방할 수 있다. 불과 20년 전, 우리는 1950~1960년대에 임산부에게 기형아를 출산하게 만들었던 탈리도마이드가 지금은 특정한 암의 치료에 이용되어 놀랄 만한 결과를 가져왔다는 것을 알았다. 종교가 양산한 모든 역사적 사건을 저주하는 운동을 벌이지 않도록 우리를 억제하는 것은 그러한 것들에 대한 고려(비현실적인 것과는 별개로)에서일 뿐이다. 우리는 미국의 곳곳에 있는 유명한 (혹은 관점에 따라서는 악명 높은) '상해 변호사'들을 규합하여 종교에 소송을 걸고, 헤이그에 있는 국제사법재판소에서 집단행동을 취하고, 법원으로 하여금 그것이 인류에 대한 범죄를 범했다고 판시하게 하고, 다시는 돌아오지 못하게 다음 번 셔틀에 태워 외계로 보내 버리고 싶다.

주요 적수인 이데올로기(공산주의)가 몰락하고 난 후에 전 세계에 걸쳐 종교적인 광신이 맹위를 떨치는 것은 자연이 진공 상태를 싫어한다는 것을 증명한다. 그리고 만약 종교가 기적적으로 사라진다면, 그것은 지구상에서 일어날 마지막 기적이요 엄청난 선물일 것이다. 그런데 그렇게 되면 그 자리를 또 다른 무엇이 차지하게 될지 누가 알겠는가! 미식축구? 비디오게임? 리얼리티 쇼? 와인? 조깅? 결론적으로, 우리가 동종요법의 작동 방식을 보는 것과 똑같은 모순적인 렌즈를 통해 종교를 보는 것으로 위안을 삼는 게 좋겠다. 카를 마르크스는 틀렸다. 종교를 무시하는 그의 유명한 발언은 결코 정확하지 않았다. 종교는 사람들에게 아편이라기보다 인간 조건에 대한 동종요법이다.

이러한 동종요법적인 구조 중 하나로 이뤄진 세계인 오리사 종교를 살펴보기 위해서는, 우리가 종교라고 일컫는 것에 대한 기회주의적인 생각을 수정하려고 노력해야 한다. 그것은 필요한 과정이고, 아프리카의 영성에 관한 이야기의 일부이다. 그것이 기독교 선교사들이 곧 식민화될 아프리카와 아시아에서 즐겨 사용하던 모독의 방식에 대한 반응이기 때문이다. 기독교 전사들은 아프리카인들의 영적 의식을 종교가 아니라 주물 숭배, 미신, 우상 숭배, 이교적 또는 악마적 행위라고 생각했다. '컬트'는 보통, 은밀한 의식, 맹세, 그리고 변절자와 맹세를 깨뜨린 자들에 대한 악의적인 힘의 복수에 대한 두려움을 통해 작동했던 권력 수단이었다. 이것들이 편리하게 종교와 같은 무리에 끼게 되었다. 그런데 이것들은 순수하게 권력과 공포의 정치적 수단일 따름이었다. 그것은 부를 획득하고 정치적인 지위를 강화하고 공동체의 다른 구역(대개는 여성의 성)을 통제하는 데 사용되었다. 그러나 우리가 염두에 둬야 할 것은 일부 아프리카 사회에서는 여자들도 강력한 컬트 집단을 이룬 적이 있다는 사실이다. 예를 들어, 다호메이(지금은 베냉공화국)의 유명한 이야미 컬트나 서부 나이지리아의 겔레데가 그랬다. 또한 식민 통치 기간 동안 컬트의 증가는 일반적인 현상이었다. 독립투쟁에서 비밀과 연대감을 위해 차용된 수단이었기 때문이다. 컬트는 소속감을 강화하고 영적인 강렬함을 유지하기 위해 종교에 가까울 수 있지만, 신을 필요로 하지 않는다.

종교는 신에게 호소하는 것에 바탕을 두고 있다. 신이나 신의 은혜로운 본질이 없는 종교는 종교가 아니다. 동시에 신에게 호소하는 컬트주의자들이 있는지 살펴보는 것도 필요한 일이다. 자신을 기독교도라고 주장하는 어떤 사람이 우간다에서 가장 성공적인 컬트를 만들었다. 그것은 결과적으로 신도들의 조직화된 대량학살로 이어졌다. 가이아나의 존스타운 사건과 흡사했지만 방화에 의한 것이었다. 그는 신도들의 세속적인 물건들을 갖고 탈출했기 때문에 불에 의한 종말적인 세례에 참여하지 않았다. 초기 기독교 복음 전도사들은 그러한 차이들을 굳이 점검할 가치를 느끼지 않았다. 컬트적인 불안 밑에 종교를 묻고 그것의 존재를 악마화하거나 무시하는 쪽이 더 편리했던 것이다.

그러한 악마화의 적절한 예를 이번에는 정말로 문자 그대로 제시하는 것이 좋을 것 같다. 선교사들은 아프리카인들에 대한 개종을 시작하기 위해 아프리카 마을에 도착했을 때, 악마나 사탄의 개념을 분리할 수 없는 경우가 많아서 어려움을 겪었다. 그것은 심각한 어려움이었음에 틀림없다. 죄악의 개념을 확립해야 '이교도들'에게 영혼이 처할 위험에 대해서 알려줄 수 있었을 것이기 때문이다. 저주와 구원, 이것이 이교도의 영혼을 붙들어 매는 십자가의 축이었다. 그렇게 붙들어 놓고 구원을 향해 끌고 가야 했다. 초기 기독교 선교사들은 개종 대상자들에게 죄악에 물들어 있으며 따라서 저주를 받았다는 것을 알려주기 위해 자신의 소임을 다할 대리인, 즉 악마의 도움을 필사적으로 받으려 했다. 그들은 요루바족을 상대하면서 가능한 모든 후보자들을 관찰하고 에수를 낙점했다(브라질에서는 엑수[Exu]라고 표기한다).

　이것은 아주 편리했다. 에수가 신들 중에서 가장 널리 모습을 드러내는 신이기 때문이다. 에수는 신들의 심부름꾼이고 복잡하면서도 "장난기가 많아" 발길질까지 하는 신이다. 에수는 네거리에 앉아 가장 현명한 인간들과 신들까지 혼란스럽게 만든다. 에수는 예측할 수 없는 신이어서 요루바족은 집안에 그의 사당을 결코 만들지 않는다. 양면성을 가진 에수는 조형물이나 이야기에 자주 등장하는데, 그의 자리는 현관 계단이나 네거리이다. 그래서 사람들은 그러한 곳에서 그에게 제물을 바치며 인간사에 끼어들지 말아 달라고 빌거나 잘 되도록 도와달라고 빈다. 주요 신들을 위한 축제 기간에도 첫 번째 음식은 에수를 위해 떼어 놓는다. 의식을 시작할 때도 사람들은 에수에게 장난기를 참아 달라고 비는 것이 현명하다고 생각한다. 그러나 에수는 결코 악마가 아니다. 악마라고 생각하는 것은 활기가 넘치는 아이를 악마의 산물이라고 생각하는 것처럼 터무니없다. 이 신은 신의 일과 인간의 일에서 무작위적이고 예측할 수 없는 요소를 나타낸다. 에수는 현실의 논법가이고 현실이 한 가지 이상의 국면을 갖고 있다는 것을 가르치는 경고의 신이다. "겉모습을 믿지 마라." 이것이 에수의 교훈이다. 그 교훈은 종종 어려운 길을 통해 얻어진다. 주의 깊은 사람은 우리가 불경스럽게 요루바 신들의 영역에 접근해 가는 과정에서 내가 슬며시 에수를 처음에 소개했다는 것을 알아차릴 것이다!

아이가 태어난다. 부모는 아주 일찍부터 이 아이한테서 개성, 기본적인 성향, 물질적인 선호도 등을 발견한다. 이러한 것들은 언젠가 우리가 성격이라고 일컫는 것, 즉 '이와'로 통합될 것이다. 이 아이를 점술의 사제인 바발라우한테 데려간다. 사제는 부모와 친척들이 이미 눈여겨 본 징후에 자신이 관찰한 바를 추가한다. 점술서인 이파서가 오리사교 세계에 중요한 요소이기 때문에 바발라우는 이따금 아이에게 실제로 점술 의식을 거치게 할 것이다. 그러나 대부분의 경우 그의 날카로운 눈과 풍부한 경험, 연마된 직관이 결정을 내린다. 그는 이렇게 말한다. 이 아이는 강의 신 '오순'의 아이다. 혹은 번개와 천둥의 신 '상고'의 아이다. 혹은 순수의 신 '오바탈라'의 아이다. 부모가 그러한 신을 섬기는지 여부는 중요하지 않다. 집안이나 가계의 역사에서 아무도 그 신 밑으로 들어간 적이 없다는 것도 중요하지 않다. 아이는 자기 자신의

'오리'(ori, 운명, 운)를 세상에 가져온다. 그것을 바꾸거나 그에게 다른 것을 강요하는 일은 무익한 짓이다.

그러나 아이의 영적인 기운을 이렇게 할당하는 것도 최종적인 것은 아니다. 또한 그것이 배타적인 것도 아니다. 그 아이가 살아가면서 겪게 되는 일들, 특별한 재능의 발휘, 창조나 통솔에서 드러내는 조숙함, 통찰력처럼 전에는 숨겨져 있던 특징의 출현, 신비로운 말들을 하는 습관 등이 바발라우로 하여금 이 아이의 수호신을 다른 신이라고 하거나 추가적인 신이 있노라고 결론을 짓게 할 수도 있다. 그렇게 되면 다른 신이 집안에 들어온다. 마찰도 없고 적의도 없다. 요루바족은 모든 신들이, 인간도 그 일부인 우주적인 현상의 표현이라는 것을 이해한다. 이파서는 도덕적 이야기, 역사적 사건, 처방을 모아 놓은 시(詩) '오두'로 가득하다. 그 시들은 동시에 이파가 예언해 주고 조언해 줬고 이파서를 따랐거나 무시했던 인간들과 신들의 경험들을 이야기한다. 회의적인 사람들이라고 벌을 받거나 초자연적인 힘들에 괴롭힘을 당하지 않는다. 이야기들은 그들이 그저 자신의 길을 간다고 말할 따름이다.

바발라우나 다른 사제들의 사회적·직업적 위치뿐 아니라 개성에 대해서도 잠깐 짚고 넘어갈 필요가 있을 것 같다. 우리가 이파의 분노를 사지 않도록 현실에 굳건히 발을 딛기 위해서다. 이파는 잘못된 발언을 용납하지 않는다. 무언가를 미화해서도 안 된다. 이파의 사제인 바발라우는 인간이다. 사제 계급은 종종, 신들과의 중개에 있어서 부정적인 측면을 대변한다. 우리가 로마 가톨릭 사제들의 성적 타락과 거의 제도화된 은폐 전략을 상기할 필요가 있을까? 혹은 성지들과 순례의 신성함에 대한 고대 전통마저 격렬하게 부정하는 시아파와 수니파 사이의 소모전에서 율법학자들이 했던 역할을 상기할 필요가 있을까? 오리사교의 사제들은 그러한 수준의 범죄적인 태만과는 경쟁이 되지 않는다. 그럼에도 우리는 불리한 위치에 있는 그들의 자리를 외면해서는 안 된다. 여기에 전통에 뿌리를 내리고 있는 진지한 사례가 있다. 상고의 사제들은 역사적으로 인간의 재앙으로부터 이득을 취하고, 번개가 치는 것을 가리켜 악인들을 벌하기 위한 신의 분노라고 하는 수준을 벗어나지 못했다. 같은 집에 살고 있는 친척들의 것까지 포함하여, 불행을 당한 사람들의 모든 재산은 상고의 사제들한테 바로 압수당했다.

그러나 신의 심부름꾼으로서 순결한 상태를 유지하는 바발라우는 오리사교를 통틀어 가장 고귀하고 헌신적인 미덕들을 대변한다. 이득을 취하는 걸 거절하는 것이 그 직업의 속성이다. 진짜 바발라우에게 물어보라. 그는 자신의 일을 하면서 감히 이득을 취할 수는 없노라고 고백한다. 그렇지 않으면 신들이 점치는 기술을 박탈해 버릴 것이다. 그 선고는 돌이킬 수 없는 것이다. 바발라우는 그래서 자기부정과 절제, 심지어 지독한 가난의 미덕을 감내한다.

하지만 그 직업도 타락을 피하지는 못했다. 특히 근대에 그랬다. 몇몇 유명한 바발라우들은 전에는 생각할 수 없었던 짓을 한다. 그들은 손님들에게 터무니없는 돈을 요구한다. 이제 그들은 우리가 나이지리아에서 '붉은 뺨'이라고 일컫는 것을 자랑하고 다닌다. 이파서에 관한 논문을 통해 유명세를 얻은 학자들은 카리브 해와 브라질에서 영적인 구도자들에게 점을 '전수하는' 일로 악명을 떨치게 되었다. 그들은 한 명당 5천 달러씩 받고 이파서의 한두 구절을 주문으로 외우며 가짜 의식을 치르고, 그 사람들에게 증서를 발급해 그들의 거실 벽에 걸어 놓게 했다. 그들은 탐욕스러운 상고 사제들 분파의 후손들이다. 그처럼 혐오스러운 행위는 지난 1960~1970년대까지도 드문 일이었다. 오스트리아계 독일인 울리 바이어와 그의 부인 수잔 벵거처럼 오리사 공동체를 깊이 연구한 외부인들은 이파서를 따르는 진정한 종복들의 특징인 가난과 절제의 맹세에 관하여 증언한 바 있다. 나는 이처럼 위험에 처한 종복들을 개인적으로 접촉하면서 그들이, 죽었을 때 소박한 오두막과 연금 말고는 가진 게 없었던 줄리어스 니에레레(1922~1999)처럼 보기 드문 정치 지도자들과 유사하다고 생각했다. 이것은 바발라우의 정신을 구현하는 드문 사례에 해당한다. 이제는 점점 더 그런 사례를 찾기가 힘들어졌다.

그러나 사제직에 기회주의적인 요소, 특히 경제적 이익과 권력을 위한 기회주의적 요소가 없는 곳은 세상 어디에도 없다. 그래도 우리가 자연현상과 인간이 만들어 낸 현상, 그리고 사제직에 대한 요루바 사제들의 입장에서 만족스럽게 끌어낼 수 있는 것은 감응의 정신과 공동체에 헌신하는 삶이요, 오리사의 속성 자체에 나타나 있는 것처럼 그들의 종교적 직업에서 사회적 책임을 제거할 수 없을 정도로 고대로부터 내려오는 직업 원칙을 철저하게 준수한다는 것이다. 바발라우는 아프리카 대륙의 정치적 삶에 빠져 있는 모든 것을 구현하고 있다.

이파서가 자기 홍보를 위한 나름의 경향이 없지 않다는 것을 굳이 언급할 필요가 있을까? 결국 우리는 인간들이 가진 결함과 모호성, 심지어 모순까지 갖고 있는 대단히 인간적인 산물에 관해 얘기하고 있는 것이다. 그래서 이파서에도 완고한 사람들과 냉소적인 사람들에 관한 이야기가 나온다. 그들은 점점 더 불행에 빠지게 되고, 결국은 이파서의 신 오룬밀라가 예정해 놓은 원래의 길로 돌아오게 된다. 그런데 중요한 차이가 있다. 오룬밀라나 그의 대리인이 그들의 불행에 책임이 있다는 암시는 어디에도 없다. 그렇다. 그것은 그들이 세상으로 가지고 온 오리, 곧 운명이자 몫일 따름이다. 이파서는 그들을 그들의 방식이나 선택에 맡기기 전에 그들의 존재를 진단할 따름이다. 예를 들어, 신은 자기 말을 듣지 않는다는 이유로 불행한 사람을 공격하지 않는다. 신들은 인간들이 그들을 따르든 안 따르든, 인간들이 무슨 결정을 내릴 때 그들의 자리를 인정하든 안 하든, 인간들을 향해 철저하게 무관심으로 일관한다. 이파서의 사제는 신을 무시했다고 해서 몽둥이를 들지 않는다. 파문이라는 말도 없고 이슬람에서 말하는 '파트와'도 없다. 오리사교는 배교의 언어를 무척 싫어한다. 천국도 없고 지옥도 없다. 연옥도 없다. 내세의 처벌이나 보상으로 진정한 오리사교 신도를 꼬드기거나 위협할 수도 없다. 그렇다면 이파서는 어떤 충고를 하는가? 바로 이것이 문제다!

따라서 이러한 것을 전제로 요루바교나 '보이지 않는' 세계관을 가진 어떤 종교든 주기적으로 찾아가는 것은 수많은 아프리카인들에게는 영적인 예방접종으로 생각되어야 한다. 여기에는 기독교도와 이슬람교도만이 아니라, 요루바교도 아니고 기독교도도 아니고 이슬람교도도 아닌 사람들까지 모두 포함된다. 그것은 그들을 위해 분명히 현존하는 문화, 가치, 사회적 행위, 특히 타자와의 관계에 대한 조직적인 평가를 위한 촉매제로 작용할 것이다. 진실과 정의, 관용에 대한 독점권을 행사하는 것이 반드시 자기 홍보적인 신학들일 필요는 없다. 보이지 않는 종교들이 제공할 수 있는 것에 대한 아주 편리한 안내자인 오리사교는 관용의 화신 그 자체인 목소리이다. 단 한순간도 오리사교는 그러한 미덕들에 대해 독점권을 주장하지 않는다. 오히려 그 반대이다. 우리가 근대 아프리카 국가들에서 하나의 종교만을 편협하게 밀어붙이려고 시도하는 사람들에게 당부하고 싶은 것은 이것이다. 다른 종교와 관련하여 그것이 실제이든 상상이든, 입증할 수 있든 단순히 이론적이든 '상대적인' 관용을 보여 달라는 것이다. 그리고 그처럼 불필요한 행위를 하는 데 있어서 훨씬 덜 광적이고, 그들에 선행했던 사람들의 세계에 대한 관용부터 행동과 가르침으로 보여 달라는 것이다. 진실의 본질에 대한 요루바의 이해는 사실 또 다른 고대 세계인 인도의 베다 경전들에 되풀이되고 있다. 그 경전에는 이렇게 나와 있다.

진실은 하나, 오직 하나일 뿐이라는 것을 아는 사람은 현명하다. 그러나 진실이 여러 이름으로 불리고 무수한 경로를 통해 그것에 다가갈 수 있다는 것을 받아들이는 사람은 더 현명하다.

반디아가라고 알려진 말리의 아프리카 성자의 유명한 말에서도 비슷한 구절을 찾아볼 수 있다.

당신의 진실이 있고 나의 진실이 있다. 그리고 진짜 진실이 있다.

티에르노 보카르(1875~1939)는 무슬림이었을지 모르지만 그보다 앞서 철학자였다. 그는 유구한 역사를 가진 아프리카의 전통적인 사상에서 지혜를 얻었다.

요루바 신들이 보여 주는 순응적인 기질은 편협함, 외국인혐오, 의심의 기질에 찢긴 세계에 대한 영원한 유산으로 남아 있다. 우리가 이러한 신의 본질에 관해 조금 더 시간을 투자할 수 있다면 이러한 순응의 기질과 보편적인 포용의 습관은 가정사나 국내의 사회적 규칙에만 국한되는 것은 아니다. 외무부도 마찬가지로 외국의 경험들을 유입하는 데 융통성을 발휘할 수 있다는 것을 보여 줬다. 대단히 강하고 보편적인 차원에서 물질세계를 영적인 영역과 관련시키고 동거와 생존의 철학을 발전시키는 전략들을 포함하는 외무부 경력을 놓고 이 문제를 논하는 것은 그리 변덕스러운 일은 아닐 것이다. 우리가 다른 종교들과 관련해서 요루바 신들의 교훈적인 가치를 이해하기 위해서는, 어떤 종교들은 오늘날까지도 인간이 독창성을 발휘하여 그들의 성서를 해석하는 것을 차단함으로써 기술이나 문화 영역에서 근대적인 혁신을 허용하지 않는다는 점을 상기하기만 하면 된다. 우리는 이들을 근본주의자라고 부를 수 있지만, 새로운 현상에 대한 배타적인 접근의 근거를 늘 성서, 코란, 모세오경 같은 성서들로부터 끄집어내거나 그것들로 근원을 돌린다.

거듭 강조하지만, 요루바의 영적인 순응은 아프리카의 한 지역에만 나타나는 독특한 것이 아니다. 예를 들어, 다음에 예로 드는 것은 영적인 닻의 탐색을 위한 남아프리카인의 모험과 관련된 것이다. 그것은 지혜를 찾기 위한 신들의 역사에 나와 있는 본보기들에 의해 신성화된, 오리사교의 본질적인 특성만큼이나 정치적인 사건들에 의해 조건이 형성된 탐색이다. 나한테 편지를 보낸 어떤 사람은 그녀의 아버지 장례식에 관해 이렇게 적고 있다.

장례식은 아주 근엄하고 아름다웠습니다……. 분명히 그의 날이었습니다. 사람들은 그를 찬양하고 경의를 표했습니다. 그들은 성자가 아니라 정직한 사람이었고 (공식적인 지위는 없었지만) 지도자였고 공동체의 상담자였던 사람에 관해 얘기했습니다. 물론 공동체가 제 아버지의 자부심과 강한 의지, 침착함, 위엄, 유머, 스타일, 지혜, 완고함과 괴팍함에 대해 얘기하지 않았다면 그것은 제 아버지의 장례식이 아니었을 것입니다.

결국 그는 제 할아버지의 아들이었습니다. 할아버지는 성공회 신학대학을 뛰쳐나와 1940년대에 이슬람으로 개종한 분이었습니다. 그는 영국인 선교사들의 오만과 인종차별을 견딜 수 없어서 가족의 전통인 성공회 신부직을 마다했던 것입니다. 제 할아버지는 이러한 '난센스'를 즐기는 데 관심이 없는 할머니와 살고 있었습니다. 그래서 두 분은 아무런 간섭도 받지 않고 그들의 종교를 완전히 실천하고 있었습니다. …… 또한 그는 통신교육 과정을 이수하고 동종요법 자격증을 땄습니다. 그는 흑인으로서 동종요법을 시행했기 때문에 케이프타운 출신의 유대인 사업가이자 친구였던 L씨를 통해 외국에서 의료 물품을 조달받을 수밖에 없었습니다. 그는 이슬람 형제의 코르스텐이라는 작은 도시에 있는 이슬람 형제의 피시앤드칩스 가게의 뒤에서 동종요법을 시행했습니다. 커튼을 친 문에는 "의사 M ……P …… ―동종요법"이라는 표지가 붙어 있었습니다. 그래서 인종을 불문한 모든 사람들이 피시앤드칩스 가게를 통해 동종요법 의사를 보러 갔습니다.

나중에 그는 이슬람과 이슬람의 내적 모순에 환멸을 느끼고 케이프타운으로 이사했지만 무슬림 형제들과 우정은 이어 갔습니다. 결국 그는 이슬람을 떠나 이그키르하(상고마, 치료사)로 훈련을 받고 성공회 교회로 돌아갔습니다. 돌아가실 무렵에 할아버지는 상고마였고 식물 채집자였고 시인이었으며, 흑인으로서는 최초로 미제 뷰익 자동차를 소유한 사람이었습니다. 그는 담배를 피웠고, 시가를 입에 물고 '백인전용'이라고 쓰인 상점에 들어가 백인 주인들을 약 올리는 일을 즐겼습니다. 제 아버지는 그의 도전적인 행동들을 아주 자랑스럽게 생각하셔서 종종 우리한테 말씀하셨습니다. 그분은 이렇게 말씀하셨답니다. "아, P씨, 오류가 있는 게 분명해요. 담배를 피우면 안 된다는 표지가 없거든요." P …… 는 가게에 들어온 백인 선교사들이 담배를 피우고 있었기 때문에 아무 말도 하지 못했답니다.

…… 그는 성공회 교회의 전통과 의식에 빠져 있었습니다. 그는 돌아가시기 몇 달 전, 북 소리에 잠이 깨셨답니다. 새벽 두 시였는데 소리가 나는 곳으로 갔더니 이장고마(전통 치료사)들이 모여 있었답니다. 그는 한 바탕 춤을 추고 나서 가만히 앉아 듣기만 했답니다. 그리고 그것으로 충분하다고 생각했을 때 집으로 돌아가 주무셨답니다. 이튿날 그는 사제복을 입고 '정의의 신과 관용'에 관한 설교를 하면서 지난밤에 돌아다녔던 이야기를 했습니다. 그는 그것을 전혀 이상하게 생각하지 않았습니다. 그런데 신도들 중에 있던 몇몇 정통파 강경 교인들은 그것이 "짜 우-오우팡코, 진짜"라는 것을 깨닫고 입을 닫고 있었습니다. …… 그렇습니다, 응고와무타타 로우, 그게 제 아버지입니다.

에에 응구 이파 로우 응구예 응코, 인드렐라 네미세벤지 야케. 인토니 인토 엥가지와 응굼느투? 이것이 이파의 방식이다. 이파는 신비롭게도 나를 친족인 요루바 영혼, 치료사의 죽음에 관한 편지(위의 인용은 그 편지로부터 발췌한 것이다)를 받는 사람으로 만들었다. 이 신에 관해 쓰고 있는 바로 이 순간에 말이다! 이파서는 경전이나 교리문답서라는 이름으로 통하는, 요루바족의 영적인 발견과 충고들을 집대성해 놓은 것에 가장 가까운 것이라고 볼 수 있다. 이파서는 우리에게 지식의 융통성을 강조한다. 이파서의 교의는 진실의 정의가 인간이 끝없이 추구하는 목적이며, 존재 자체가 궁극적인 진실에 이르는 통로이고, 명확한 지식을 갖고 있다고 주장하는 것이 진실에 도달하는 데 가장 큰 장애물이라는 점을 솔직하게 인정한다. 지식의 탄력적인 속성을 받아들이는 것이 이파서의 장점이다. 그것은 무한히 확장될 수 있는 신들의 본성에 따라 요루바족의 마음속에 새겨진 교훈이다. 그러니 교리 문제에서 무오류의 개념이나 최종적인 묵시 개념이 오리사 교에 존재하지 않는 것은 놀라운 일이 아니다.

그래서 신들조차 진화한다. 예를 들어 상고 신의 속성들을 살펴보자. 요루바 사회가 이 신을 택했을 때 그는 어떤 신이었던가? 번개의 신이었다. 이러한 원리로부터 출발하여 상고 신의 영역은 과학적 발견과 응용, 즉 전기 같은 것에 이르기까지 확장된다. 마이클 패러데이는 요루바족의 땅에서 태어나지 않았다. 요루바의 토착민들은 그가 연을 통해 번개의 전류를 묶어 수신 장치로 내려보냄으로써 전기의 본질을 최초로 규명하는 데 성공한 사람이라는 사실을 알지 못했다. 그럼에도 불구하고, 전기가 요루바에 들어왔을 때 전기는 즉각 상고 신의 영역에 추가되었다.

우리는 인간과 신의 관계가 위계적이 아니라 상호적인 교환 관계라는 점을 강조해야 한다. 따라서 존재의 본질을 이해하는 것은 발전적인 지식에 의해 변화하거나 영향을 받는 의식의 상태들이 서로에게 침투되고, 의식이 그것으로부터 형식과 운동을 취하는 활력의 저장소에서 활력을 받고 되돌려주고 다시 채우는 보완적이고 삼투적인 관계를 이해하는 것이다. 패러데이는 상고 신에 구현되어 있던, 기존에 존재하던 자연의 힘들을 침해한 것이고, 상고 신의 존재는 인간의 창의력의 과학적 확장 덕분에 넓어진다. 그러한 우주에서, 신들이 어떻게 지상에 뿌리를 두고 진화하고 초월하는 데 실패할 수 있을까?

요루바족은 어떻게, 본질적인 관계만이 아니라 이러한 요소를 이해하고 일상적 의식에 통합시키고 세속적인 설계에 적합한 것이 될 수 있도록 하는 것일까? 밀폐된 것이 아니라 가스가 소용돌이를 치며 뿜어져 나오는 것처럼 유동적인 세 가지 영역을 상상해 보는 것이 도움이 될 수 있다. 하나는 조상들의 세계요, 둘째는 살아 있는 사람들의 세계요, 셋째는 태어나지 않은 사람들의 세계다. 신들과 조물주들이 머무는 창조적인 에너지의 과도기적인 소용돌이가 세 영역의 주변을 돌고 있다. 살아 있는 사람, 태어나지 않은 사람, 혹은 조상은 존재의 한 영역에서 다른 영역으로 이동하는데, 우리는 이 과정을 주로 삶과 죽음을 통한 변화로 인식한다. 이 과정에서 그들은 그들의 활력을 이 과도기적인 공간에 어느 정도 분산시키며, 근원적인 에너지를 그곳에 다시 채운다. 그 흐름, 즉 과도기적인 힘의 소용돌이가 우주적인 의식에 대한 요루바족의 정의이다.

모든 종교에서는 자연스럽게 내세의 문제가 크게 대두된다. 죽음이 진실로 심오한 형이상학적 도전의 이정표인 탓이다. 많은 다른 아프리카 사람들과 공유하는 요루바 세계관의 차이는, 요루바족이 이 내세의 문제를 현재와 엮여 있는 명백하고 생생한 현실로서 경험한다는 점이다. 조상들의 세계 혹은 내세는 살아 있는 사람들 사이의 의식에 영원히 존재한다. 조상들은 현재로 통합된다. 그것은 단순히 우리가 앞에서 이미 언급한 '에군군'이라고 알려진 가면무도회와 같은 계절적인 축전이나 축제를 통해서만이 아니다. 의식이나 주문을 통해서 조상들을 불러올 수도 있고, 그들의 이름을 따서 의도적으로 이름을 지음으로써 새로 태어난 아이에게 조상의 현존을 상징적으로 이동시킴으로써 그들을 불러올 수도 있다.

우리가 여기에서 얘기하고 있는 것은 부재(不在)의 보존에 관한 것이다. 가령, 바바툰데 또는 이예툰데라고 불리는 아이를 만났다고 하자. 그것은 아버지나 어머니가 돌아왔다는 의미이다. 그것은 가족 가운데 세상을 떠난 사람이 이후에 태어난 아이를 통해 살아 있는 사람들 사이로 '돌아왔다'는 의미이다. 이러한 것을 포함해 다양한 다른 방식들을 통해서 조상의 세계, 산 자의 세계, 태어나지 않은 자의 세계가 세속적이고 가정적인 의식에서 함께 엮인다. 이것은 조상숭배와는 아주 다른 개념이다. 요루바족의 집에는 사당이 없다. 그래서 조상들한테 합류했다는 이유로 신들의 위치에 자동적으로 올라가는 개념도 없다.

신들은 형태와 형상과 성격, 그리고 책임까지 갖고 찾아온다. 그들은 현상을 관장하는 역할을 떠맡고, 어떤 경우에는 그것들과 완전히 동일시되기도 한다. 그래서 오야와 오순은 강과 동일시되고, 에수는 네거리, 우연, 무작위적인 요인과 동일시된다. 소포나는 질병과 동일시되고, 상고는 번개와 동일시되고, 오군은 야금술이나 서정적 예술과 동일시된다. 그리스 신들과의 구조적인 유사성은 수많은 박사 학위논문의 주제가 되었다.

이 중에서 마지막으로 언급한, 내가 동반자로 택한 오군의 원리에 대해 잠시 살펴보기로 하자. 신화학적인 추론은 그 이유가 무엇이든, 인간의 구원을 위한 이타적·자기희생적인 이유에서든, 혹은 단순한 모험에서든, 신들도 적어도 주기적으로 인간의 본질과 결합될 필요를 느끼는 것처럼 보인다는 것이다. 신들에 관한 거의 모든 신화에서 확인할 수 있는 것은 그들이 인간으로부터 떨어져 있을 수 없는 것 같다는 것이다. 요루바족에게 신들의 이러한 열망은 아무리 일시적인 것이라 해도, 불완전하다는 의미로 해석된다. 이러한 해석은 신들이 현실에 기반을 두고 있다는 의미요, 신들이 창공에 있는 먼 투사체로 존재하지 않는다는 의미이다. 이러한 열망은 인간 세계를 탐색하는 신들의 웅장한 여행, 스스로를 다시 인간화할 필요로 이어졌다.

애석하게도 그러한 여행을 시작했을 때, 신들은 무한히 긴 시간이 자신들의 길을 가로막고 있다는 것을 발견했다. 인간들이 거주하는 곳으로 돌아가는 통로는 풀이 무성해 뚫고 들어갈 수 없었다. 신들은 번갈아가며 길을 찾으려고 했지만 번번이 실패하고 말았다. 그때 그들을 구해 준 것은 오군이었다. 앞에서 오군에 관해 가끔씩 얘기한 적이 있는데, 그에 대한 나머지 이력을 얘기하자면 그는 모든 금속의 신, 대장간의 보호자, 신성한 맹세의 수호자, 서정적 예술의 화신이다. 철에 관한 전문 지식과 야금학의 발전이 인간 발전에 결정적인 요소임은 물론이다. 그것은 전기를 생산하는 것보다 훨씬 더 오래 되고 문화에서 더 기본적인 것이다. 문화의 진보에서 비약적인 도약이 일어난 철기시대에 각별히 주목하게 되는 이유가 여기에 있다.

요루바 의식에서 오군이 강조된 것이 금속이 발견되고 개발된 시기와 겹치는 것은 당연하다. 오군은 원시의 혼란을 쳐내고 불을 질러 신들이 인간과 다시 만나는 길을 만든 최초의 도구를 만든 신이었다. 오군은 우주의 바람에 자신의 몸이 갈기갈기 찢기는 것을 각오했고, 신비로운 도구를 손에 들고 오직 의지의 힘만으로 자신의 성격을 다시 통합했다. 그리스 신화에서 그에 해당하는 인물은 물론 프로메테우스이다. 그러나 오군의 신화는 신화 창조의 수준을 넘어서는 것이다. 금속의 발견(기술적인 진보에서 극적인 도약)에 대한 요루바의 평가는 너무 의미심장한 것이어서 모든 요루바 신들의 영입과 인간과의 관계만이 오군의 현현이 갖고 있는 전체 무게를 감당할 수 있었다. 그것은 그 이상으로까지 나아갔다. 마치 요루바가 내구성과 확장성이라는 모순된 성격, 합금으로서의 상징성과 효용성 같은 금광석의 효능과 만나게 되면서, 모든 자연과 인간 현상의 이질적인 요소들이 통합되는 것에 대한 설명을 찾은 것 같았다.

이 시점에서 신들이 근본적인 통합의 산물이라는 점을 강조하는 게 적절할 듯싶다. 아툰다 신화에 나오는 것처럼, 신은 문자 그대로 '재창조하는 자'라고 할 수 있겠다. 아툰다는 오리사 신전에서는 존재감이 약한 신이지만, 그의 한 가지 행동은 정말로 혁명적이었다. 그는 분명치 않은 상황에서 원래의 신성을 깨서 우리가 현재, 다자(多者) 속의 일자(一者), 일자 속의 다자 원리로 해석할 수 있는 것으로 만들었다. 그래서 그들은 시원의 허공을 가로지르는 최초의 본질의 일부, 즉 인간들의 조상이 된 원래적인 통합의 중요한 껍질과 결합하고자 하는 욕망에 휩싸여 허공을 가로지르는 위험한 여행을 감행하기로 결심했다. 다른 이야기들을 보면, 최고의 신 '오리사늘라'는 인간의 세계를 창조하고 그들을 그냥 놔두다가, 어느 날 동료 신들에게 자기를 따라서 세상이 어떻게 돌아가고 있는지 가 보자고 제안했다. 조금씩 다르긴 하지만, 이런 이야기들의 공통점은 신들이 그들이 알고 있던 지구로 돌아오고자 했고, 재결합하고자 했고, 인간성이 그 일부를 구성하는 원래적인 통합의 본질을 되찾고자 했다는 것이다.

나는 이런 이야기가 원래의 신화를 흐려 놓고 있으며, 이런 이야기가 최고신이 자기 아들의 몸을 통해 지상에 내려왔다가 죽고, 그것을 통해서 세상의 죄악을 속죄한다는 기독교 신화를 너무 연상시키는 것은 아닌지 의심스럽다. 기독교나 이슬람교 같은 다른 세계의 종교들처럼, 이파도 창조적인 표절에 반대하지 않는다. 기독교는 이교적인 동양 신화를, 이슬람교는 형님에 해당하는 기독교를 표절했다. 아메리카 대륙에서 문화적인 생존을 위해 요루바교가 택한 전략에서 알 수 있듯이, 고대적인 세계관 안에 기독교 및 다른 우월주의적 간섭을 수용한 것은 문화 자체가 갖고 있는 병기고의 본질적인 부분이었다. 그러나 우리가 이러한 신화 중 어느 것을 택한다 하더라도, 이러한 이야기의 공통점은 오군이 끓고 있는 혼란 속으로 뛰어들어 그것을 물리칠 수 있는 유일한 요소를 끄집어냈다는 것이다. 그 요소가 철광석이었다. 그것으로부터 오군은 신비로운 도구를 만들었고 그것을 사용해 다른 신들이 따를 길을 만들었다. 이러한 수완 덕에 오군은 요루바 신전의 일곱 신들 가운데 한 자리를 차지하게 되었다. 그는 개척 정신을 표방한다. "다른 신들이 외면한 곳으로 들어가시는 신이시여!" 그는 이러한 찬가를 듣는다.

인간의 땅에 도착했을 때, 신들은 당당한 여행자들처럼 저마다 길을 떠나 서로 다른 모험을 했다. 오군은 이레에 정착했다. 사람들은 그를 자기들의 신으로 채택하고 왕으로 옹립했다. 그리고 전쟁이 일어났다. 그는 사람들이 조르는 것에 굴복해 그들을 전쟁으로 이끌었다. 그런데 승리의 절정기에 야자 술을 너무 많이 마시는 바람에 눈이 흐릿해져 적군과 아군을 똑같이 죽였다. 그는 눈이 맑아지자 사태를 파악하고는 슬퍼하며 왕위를 버리고 숲으로 들어갔다. 그는 그곳에서 자신이 범한 비극적인 잘못을 슬퍼하며 땅을 경작하고 자신의 끔찍한 발견을 평화로운 곳에 사용했다.

이것이 요루바교가 원자력의 공포, 그리고 그것의 평화적인 이용에 따르는 도덕적 교훈에 결코 지나치게 흥분하지 않는 이유를 설명해 준다. 오늘날 오군은 금속과 관련하여 일하는 모든 사람들의 수호신이다. 트럭 운전사, 기술자, 비행기 조종사 또는 우주 비행사의 수호신이다. 인간의 모든 모험이 요루바 신들의 역사에 예시되어 있다. 교과서적인 지시로서가 아니라 상징적으로 말이다. 그들의 소화 체계에는 놀라운 것도 없고, 과학과의 만남에서 생긴 억제도 없고, 불순함도 없다. 우호적이거나 적대적인 새로운 현상들이 다가오면, 이파의 병기고와 신들의 순응에 관한 이야기들 속에서 그것을 이해할 방법을 찾는다. 인간 사회의 조화를 위해 훨씬 더 중요한 윤리적 원칙이 여기에 도입된다. 이것은 거의 모든 신들에게 적용된다. 신도 잘못을 저지르면 배상을 해야 한다. 그래야 복권이 되고 사회가 치유된다. 오군의 연례 축제는 오군이 치명적인 태만을 저지른 것에 대한 뉘우침의 과정을 보여 준다. 신성한 미덕들의 귀감인 오바탈라 신까지 포함하여 신들은 완전함과는 거리가 멀다.

아프리카 대륙에서 온 대부분의 다른 종교와 문화들이 위축되고 사멸해 버린 것과 달리, 요루바 신들이 대서양을 건너 신세계에서 살아남은 것은 바로 이러한 연유에서다. 적응은 다양한 모습으로, 그리고 탐구의 정신으로 하는 것이 늘 더 쉬운 법이다. 현상의 보편성에 이미 열중해 있던 이 노예들은 편협한 주인들의 종교에서 로마 가톨릭 성인들을 만났을 때, 그 성인들을 영적 탐구의 선택적 통로와 상징이자 절대적인 진실의 희미한 빛을 저장하는 자 이상으로는 보지 않았다. 그들은 최고신에 대한 중재자였고 산 자와 태어나지 않은 자와 조상의 세계를 이어 주는 다리였다. 만약 농장주들이 아프리카적인 영성이 서인도제도와 아메리카 땅에 이식되는 것에 적대적이었다면, 해결책은 간단했다. 로마 가톨릭 신들이 요루바 신들을 섬기게 만들고 그들 앞에 무릎을 꿇으면 되었다. 그렇다! 브라질과 쿠바를 비롯한 다른 남아메리카의 노예들은 낯선 신들에 고개를 숙였지만, 그들이 읊조린 기도는 진짜 영성의 기도였다.

그 과정은 거기에 그치지 않고 훨씬 더 나아갔다. 그들은 영적인 충절을 내면화하는 것을 넘어 기독교적인 상징들을 받아들였다. 틀림없이 노예주들이 그렇게 요구했기 때문이었을 것이다. 노예주들은 자기 노예들이 개종했다는 분명한 징표를 보여 주기를 원했고, 노예들은 그들의 형편없는 공간, 즉 '우리' 안에서조차 성상(聖像)을 모시기를 원했다. 그래서 노예들은 성자들의 상을 놓고 그들의 신들과 비슷한 이름으로 그들을 호칭했다. 성 나자로는 소포나로, 성 앤소니는 오군으로, 촛불의 모후는 오군으로, 죽음의 신 바론 삼디는 예수로 호칭했다. 여기에 교훈이 있다. 그것은 결코 영적인 딜레마가 아니었다. 신들의 체계는 늘 보충성과 유사성과 확장성의 체계였기 때문이다. 그러나 그것은 비공격적인 체계였다. 신들은 이러한 낯선 인물들 속으로 들어가서 궁극적으로 그들을 정복할 수 있었다. 이러한 상황을 영화에 빗대어 얘기할 수도 있겠다. 가령, 이런 영화를 생각해 보라. 외계인들이 지구인들의 몸속으로 들어가서 궁극적으로 인간만이 아니라 환경과 문화까지 점령하고 자연과 사회적 행동 속으로 침투해 결국에는 제초제, 화염방사기, 감마선, 생석회를 통해서만 그들을 몰아낼 수 있다고 가정하자. 물론 차이는 있다. 아프리카 신들은 더 무섭지만 더 순응적인 것, 즉 합금의 원칙에 의해 만들어진 존재였다. 낯선 '지구인들'과의 만남에서 늘 관대했던 그들은 수용하고 섞이고 궁극적으로 극복했다.

오리사교의 수동성에도 불구하고, 이것이 그 만남의 결과였다. 오리사교는 개종시키려고 하지 않는다. 그들은 존재하는 것으로 만족하거나 존재하지 않는 것으로 간주된다. 그러나 우리는 이파서에서 유래한 심오한 지혜로부터 이득을 취하기 위해 오리사교를 신봉할 필요는 없다. 배타적인 영적 진실을 얘기하는 종교들은 우리 조상들의 겸손한 믿음으로부터 뭔가를 배울 수 있을 것이다. 이파서는 관용이다. 이파서는 경배의 대상에 관용을 허락하지 않는 어떤 종교나 믿음도 반대한다. 이파서는 변치 않는 영적 탐구의 원칙을 보여 준다. 배교라는 개념은 생각할 수도 없는 원칙이다. 구도자의 발길을 영적인 스승이나 수호신한테로 안내하는 지식의 근원이자 최고신의 대변인인 오룬밀라가 이파서, 즉 지혜의 근원 안에서도 무오류의 지위가 주어지지 않는데, 어찌 그러지 않을 수 있으랴. 오리사 신 혹은 궁극적인 신, 즉 올로두마레라고도 알려진 오리사늘라는 기독교도들의 '질투심 많은 신'과 전혀 다르다. 그럼에도 불구하고 오리사 신은 "구하라 그러면 열릴 것이다"라는 기독교적 금언의 진정한 화신이다.

궁극적인 진실과 보편성의 척도에서 세계적인 위상을 주장하는 종교들은 잠시 멈추고 스스로 이런 질문을 해보아야 한다. 오리사교의 숭배가 그 어느 시대에도, 그리고 심지어 적대적인 외국 땅에서도, 병합주의적인 긴장 상태를 형성하지 않은 까닭은 무엇일까? 이 질문에 대한 답은 당연히 오리사교의 근본적이고 수용적인 지혜에 있다. 우리는 이것을 이슬람이나 기독교 같은 다른 종교들이 믿음의 기초로 삼고 있는 복종의 교리문답과 비교해 볼 필요가 있다.

누가 얘기하고 어떤 습관이냐에 따라서 결정되는, 종교나 미신의 이름에 맞는 직관들을 구체화하는 습관을 없애기에는 너무 늦었다. 그러나 우리는 적어도, 어떻게 하면 그들이 인류에 봉사하게 할 것인지 결정할 수는 있다. 그렇게 함으로써 직관의 산물을 거의 손으로 만질 수 있는 존재로 만드는 능력을 가진 인간을 노예로 삼기보다는 고귀하게 만들 수 있다. 신의 존재 여부에 관한 소모적인 논쟁을 그만두면, 믿음과 믿지 않는 것, 그리고 양쪽을 떠받드는 구조들의 문제에 대신 집중하기 시작하고, 그것이 가장 관심을 갖는 인간의 생존을 도울 수 있다. 특히 윤리적 선택의 영역에서 말이다. 어쩌면 이것들 중에서 관용이 우리 세계가 직면하고 있는 딜레마에서 가장 필요하고 가장 적절한 것이 아닐까 싶다. 그래서 관용해 관해 이야기하면서 이 장을 마무리하는 것이 좋을 것 같다. 관용은 이파서의 중심에 있는 미덕이다. 그것은 인도주의적인 믿음의 기본 원리로 장려할 가치가 있는 미덕이다. 그러한 포용의 정신은 이파서에 나오는 시 〈이카디〉에 강렬하게 포착되어 있다.

보모데 바 응사우 오그보주, 비 오 바 코 오그보 아우 로나, 키오 오그바 아 로주. 비 오 바 코 아그바 이세군, 키 오 제 에니야 로폴로포. 비 오 바 부린부린 티 오 리 아그바 알루파 니 비티 오 응피 오리 칼레, 키 오 도주 레 데 베. 아 다 아 파운 알라이보란 티이 위페. 코 시 에니티 오 레 무 원. 에에 티 리?

에인 코 모 페. 아제페 아이에 코 시 포모 티 오 나 오그보 아
우. 아테레페 코 와 푼 아운 티 느나 아그바 이세군. 오모 티 느
나 아그바 알루파 니비 티 오 그베 웅키룬, 이쿠 아라 레 로 웅
와. 와라와라 마 니 이쿠 이딘, 와라와라.

공격적인 성향의 경솔한 젊은이가 경험이 많은 바발라우를
보더니 그의 얼굴을 때린다. 젊은이는 늙은 약초의를 만나 그
를 괴롭힌다. 그는 덕망 있는 이슬람 사제가 기도하는 것을 보
고 그의 얼굴을 땅에 짓이긴다. 이파서는 그러한 무례한 자들
을 예언했다. 그들은 누구도 자기들을 건드릴 수 없다고 거드름
을 피웠다. 정말 그럴까? 그대는 이파서의 하인을 때리는 젊은
이에게는 지구의 풍요로움을 즐기는 것이 허용되지 않는다는
것을 아는가? 기도 중인 이슬람 사제를 때리는 젊은이는 일찍
죽는다. 구더기가 들끓게 될 죽음이 빠르게 다가온다.

우리기 염두에 둬야 할 것은, 이슬람이 자신의 형제인 기독교
처럼 흑인 세계를 침략해 흑인들의 전통과 종교들을 종종 폭력적
이고 모욕적으로 뒤엎었다는 사실이다. 이슬람은 폭력은 폭력으
로, 혐오는 혐오로, 노예화는 노예화로 지난날의 공격자들에 맞
섰다. 양쪽 다 우상파괴자들이었다. 그러나 대부분 치욕을 당하
고 거의 보이지도 않는 오리사교가 그것을 따르는 숭배자들에게

어떠한 지혜를 처방하는가? 다름 아닌 관용이다. 그것이 명하는 것은 관용이다! 이파서는 경고한다. 이슬람이나 다른 종교의 사제를 모욕하면, 너는 구더기가 들끓게 될 죽음을 당할 것이다.

우리는 우리가 구더기들의 먹이가 될 것이라는 것을 알고 있다. 그러나 구더기의 죽음을 당하다니! 그것은 정말로 죽음보다 더 나쁜 운명이다. 오리사늘라 신이시여, 저희를 그러한 운명으로부터 보호해 주소서! 아-아-세!

앞에서 말한 것을 요약하자면 이렇다. 국가들이나 사람들 사이에 갈등이 생기는 근본 원인은 경제나 자연 자원을 둘러싼 다툼에도 있지만, 세속적이든 신학적이든 상관없이 어떤 관념의 독재적인 성향에도 있다. 신학적 관념의 문제는 사실, 기독교나 이슬람이나 유대교나 힌두교에 있는 것이 아니다. 문제는 오리사교의 질서와 다르게, 이러한 세계 종교들을 괴롭혔던 것처럼 보이는 병합주의적인 압박감에 있다.

우리는 보이지 않는 이 종교들에 드리운 베일을 걷어내고 다시 한 번 물을 필요가 있다. 오리사교가 그 어느 시대에도 병합주의적인 압박감을 결코 만들어 내지 않았던 까닭은 무엇인가? 오리사교는 공동체의 규제를 영적 교감으로부터 분리시킨다. 살아 있는 공동체와 보이지 않는 세계를 한데 묶어 주는 신화적인 구조를 유지하면서도 그렇다. 그러나 그 영혼의 세계는, 실제 세계의 현실적인 요구가 무엇이든, 경쟁적인 태도를 취하지 않는다. "베니

아 코 시, 이말레 코 레 에 와." 인간이 없으면 신들도 없다는 말
이다. 모든 인간이 자신의 '오리' 또는 몫, 운명을 세상에 가져온
다고 하면서도, "오우 아라 에니 라 피 웅툰 에니 세." 즉 우리가
우리 손으로 운명의 방향을 바꾼다고 말하는, 겉보기에는 모순처
럼 들리는 말에서도 양쪽에 똑같은 무게가 주어진다. 결국 복종
이 아니라 의지가 그것을 종합한다. 형이상학을 만든 것은 신이
아니라 인간이다.

마지막으로, 아프리카 대륙에 불을 지를 작정인 신권주의 정치
가들에게 경고해 둘 필요가 있을 것 같다. 이 경고는 뒤에서 간섭
하기 좋아하는 지적인 부류의 성직자들을 향한 것이다. 그들은
편견의 유입을 엄호하기 위해 객관성을 가장한 허위와 위조로 가
득한 학문적 불을 피워 죽음과 삶의 문제, 인간의 존엄성, 상호적
인 관용, 상호적인 존중의 문제로부터 우리의 관심을 돌려놓으려
고 연막을 친다. 우리가 그들에 대응하는 주장을 하는 것은 그들
이 완벽함의 본보기 또는 자유화의 본보기로써 장려했던 세계관
이 명백하게 실패했기 때문이기도 하지만, 그러한 이분법적인 종
교 제국주의가 도래하기 전에 존재했던 종교들과 세계관의 관용
을 알고 있기 때문이기도 하다.

오리사교는 광신주의와 공동체 가운데 공동체를 택한다. 오리
사교는 공동체 그 자체이다. 공동체는 기본 단위이고 공통분모이
고 인간 사회를 결속시키는 아교풀이다. 이것이 오리사교가 주는

교훈이다. 오리사교는 공동체를 규제하고 보존하는 전략에 있어서 선택권을 인간에게 넘겼다. 인간의 지성이 갖추고 있는 추론능력에 넘긴 것이다. 오리사교는 직관과 해석의 역할을 인정하면서도 그런 것들에 종속되지 않는다. 직관이 가장 현명한 사제의 것이라 해도 마찬가지다. 광신의 온상인 믿음의 집단적인 표현 즉 교회, 모스크, 사원, 사당조차도 알게 모르게 교인들에게만 한정되고 외부인을 향해서는 배타적이다. 이것은 개념상 모든 것을 포용하는 세속적인 질서나 공동체와는 다른 것이다. 이파서가 옹호하는 것은 그러한 모든 것을 포용하는 세속적 질서이고 공동체이다. 이것이 이파서의 신념이다.

　종교나 믿음의 고백은 인간의 공존을 위한 공통적인 기반이 될 수 없다. 물론 예외가 있다면, 강제성을 원칙으로 택하여 그것의 영향으로 위선이 되고 그것이 두려움, 선호에 대한 욕망, 혹은 생존을 위한 필요에 지배되는 외면적인 통일성으로 나타날 때일 것이다. 결국 그런 결과는 갈등이고 문화의 파괴이다. 종교와 이데올로기가 서로를 만나고 받아들이는 신정정치의 옹호자들은 이 점을 이해해야 한다. 오리사교는 그들에게 세계를 대혼란의 벼랑으로 몰고 가지 말라고 경고한다. 오리사교의 본질은 폭정과 편협과 독재의 정반대편에 있다. 인간이 이러한 면보다 더 위대한, 이러한 순응 정신보다 더 위대한 선물을 영적인 세계로부터 요구할 수 있을까?

따라서 우리는 평화와 진정한 공동체의 안정을 찾으려 하고 진실의 추구를 가능하게 만드는 평온한 공간을 찾으려 하는 모든 사람들에게, 개종의 개념에 대해 끝없이 코웃음을 치는 오리사교를 이해하라고 권하고 싶다. 우리는 요루바 땅에서부터 아프리카 대륙을 가로질러 인접한 나라들까지, 그리고 험난한 대양을 건너 아메리카 대륙에 있는 세계의 가장자리까지 이어졌던 단순한 길을 다시 한 번 가볼 것을 권유한다.

"오리사교한테 가 보라. 오리사교한테 배워라. 그리고 현명해지라."

8
오룬밀라는 이렇게 말했다
아프리카, 중재의 목소리

이제는 더 이상 지체하지 말고, 문화적으로 분할된 세계가 직면하고 있는 즉각적이고 지배적인 문제에 관해 얘기해 보기로 하자. 우리는 그 문제를 해결하는 데 오리사교의 집단적인 지혜에 호소함으로써, 지혜의 시작을 향한 우리의 발길을 안내해 달라고 요청할 수 있다. 오리사교의 가르침을 해석하는 과정에서 절대적인 주장을 하지 않는 동시에 이슬람교도, 기독교도, 불교도들이 그들의 경전에 부여하는 것과 똑같은 당당함을 유지하는 것이 중요하다. 권리와 상대성의 복잡한 문제와 관련하여 오룬밀라의 안내를 받을 필요가 있겠다.

세계의 종교적인 양극화는 편견과 기회주의, 지배 의지로부터 이득을 얻는 다양한 형태의 부당한 행동으로 표현된다. 여기에서 기억할 것은 동일한 일신론적 신앙 체계의 양쪽이 상대방과 아이러니하고 오만한 싸움을 벌이고 있다는 것이다. 아이러니하다고? 오만하다고? 그렇다. 양쪽이 세계적인 경쟁에서 상대의 주장을 인정하거나 감안하지 않고, 상대도 진실과 지혜를 탐색하고 있다는 사실을 인정하지 않기 때문이다. 피해자들은 당연히, 추가적으로 그 부산물의 결과를 고스란히 떠안게 된다. 그런데 거기에는 쌍둥이 형제 같은 두 종교가 다른 형태의 믿음과 세계관을 무가치한 것으로 생각한다는 암시가 깔려 있다. 더욱 아이러니한 것은 그 오만함의 정도이다. 비기독교와 비이슬람 세계의 인구를 합치면 두 종교를 합한 것보다 많다. 그들 중에서 두 종교를 형식상으로만 믿고 기독교도 아니고 이슬람교도 아닌 것을 준수함으로써 일종의 영적 보험을 들어 놓은 것과 다름없는 사람들을 계산에 넣지 않는다고 해도 말이다.

신들은 그들의 의지에서 비롯된 논쟁에 참여하기 위해 먼 곳에서 내려오는 것이 아니다. 물론 신화에서는 경우가 다르다. 그중에서 그리스 신화와 힌두 신화가 가장 사려 깊으면서도 가장 악명이 높다. 그들은 극장의 세계로 침입해 신의 판결을 시와 카타르시스, 심지어 매혹적인 시각 장치를 통해 적당히 조절한다. 그들의 판결을 받아들이고 소중히 간직하고 집행하는 것은 인간들이다. 이 점을 염두에 두면서 오리사교에 관한 얘기로 넘어갈 필요가 있다. 우리는 오리사교의 추종자 또는 단순한 연구자로서 그들의 신비, 전례, 역사, 신화를 인용할 때, 그것을 신의 계시라고 주장하지 않는다. 그리고 다시 얘기하지만, 우리는 그들의 신에 가깝거나 먼 다른 인간들이 예언자, 주교, 물라(율법학자), 성인, 아야톨라, 교황 등 어떤 이름으로 불리든, 자신을 절대적인 존재라고 주장하고 회칙, 파트와, 하디스, 십계명이라는 이름으로 장려하는 것을 뛰어넘는 불변의 진실을 주장하지도 않는다. 그들의 집행 방식은 편파적일 수밖에 없다. 오리사교의 평화적인 모범이나 주석의 수수한 방식과 비교하면 특히 그렇다.

나는 영국의 저널 《그란타》로부터 미국 최초의 흑인 대통령인 버락 오바마의 중요성에 관해 글을 써 달라는 청탁을 받고, 오바마 대통령이 카이로에서 행한 '외국에서 한 취임연설'이라고 불릴 수도 있는 발언에 상당한 관심을 할애했다. 수천 만 명에 이르는 다른 사람들과 마찬가지로 나도 그 연설이 시의적절하고 용기 있는 것이었다고 평가했다. 그 연설을 통해 그는 서구 세계의 뿌리 깊은 적개심과 무례함의 대상이었던 사람들과 그들의 문화에 손을 내밀었다. 적개심과 무례함으로 말미암아 양자의 관계가 악화되고 세계적인 안정의 가능성도 훼손되고 있던 시점에서 행해진 연설이었다. 가장 냉소적인 사람들조차 오바마의 연설이 여러 인종과 문화, 신앙, 전통 사이의 어렵지만 가능성으로 언제나 남아 있는 평화로운 협력의 실현을 향한 통로를 열었다는 점을 인정했고, 다양한 차원의 습관적이고 적대적인 생각과 위치 설정에 도전했다는 점을 평가했다. 그러나 그 연설은 한 가지 중요한 면에서는 불안한 것이기도 했다. 인권 문제, 그리고 우리가 때때로 문화적인 제안자들 사이에서 만나게 되는 문화의 상대성 문제에서 그러했다. 다음은 그와 관련된 내용이다.

그러나 그 연설은 …… 나름의 위험성도 안고 있다. 그러한 전통들의 상반되는 국면들을 너무 쉽게 수용하고 그것들을 옹호하는 이들에게 너무 쉽게 기회를 만들어 줄 가능성이 있기에 그렇다. 오만방자하게 세계의 경찰만이 아니라 세계의 정치적인 모럴리스트이고자 했던 국가의 형편없는 기록을 끝내겠다는 지도자보다 그러한 위험이 더한 경우는 없을 것 같다. 다른 나라, 다른 사회의 전통과 관습을 존중하는 차원에서 화해의 몸짓을 보내는 것은 물론 훌륭한 일이다. 그러나 전 세계에는 국가의 테두리를 넘어 서로 연결되는 사람들이 있다. 그런 사람이 세계 인구의 절반(여성 말이다)을 차지한다면 정말로 신중할 필요가 있다.

베일을 쓰느냐 안 쓰느냐에 관한 여성들의 권리가 논점은 아니다. 사실 그것은 문제가 아니다. 문제는 어떤 행위가 선택인가, 강요에 따른 것인가 하는 점이다. 더욱이 베일은 물리적인 분리 행위로서의 기능 이상의 것을 의미한다. 그것은 실제적인 다른 것들을 위한 메타포이다. 거기에는 자유와 노예 상태, 삶과 죽음을 기반으로 하는 결과들까지 포함된다. 그래서 그것은 인권, 의지, 존엄성의 영역에 대한 침해이다. 우리는 불행하게도 세계의 일부 지역에서 편협한 통제, 주변화와 비인간화의 전통을 영속화시키는 것을 자랑스럽게 생각하는 시대에 살고 있다. 그러한 전통은 시민들에게 선택의 권리를 부정하는 것을 통해서만 유지된다. '하위 계층'에 속하는 주민들은 괴롭힘을 당하고 공개적으로 태형을 당하며 감옥에 갇히고 돌에 맞아 죽는다. 때때로, 움직이는 데 필요한 1~2인치의 살만 눈구멍 위로 내놓게 하고 말이다. 오바마 대통령이 베일을 (문화적 상대성과는 다른 문제인) 문화적 차이에 대한 권리를 인정하는 표시로 택하지 않았거나, 개인적인 선택과 집단적 강요의 문제에도 다부진 모습을 보였더라면 더 좋았을 것이다.

어떤 사회든, 사회에서 여성의 실존적 상황과 같은 깊은 문제들은 오직 하나의 '전통'이 강요하는 하나의 시점 이상으로 볼 필요가 있다. 같은 전통 안에 모순된 전통들이 존재할 때 특히 그렇다. 이슬람 안에서도 탈레반의 여성관은 모로코나 알제리의 여성관과 다르고, 인도네시아의 여성관은 이란의 여성관과 다르다. 작은 단위의 전통 안에서조차 미세한 차이들이 존재한다. 이러한 것들은 사회가 무역이나 공업 기술적인 접촉 같은 즉각적인 문화적 맥락 밖에서 발전해 가면서 생겨난다.

우리는 다른 이슬람 국가들이 아니라 사우디아라비아에서는 어째서 아직도 여자들에게 자동차 운전을 못하게 하는지 궁금하다. 걸프전쟁 때는 여자들을 동원했다가 전쟁이 끝난 후에는 어째서 그들을 원래의 위치로 되돌려 놓는지 궁금하다.

이러한 사례들 위에는 남자나 여자의 기본 속성을 바라보는 시각의 문제가 있다. 최근 들어 소말리아의 지하드 전사들은 이성과 악수를 하는 사람을 남녀를 불문하고 처벌하는 극단적인 방식을 도입했다. 물론 그러한 비도덕적 행위를 하는 데 손을 사용한다는 것을 전제로 한 것이었다. 지도자들은 '좀도둑'에 대한 처벌로 손과 발을 공개적으로 잘랐다. 그것은 전쟁, 사고, 질병 같은 비정상적인 상황에서 나온 희생자들까지 공범으로 만드는 낙인이 아닐 수 없다. 여하튼 이러한 형태의 처벌은 어떠한 것을 침해한 행위 때문에 인간의 몸을 영원히 손상시키는 행위 자체에 대한 의문을 제기한다. 베일과 여성성의 경우에는, 그것을 환기시키는 것이 다양한 측면에서 복종의 공격적인 상징이어서 일부 인간들에 대한 문화적 의의와 결과의 조건들이 확대되는 것으로 이어질 수밖에 없다.

일단 환기시키면, 베일과 같은 상징의 파급 효과는 적법한 담론의 영역 안에 들어오게 된다. 이른바 전통이라고 하는 것 안에 부정할 수 없는 차이들이 존재한다는 것은 해석학적인 신학 안에서조차 해석과 실천에 다양한 선택권이 있다는 점을 말해 준다. 불평등한 사회에서 위험에 처한 종(種)에 대한 도덕적 위안의 몸짓은 결국, 오바마 자신이 부추긴 맥락에서 언급하고 넘어갈 수 있었던 사안이었다. 그런데 아쉽게도, 그것은 프랑스의 사르코지 대통령에게 남겨진 일이 되었다. 사르코지 대통령은 바로 그 주에 인류 평등주의적인 도덕성의 높은 고지에 올라, 의복의 제한을 통해 여자들의 "품위를 떨어뜨리는" 행위를 혐오한다고 단도직입적으로 말했다.

치누아 아체베의 《모든 것이 산산이 부서지다》를 읽은 독자들이라면 기억하겠지만, 식민지 시대 이전 이보족 사회에서 태어난 쌍둥이는 악의 징조로 여겨지고 악마의 숲에 버려졌다.

그와는 대조적으로, 바로 이웃에 사는 요루바족 사이에서 쌍둥이는 공경을 받았고 지금도 그러하다. 사실 쌍둥이는 그 자체로 작은 신으로 받들어진다. 그들이 과거처럼 현재에 지상에서 살게 하려고, '이베지'(ibeji, 외국의 미술관에서는 유명한, 예술품 애호가들이 좋아하는 수집품)라 불리는 작은 목상이 만들어졌다. 그들의 성격이 다소 신경질적이어서 하나 또는 둘 다가 태어나지 않은 자의 세계로 돌아가려고 할지도 모른다고 생각했기 때문이다. 쌍둥이 가운데 하나가 어렸을 때 죽으면 조각상을 만들어서 보존하고 애지중지하며, 살아 있는 다른 쌍둥이가 지상에서 즐기는 것은 무엇이든지 상징적으로 함께 맛보게 했다. 사람들은 조각상을 씻기고 빨갛게 칠하고 기름을 바르고 옷을 입혀 의식이 행해지는 곳으로 데려갔다. 보통의 경우, 죽은 쌍둥이가 여자아이라면 어머니나 살아 있는 쌍둥이의 등에 띠로 묶어서 데려갔다. 마치 살아 있는 아이처럼 말이다. 그 당시 이보족에게 쌍둥이의 손실은 초기 기독교 선교사들에게는 이득이었다. 선교사들은 재빨리 '불행한' 쌍둥이들이 버려진 곳으로 가서 그들을 보살폈다. 선교사들은 악마의 숲으로 가서 버려진 '괴물들'을 살려내서 다른 사람들을 전도시키는 최전선의 전도사로 만들었다.

그 '전통'이 그 전통을 만든 정신 구조와 더불어 거의 사라졌다는 것은 말할 필요도 없다. 그러나 낙인의 문화를 만들었던 정신 구조가 다 없어진 것은 아니다. 이것은 이보족만의 문제가 아니다. 나이지리아에 국한된 것만도 아니다. 예를 들어, 북부 가나의 어느 지역에서는 마을의 젊은 여자들을 '신들의 신부'로 삼는 전통이 있다. 그 문제를 헐뜯지 않고 있는 그대로 보자면, 마을은 필요할 때마다 그 여자들을 가사와 농사, 성노예로 지정해서 숭배의 대상인 사당 사제들한테 바친다.

나는 불과 5년 전, 아크라에서 했던 어느 강연에서 그 풍습에 관해 얘기하면서 과거 시제를 사용했다. 그런데 질의응답 시간에 알게 된 사실인데, 정부가 그러한 풍습을 없애려고 했음에도 가나의 그 지역에서는 여전히 그 풍습이 행해지고 있다고 했다. 놀랍게도 나는 최근까지도 어느 지식인 시인이 그 풍습을 열렬히 변호했다는 얘기를 들었다. 그 시인은 사람들의 전통을 이루는 문제에 정부가 간섭할 권리가 있는지 물었다고 했다. 진보적인 생각과 지속적인 교육 운동과 정부의 의지 덕분에 불가촉천민들이 이제는 인도 의회의 의원으로 봉사하고 있음에도 불구하고, 아직까지 인도에는 불가촉천민에 대한 일상적인 낙인을 문화적으로 당연시하는 전통이 있다.

나이지리아에서 불가촉천민에 해당하는 '오수'는 지금도 여전히 동부의 몇몇 지역에서 유지되고 있다. 이와 유사하게, 세계의 많은 사람들이 끔찍한 살인이라고 일컫는 것이 일부 극단적인 집단에서는 명예 살인으로 받아들여진다. 이슬람 전초부대에서만 그런 게 아니라 무슬림이 아닌 아시아인들 사이에도 그렇다. 그러한 많은 사건이나 실패한 시도가 21세기의 첫 십년에 영국에서 벌어진 적이 있다. 그중에 하나는 모든 가족이 관여한 사건이었다. 지정된 남편과 결혼하기를 거부하고 자신이 선택한 연인과 교제를 계속했던 딸이 있었다. 그 불행한 딸은 가족에 수치와 불명예를 안겼다는 이유로 오빠의 손에 목이 잘렸다.

베일은 먹고 마시는 것처럼 피할 수 없는 일을 할 때도 적용된다. 나는 2010년 나이지리아 수도 아부자에서 여태껏 한 번도 보지 못했던 장면을 목격했다. 장소는 쉐라톤호텔 레스토랑이었다. 나는 내 딸 부부와 함께 점심을 먹다가, 자신의 몸을 완전히 가린 여성이 그녀의 남편과 세 아이들과 함께 점심식사라고 해석될 수 있을 뿐인 동작을 하는 것을 보게 되었다. 그녀는 왼손으로 얼굴가리개를 1~2인치 들고 포크나 스푼을 이용해 그 밑으로 음식을 밀어넣었다. 포크나 스푼이 비어서 나오고 얼굴가리개가 다시 원래대로 돌아가는 것으로 보아, 그녀는 음식을 먹고 있는 게 틀림없었다. 같은 테이블에 있던, 남편과 아이들은 마치 다른 손님들처럼 먹고 마셨다. 나는 그녀가 무슨 전염병에 걸려서 그러는 건지, 아니면 문화적인 풍습에 맞추느라 그러는 건지 궁금했다. 만약 후자라면, 문화적인 환경(분명히 이슬람이었을 것이다) 내에서도 그러한 구체적인 관습이 얼마나 의무적이고 보편적인 것일까? 그 근거는 무엇일까? 나이지리아 분파들을 포함하여 다른 이슬람 가족들은 그런 풍습을 어떻게 생각할까? 순수한 형태의 신앙 표현으로 볼까? 아니면 흉하다고 생각할까? 예를 들어, 요루바교는 '그바 웨레 메신'(신앙심을 가장한 광기)이라는 표현에 잘 나타나 있는 것처럼, 그것을 어떤 종교이건 상관없이 종교적인 조율의 본질을 침해한 것으로 보지 않을까?

따라서 문화상대주의나 존중은 인간의 곤경을 해결하는 마법의 주문(呪文)이 아니다. 사실 문화상대주의나 존중은 종착지가 아니라 복잡하고 윤리적으로 엄격한 실천의 시작일 뿐이다. 그것이 특히 힘든 것은 절대적인 것들을 의문시하는 데 필요한 마음의 준비를 요구하기 때문이다. 그것은 감시의 대상인 문화만이 아니라, 그렇게 선언하지 않고도 보통 더 높은 것으로 추정되는 비판적 입지를 이미 확보한 감시 주체를 위한 것이기도 하다. 권력과 다른 사람들에게 권력을 행사하는 현상 자체가 담론의 일부이다. 그것은 크게 보면 자신의 위치를 분명히 하는 데 도움을 준다. 권력은 보통, 인간 존재의 특성을 강조하는 선택의 문제에서 획일성을 강요하거나 지시하거나 개입하기 위해 때때로 자신의 모습을 드러내는 열망이기 때문이다. 예를 들어 금기의 강요에서 나타나는 것처럼, 신화까지 사용된다. 내가 여기에서 말하는 신화는 어떤 나라나 믿음의 경전들을 포함하는 개념이다.

이쯤에서 명확히 하고 넘어갈 게 한 가지 있다. 우리는 아직 외부적 개입의 권리에 관해 얘기하고 있는 것은 아니다. 실질적인 문제는 두 가지 사안, 즉 수용하기 어려운 전통의 주장과 다른 사람들이 개입할 권리에 대한 논의가 혼란스럽다는 것이다. 그것이 단순한 이론적인 논의라 하더라도 마찬가지다. 그것들은 보통, 의도적으로 섞여서 개입의 권리와 개입의 동기들이 이런저런 형태의 전통을 적절하게, 그리고 최대한 공정하게 점검할 수 있는 가능성을 일축한다. 우리는 지름길을 택해 기본적인 인권의 차원을 다른 모든 권리의 토대로 삼고, 가장 기본적인 인권을 훼손하거나 삶의 질을 격하시키는 그 어떤 형태의 사회적 행위를 버릴 것을 요구한다. 이것이 하나의 유용한 방향이긴 하지만, 개인의 존재가 공동체의 생존 가능성을 위협하는 극단적인 상황에서는 훼손될 수 있는 것이기도 하다.

존재의 질과 관련하여 우리는 훨씬 더 위태로운 기반 위에 서게 된다. 이것이 주관성의 문제를 자극하기 때문이다. 예를 들어, 우리는 얼굴의 흉터가 개인적인 삶의 질을 반드시 떨어뜨리는 것은 아니라고 주장할 수 있다. 흉터를 갖고 있으면서도 직업적으로 성공하고 결혼도 잘 하고 사회적으로 낙인찍히지 않은 사람들이 있다는 사실을 알기 때문이다. 적어도 내가 속한 세계에서는 그렇다. 그래서 아이들에게 아직도 이러한 형태의 손상을 입히는 소수민족의 문화가 기본적인 인권을 위반한 것은 아니다. 이것은 우리가 아이들을 위해 무슨 결정을 할 때 책임감이 따른다는 점을 확인해 주는 것일 수 있다. 그러나 우리는 결국, 사회적으로 성공했음에도 불구하고 거울을 들여다보거나 사회생활을 할 때마다 트라우마를 느끼는 성인을 보게 된다. 그래서 우리는 결과를 되돌릴 수 없는 더 넓은 전통의 영역으로 들어서게 되고 선택의 시기가 다가온다. 아무리 늦어도 그 시기는 오게 된다. 지구상에 있는 어떤 전통도 그것을 막을 수 없기 때문이다. 조만간 아이는 '어른의 아버지'*가 된다. 그러나 지금 당사자가 자신을 영원히 훼손당했다고 느끼면, 인간의 의지를 강조하는 사회 자체가 개인 존재의 일부를 침해한 것이 된다. 그 어른은 삶에서 속은 것이고, 어렸을 때 그에게 주어지지 않은 선택권은 잘못된 사회적인 관습

---

* 윌리엄 워즈워스의 시 〈무지개〉(Rainbow)에 나오는 구절—옮긴이.

이라는 것이 드러난다.

따라서 개인 또는 집단적인 존재로서 개개인의 선택을 지시하거나 무시하는 것에 대해 사회가 주장하는 것, 간단히 말해 사회가 효율적으로 돌아가거나 생존 전략으로서 사회적 규제들에 대해 논의하는 것은 가능한 일이다. 그것은 그 규제가 지배 엘리트에 의해 결정되는 곳에서도 마찬가지다. 상대주의가 합리적인 것이라고 자동적인 인정이 아니라 개인의 권리 대 공동체의 생존 권리의 측면을 고려한 것이라고 주장할 수 있는 것은 그러한 협소한 영역 안에서다. 우리는 추측이 아니라 현실에 바탕을 둬야 하는 이러한 사안의 범위 밖으로는 많은 논의를 할애할 필요가 없다. 가령, 문화상대주의라는 명목 하에 나이지리아의 오군에 사는 토착민이 올루모 바위에서 갓 태어난 쌍둥이를 내던지겠다고 결정하거나, 이민자 가족이 무릎이 훤히 드러나는 치마를 입고 립스틱을 발랐다는 이유로 그 집안의 딸을 참수한다면, 법의 물리력이나 공동체가 어떻게 반응해야 하는지에 대해 논의를 좀 더 할애할 필요가 없다.

이런 맥락에서 니콜라 사르코지 프랑스 대통령의 발언으로 돌아가 보자. 그는 단도직입적으로 부르카를 저급하다고 말했다. 그는 여자의 몸을 머리 끝에서 발가락까지 가리고 눈구멍만 남겨놓는 형태의 옷은 여자를 사회로부터 갈라놓는 일종의 감금이라며, 2009년 6월에 했던 연설에서 부르카 착용을 금지하는 법령을 제정해 줄 것을 촉구했다. 여기에서 길게 얘기하지는 않겠지만, 부르카에 대한 다른 견해는 그것이 여자들의 지위에 관한 진술이라기보다 그러한 사회에서 남성들이 느끼는 불안에 관한 진술이라는 것이다. 그러나 아프리카 남자들은 여성들이 그들의 여성성을 당연한 것으로 받아들이는 것처럼, 자신들의 남성성을 당연한 것으로 받아들인다. 이것이 전통적인 아프리카 사회가 여성들의 몸을 머리에서 발끝까지 가리는 것을 상상할 수 없는 이유이다. 더군다나 타는 듯한 열대의 태양 아래에서는 더더욱 안 될 일이다!

프랑스는 문화와 인간의 존엄에 관한 문제에서 전 세계의 '밀정' 역할을 수행하면서 그것을 어떻게 정책적으로 집행할 것인지에 대한 예들을 오리사교한테 제공한다. 사르코지의 전임자 자크 시라크 대통령이 재임할 때 교육 분야에서 사회적 혼란이 있었다. 그의 각료가 학교에서 명백한 종교적 상징을 옷에 착용하는 것을 금지했을 때 벌어진 일이었다. 틀림없이 그는 정부 정책을 집행하고 있었다. 그것을 둘러싸고 나라 안팎에서 격렬한 찬반양론이 벌어졌다. 여러 국가들에게 그것은 단순한 추상적 문제가 아니라 절박한 현실의 문제였다. 프랑스 말고도 다른 국가들이 어떻게 해야 할지 고민하던 문제였다. 그들은 그것을 전체의 안전과 일부 시민들의 선택 사이에서 균형을 잡을 필요를 느꼈다. 그러한 선택들은 중립적이지 않았다. 그런 의도라 하더라도, 즉 기본적인 선택권에 국한된 것이라 해도 그러한 선택들이 구체적인 역사와 무관하지 않다면 그것은 중립적일 수 없다. 시라크 정부의 정책은 종교와 관련된 테러리즘의 증가와 분명히 관련이 있었다. 프랑스는 몇 년 전부터 그 문제로 시달려 왔고 그 당시에도 여전히 위협을 느끼고 있었다. 그러한 불안 요소가 확산되는 것을 막을 필요에 대해서는 논쟁의 여지가 없었다. 그럼에도 우리는 앞서 인정했듯이 구체적인 억제책에 대한 찬반을 논할 수는 있다.

불행하게도 이 문제는 종종 일방적인 토론이 된다. 우리 모두가 잘 알고 있는 것처럼, 정부가 편리하게도 국가 안보라는 벽 뒤로 숨어 버리기 때문이다. 그러나 그 벽 바깥에 있는 우리들은 아직도 그러한 결정이 내려진 요인들을 의문시하고 사회의 틀을 형성하는 원칙의 문제로 논의를 확장시킨다. 예를 들어 교육 환경의 경우, 취약한 계층, 즉 젊은이들에 대한 사회적 책임의 문제, 사회의 생존이나 집단적 권리와 상충되지 않는 방식으로 개별성을 형성하는 문제가 그렇다. 그러한 논의에서 느끼는 좌절감은, 그것이 거의 언제나 이미 정해진 대립적인 선을 따라 이루어진다는 것이다. 한쪽에서는 기독교의 가치를 주장하고, 다른 쪽은 이슬람의 가치를 주장한다. 그들과 다른 문화나 관습들은 그러한 논의에서 전혀 고려되지 않는다. 다른 문화와 관습들이 아무도 살지 않는 공간에서 나왔거나 자체의 사회적 관행과 전통들에 대한 기록이 없는 공간에서 나왔다고 생각해서 그러는 건지도 모르겠다.

당시에 그랬던 것처럼 클럽 회원의 본질에 빗대 그 토론을 단순화하기는 쉽다. 공립학교에는 특정한 규칙들이 있다. 학교의 일원이 되거나 그 시설을 사용하고 싶으면 규칙에 따르거나, 아니면 다른 곳을 찾아봐야 한다. 그런데 여기에는 문제가 있다. 우리가 사는 세계는 지난 몇 십 년에 걸쳐 엄청나게 극적으로 변했다. 인종이나 성을 구분하는 클럽의 규칙들은 더 이상 예전처럼 신성불가침한 것이 아니다. 어떤 사회에서는 법정이 공개되고 법적인 절차와 판단은 논쟁을 불필요한 것으로 만든다. 그러나 그러한 방지책에도 불구하고 마귀는 병 밖으로 아직도 나와 있다. 편협성과 의심, 양극화의 짐승들은 단순히 자리를 바꾸거나 자신을 변형시켜 어딘가에서 여전히 길거리를 활보하고 있다. 그들은 내성을 기르고 변화하는 법을 배웠기 때문에 편협해지고 빈약한 관계인 대화나 논리를 경멸하고 테러와 위협을 그 자리에 채워 넣었다.

궁극적으로 인간은 아이러니하게도 상대적인 위치를 가장 자신 있게 차지할 수 있다. 그래서 현재 자신이 경험한 것을 과거에 알았던 것에 종속시키고 수년간에 걸쳐 형성된 기질들을 인정하고, 거기에 덧붙여 다른 곳들에 관한 지식을 갖고 그것과 비교하여 어떤 문화를 일탈이나 합리적이고 인본주의적인 과정으로 보게 된다.

'문제'는 그것 자체로 정당한 절대성이라 여겨지는 진언(眞言), 즉 '문화적인 존중'의 중심에 있다. 학교에서 화려한 종교적 옷차

림이나 장식에 대한 시라크의 반대가 그러한 절대성을 침해했을까? 아니면 그의 발언이 그것의 존재성에 이의를 제기했을까? 유럽 밖에서 답을 찾는 게 도움이 될 것 같다. 그럼 어디에서 찾을까? 바로 아프리카다. 우리는 다시 한 번, 나이지리아에 도움을 청할 것이다. 나이지리아의 일부 지역은 최근에 절대론적인 진언 때문에 몸살을 앓고 있다. 그것은 점점 더 해로운 양상을 띠게 되면서 수백 명이 폭력적인 죽음을 당하게 만들고 현재의 사회 형태, 즉 다수의 신앙과 전통, 사회적 관습이 공존할 권리를 공개적으로 의문시한다.

여기에 소개하는 일화는 30년 전쯤, 샤리아(이슬람법)가 도입되기 오래전에 일어났다. 어떤 주가 샤리아를 도입하고 몇몇 주들이 그 뒤를 따를 예정이었지만, 아직은 소수였던 시기다. 나이지리아의 종교적 정치가 그렇게 극적으로 방향을 선회하기 전에는, 종교는 그것이 존재한다는 사실 외에는 아무런 문제가 되지 않았다. 물론 경쟁적인 종교(주로 기독교와 이슬람교)의 신자들이 오리사교 같은 전통적인 종교를 희생양으로 삼아 이따금 충돌하긴 했지만 말이다.

독립 이후에 수십 년이 흘렀다. 그 사이에 공립학교에서 교복을 입는 문제가 사회 문제가 된 적이 없었다. 그런데 나이지리아는 교육부 장관이 자크 시라크의 입장과 정반대되는 방향으로 행동하는 것을 보고 깜짝 놀랐다. 장관은 중학생들에게 그들의 종교에 맞는 방식에 따라 옷을 입으라고 명령했다. 무슬림인 교육부 장관은 중학교 학생들이 입는 제복들, 즉 신발 착용 여부에 상관없이 셔츠와 블라우스, 짧은 바지와 치마를 입는 복장이 '기독교적'이어서 기독교도가 아닌 학생들에게는 차별적이라고 불현듯 깨달은 모양이었다. 그 명령은 별 환영을 받지 못했다. 여러 무슬림들도 그러한 움직임에 대해 아주 회의적이었다. 장관은 그 싸움에서 졌지만 전쟁을 감행한 것만은 분명했다. 이제, 아프리카에 이슬람교와 기독교가 들어오지 않았을 때 그러한 문제에서 어떠한 입장을 취했는지 살펴보고, 그것으로부터 결론을 끌어내 이처럼 아직 해결되지 않은 전 세계적 문제에 참조할 교훈을 얻을 수 있는지 살펴보기로 하자. 물론 유럽의 몇몇 국가들이 입법이나 의향서를 통해 자신들의 입장을 분명히 한 경우는 있지만 말이다.

그 장관이 하려고 했던 것을 반대했던 사람들이 느꼈던 공포는 지금 깊은 종교적인 분열이라는 현실로 나타나 있다. 그 분열은 나라의 일부를 나타내는 특성이 되었고 시간이 지나면서 악화된 분열은 점점 더 야만스러워지는 종교적인 충돌로 나타나고 있다. 2010년 말, 북부 나이지리아에* 위치한 플래토 주의 조스에서 사건이 일어났다. 아니, 더 정확히 말하면 다시 일어났다고 해야겠다. 그것은 너무 격렬한 유혈 충돌이어서 24시간 통행금지령이 발효되고, 적어도 일시적으로 질서 유지를 위해 군대가 투입됐을 정도였다. 그 지역에서 발생한 종교적인 충돌은 전염병처럼 번졌다.

20여 년 전에 발생한 극단적으로 오싹한 예를 하나 들자면, 이슬람 쪽에서 온 살인자 무리가 학교에 난입해 학생들을 종교에 따라 분류한 뒤에 감사 기도를 올리고 그들을 살육했다. 나이지리아의 수도인 아부자를 휩쓴 난동을 기억하는 사람들도 있을 것이다. 그 도시에서 열릴 세계미인대회 최종 결선에 대한 항의에서 비롯된 일이었다. 난동을 선동했던 자들은 그러한 노출이 이슬람의 가르침에 어긋나는 것이라고 선언했다. 주택과 상가들이 파괴되었고 그날 하루에 200여 명이 목숨을 잃었다. 상당수의 침략자들은 '알마지리'라고 알려진 젊은이들이었다. 마드라사(이슬람 학교)를 다녔고 그들의 선생들과 정치적인 기회주의자들이 세뇌를 해서 풀어 놓은 젊은이들이었다. 통계와 빈도를 보면 마음이 우울해질 따름이니, 내가 어렸을 때, 중학교를 거치고 그 이후까지 즐겼던 다양한 종교들의 조화로운 공존과는 대조적으로, 공동체 전체를 에워싸고 삼키는 종교적인 광신의 통치가 지금은 일상이 되었다는 한탄으로 현재의 상황을 종합하고 마무리를 해야 되겠다.

프랑스와 나이지리아에서 발생한 일들이 제기하는 기본적인 질문이자 점점 더 지구적인 차원의 것이 되어 가는 질문은 이것이다. 종교적인 차이를 조작함으로써 그렇게도 쉽게 분열되는 사회에 사는 알마지리, 보이스카우트, 소녀단, 소년합창단, 혹은 거리의 장사꾼 같은 젊은 세대에게, 사회는 뭘 빚지고 있는 걸까? 이 질문에 대한 전통적인 형식의 답은 이런 것이다.

근대적인 학교는 아프리카 사회에서의 연령-등급 문화와 같은 것이다. 이것은 프로이트와 킨제이에 의해 형태가 갖춰진, 발달되고 세련되었다고 하는 서구 사회가 연구해도 좋을 문화이다. 우리가 얘기하는 사회에서, 사회적인 실존의 한 국면에서 다음 국면으로 이동하는 통과 의례는 과시벽을 없애는 규칙들과 불가분의 것이다. 여기에는 엄격한 복장 규정의 준수(때로는 반나체!)가 포함된다.* 그러한 관습의 목적은 연령과 동일한 경향에 의해서만 구분되는 공동의 집단 연대 의식을 형성하는 것이다. 그래서 학생은 형식적인 교육만이 아니라 공동체 안에서 소속감과 책임 의식을 받아들이게 된다. 이러한 전략의 한복판에 의도적인 평준화가 있다. 그렇게 함으로써 그러한 전통들은 어린아이의 삶에서 '타자'에 대한 분리주의적 감각을 없앤다. 각 개인은 타자를 동등한 대상으로 본다. 그렇다고 컬럼바인고등학교에서 일어난 참사와 그와 유사한 미국의 학교 비극들이 그러한 훈련 규정을 준수함으로써 예방되었을 것이라고 제안하는 것은 아니다. 그러나 근

---

* 어떤 경우에 이것은 성인을 추장이나 왕 계급으로 입문하는 것으로까지 확장된다. 성인은 사회적 수준이나 신분의 격하 상태에서 장시간 격리되어 보내는 기간을 갖게 된다. 그렇게 하는 것은 입문자가 군림하거나 이끌게 될 사회의 일반적인 상태에 빠져들도록 하기 위해서다.

대적인 삶의 현실에 맞도록 이런저런 형식으로 되어 있는 그것의 부재(원리를 형성하는 형식까지는 반드시 아니더라도 그 원리를 강조할 필요는 있겠다)가 비극적인 차원의 청소년 범죄로 인한 미국의 위기에 기여하고 있다고 하는 것은 그리 지나친 말은 아니다.

그러한 전통에서 파생한 것들은 무한하다. 따라서 종교적인 믿음의 복수성과 관련된 조건에서, 복장 규정은 젊은이가 성장하는 데 필요한 조정과 기초의 매개일 뿐이다. 그리고 결국 그것이 사회의 기초가 된다. 나는 그러한 교육적인 모델이 대부분의 다른 것들보다 훨씬 낫다고 생각한다. 종교적인 경배의 권리는 학교에서도 신성한 것이어야 한다. 종교가 불합리한 것을 숭상할 정도로 격하된 인간 발전의 단계가 될 때까지는 말이다. 나는 길게 보면 공적인 교육의 공간에서 종교적인 분리주의를 너무 명백하게 드러내는 것을 막는 것이 사회에 득이 될 것이라 생각한다. 절대적인 것에 대한 개념이나 종교적인 이항대립론(하나 대 다른 하나)의 판에 박힌 공식이 아니라, 바로 그러한 맥락에서만 우리는 편안하게 시라크의 개입주의적 명령을 고려해 볼 수 있게 된다. 학생들의 복장 규정에 대한 종교적 주장이 강요가 아닌 경우도 있지만, 폭력적으로 소리를 지르고 강요하고 자극하고, 가장 중요하게는 분리적인 종교적 주장도 있다. 젊은이의 형성 과정에서 일체감을 느끼도록 하는 정책을 비난하기는 어렵다. 어떤 것을 선택할 때 차이가 있다는 것을 참작한다면, 객관적으로 얘기해서 젊은이의 마음에 해가 되지는 않을 것이다. 그것은 공동의 정체성에 대한 일상적 표현과 불가분의 것이며, 거기에는 교복의 문제도 포함된다.

이러한 방식은 비종교적인 선택의 문제로 확장되어, 복장 규정을 젊은이의 자기표현을 제한하는 것이라고 여기고 경멸하는 '자유주의' 사상에 반하는 강력한 논리가 된다. 그것은 비록 종교가 현대에 들어와 재앙적인 상태가 되어 있긴 하지만 종교를 주요 문제가 아니라 '차이', 즉 교육 원칙으로서의 차이를 구조화하고 거의 신격화한 것으로 볼 수 있게 해준다. 물론 그곳이 나중에 생길 문제들의 씨앗이 뿌려지는 곳이기도 하지만 말이다. 이러한 진보적인 교육에 대한 생각은 부유한 집안의 아이들이 디자이너가 만든 우아한 옷에 멋진 슬라우치 백을 들고 학교에 갈 수 있다는 것을 의미한다. 그것은 돈 많은 귀족이나 암흑가 귀족의 엘리트 의식으로 드러나는 배타적 연합을 의미한다. 그에 반해, 가난한 농부와 노동자의 자식들은 자선단체나 중고 옷가게에서 조달한 형편없는 옷을 입고 다니게 될 것이라는 의미이기도 하다. 원칙적으로 논쟁의 여지가 없는 젊은이, 즉 아직 감수성이 예민한 나이의 인권에 대한 단순논리적 해석(구속이 없는 자기표현으로서의 권리, 문화적 대조의 또 다른 쟁점)은 패션쇼와 계급적 특권에 기초한 배타주의의 번식이 배움의 공간을 점령하게 만든 요인이다. 만약 우리가 젊은이들이 학교에서 좋은 옷을 입음으로써 사회적 우월감을 느끼는 것을 막아야 한다고 믿는다면, 훨씬 더 침투력이 강한 종교적인 엘리트주의를 드러내는 것도 단념시켜 한다는 것은 너무나 지당한 말이다. 누군가가 "나는 너보다 부자야!"라는 태도를 취하면 젊은이들 사이에서는 전반적으로 못마땅하게 생각한다. 그와 마찬가지로, 감수성이 예민한 연령대를 향한 제도상의 책임은 특히 오늘날, 감수성이 예민한 젊은이들에게 "내가 너보다 더 성스러워!"라는 메시지를 주는 모든 깃발들을 희석시키는 것이어야 한다.

그래서 나이지리아가 종교적인 성향의 국제 테러리즘에 기여한 바에 대해 잠시 언급하고 넘어갈 필요가 있겠다. 만약 우리가 디트로이트 상공에서 여객기를 폭파시키려고 했던 압둘무탈라브한테 책임을 물어야 한다면, 그들의 마음을 경직되게 만든 그러한 극단주의적 조건 형성의 기초에 대한 책임은 상당 부분, 분리주의의 복음을 가르치고 실천한 성직자들과 실천자들한테 돌아가야 할 것이다. 그들은 나이지리아의 교육부 장관과 같은 부류였다. 프랑스어에는 인간의 역사에 기록되지 않은 수많은 사건들에 적용되는, "나비 한 마리의 날갯짓이 천마일 떨어진 곳에서는 폭풍우가 된다"는 표현이 있다. 나는 그 말에 '백 년 후까지, 아니 천 년 후까지도'라는 말을 덧붙이고 싶다.

세계적인 관계에서 부정적인 것의 속도가 증가하는 것은 슬프게도 문화들의 갈등, 특히 종교적인 것을 기반으로 하는 문화들의 갈등에 원인이 있다. 그것은 국가들 사이에 있는 사회적 원리들을 체계적이고 논리적으로 점검할 여지를 남기지 않는다. 문화나 신앙과 관련하여 사회가 어떤 의미인지에 대한 객관적인 판단의 여지는 더더욱 없다. 번번이 우리에게 남겨지는 문제는 그러한 토론을 하지 못하는 것에 따르는 결과를 어떻게 감당하느냐 하는 것이다. 국가들은 그들 사이의 포괄적 대화보다는 어떤 문화의 명백한 월권행위, 다른 사람의 권리 침해에 대한 과민함에서 나오는 산발적인 포고문에 의지한다.

애석하게도 이 지점에 문제가 있다. 전 세계의 넓은 지역에서 그러한 문제는 토론의 대상조차 되지 않고 정상적인 대화의 테두리를 넘어선다. 네덜란드 영화감독 데오 판 고흐는 베일을 쓰고 다녀야 하는 여성에 초점을 맞추고 토론을 촉발시키려고 영화 매체를 이용한 죄를 범했으니 죽음에 이르는 검열을 받아도 마땅하다고 생각되었다. 그는 암스테르담의 거리에서 그러한 신앙을 옹호하는 자의 손에 죽음을 당했다. 샐먼 루시디는 "빌어먹을 베일"이라는 표현을 사용했다. 그의 태도는 새로울 게 없었다. 그러나 우리가 주목할 것은 런던에 있는 알푸르카나 이슬람유산재단에 있는 존경 받는 이슬람 학자인 아딜 살라히가 많은 다른 이슬람들에 합세하여 코란에는 베일을 써야 한다는 아무 근거도 없다고 선언했다는 사실이다. 따라서 '문화적 존중'이라는 개념은 우리로 하여금 계속 질문을 하게 만든다. 누구의 문화에 대한 존중인가? 그것의 지리적 공간은 실제적인 공간, 즉 테두리가 정해진 공간인가? 아니면 그것은 인간으로 옮겨져 그러한 인간이 있는 모든 곳에 해당되는가? 그것은 어떻게 정의되는가? 절대성의 어느 정도까지가 진실한 것으로 간주될 수 있는가?

우리가 단일체라고 주장하는 문화들 안에서도 구체적인 차이들과 교리에 관한 섬세한 차이들이 존재한다는 교훈을 이끌어 내더라도, 개인적 선택의 권리에 관한 다양한 측면들은 여전히 미해결된 상태로 남는다. 아딜 살라히의 의견에 동조하는 무슬림들이 있는 반면, 어떤 무슬림들은 그를 불태우고 싶어 할 것이다. 그의 형상이 아니라 그의 몸 자체를 태우고 싶어 할 것이다. 자신의 기반을 대립적이고 교조적이고 이원적인 본질의 밖에 두고 있는 문화적 권리의 옹호자들과 작가들에게, 그러한 사건은 매번 빠진 텍스트를 끼워 넣을 기회가 된다. 빠져 있는 (보이지 않는) 문화들에 관한 제대로 된 텍스트 말이다. 우리는 이러한 싸움을 말리고 종교적·문화적인 전쟁의 주역들에게, 세상은 그들의 상반되는 견해의 수직적 혹은 수평적 축 위에서 돌아가는 것이 아니라는 사실을 일깨워 줄 필요가 있다. 건강한 생명력을 보여 주는 다른 세계관, 다른 문화들이 존재한다는 것을 그들에게 일깨워 줄 필요가 있다. 아프리카 대륙만이 아니라 아메리카 대륙과 카리브 해의 국가들, 즉 쿠바, 브라질, 콜롬비아, 푸에르토리코 등도 그렇다. 당연히 내가 지칭하는 것은 요루바의 오리사 세계다.

힌두교, 불교, 유교, 요루바교 같은 이전의 문화들은 베일과 관련한 분리주의에 대해 어떤 태도를 취할까? 요루바교는 그것을 한 문장으로 압축하고 있다. "오주 로로 와." 문자 그대로 번역하면, "의사소통은 인간의 얼굴에 산다"는 말이다. 오룬밀라는 그렇게 말한다. 나는 절대적인 것을 강요하는 것에 편견을 갖고 있는 자발적인 대변인으로서 이러한 대안적인 세계들이 중재할 수 있는 권위를 갖고 있지만, 싸움에만 몰두하는 문화들이 그들에게서 아무 것도 배우지 못하고 있다는 점을 강조하고 싶다. 특히 그들의 비패권적인 미덕을 배울 필요가 있다. 그것은 실천적인 삶에서처럼 강렬하게 그들의 신화와 경전에 표현되어 있다. 이제, 우리는 다른 영역의 문화상대주의로 장면을 옮겨 보는 게 좋겠다. 이번에는 동일한 문화의 옹호자들 사이에서도 소홀하게 취급되기 일쑤인 상대주의에 관한 이야기다. 그것은 '문화 현상'에 대한 '반응'의 상대주의다. 무슬림 터키인들이 많이 살고 있는 독일로 가 보자. 5년 전으로 거슬러 올라가는 이야기다.

이 책의 서문에서 언급했던 사건에 살을 붙이기 위해서는 '문화적 존중'의 논쟁에서 있었던 문화적 일화에 관한 언론 보도를 참고하는 게 좋을 것 같다. 언론 보도에는 논쟁과 관련된 당사자들의 입장과 분위기가 잘 나타나 있다. 기사를 인용하게 되면, 그 사건이 진공 상태에서 일어난 것이 아니라 정반대였다는 사실을 우리에게 다시 환기시켜야 하는 수고를 할 필요가 없어지지 않을까 싶다. 편리하게도, 기사는 속도만 포착한 게 아니라 지구적인 맥락에서 그 사건을 잘 포착하고 있다. 그 기사는 새 천년으로까지 우리를 따라온 문화적 관습과 종교, 그와 관련된 감성과 관련하여 벌어지는 지구적인 문제를 잘 포착하고 있다. 다음은 《뉴욕타임스》, 《르몽드》, 《디벨트》 같은 국제적인 언론으로부터 인용한 것이다.

서베를린에 위치한 도이체오퍼는 월요일, 11월에 네 차례 예정돼 있던 〈이도메네오〉 공연을 〈피가로의 결혼〉과 〈라트라비아타〉 공연으로 대체하겠다고 발표했다.

그 결정은 베를린 치안 당국이 오페라를 예정대로 무대에 올리는 것이 건물에 '엄청난 위험'을 불러올 수 있다고 경고한 후에 내려졌다.

한스 노엔펠스가 연출한 공연에는 이도메네오 왕이 의자에 놓여 있는 부처, 예수, 포세이돈, 무함마드 예언자의 잘린 머리 옆에서 비틀거리는 장면이 나온다.

두 주 전에는 베네딕토 교황이 독일에서 행한 강연에서, 이슬람교의 확장과 폭력이 연관성이 있다고 했던 중세의 서적을 인용함으로써 이슬람 세계를 들끓게 만들었다.

지난해에는 덴마크 신문에 예언자 무함마드에 관한 풍자만화가 실리면서 세계 전역에서 무슬림들의 폭력 시위가 일어났다.

독일 정치인들은 오페라단의 결정을 비난했다. 볼프강 티에제 하원 부의장은 그 결정이 독일에서 자유로운 예술적 표현에 대한 새로운 위협을 부각시켰다고 말했다.

그는 로이터통신에 이렇게 말했다. "우리가 예술적 표현에 제약을 가해야 하는 상황에 이르렀나요? 그 다음은 뭐죠?"

바바리안기독교사회연합(CSU) 대표인 페터 람자우어는 그러한 움직임이 "폭력에 대한 지나친 두려움"이고 "진짜로 비겁한" 행위라고 했다.

볼프강 쇼이블레 내무부 장관도 그 결정을 비난했다. 그는 워싱턴을 방문하는 동안, 기자회견에서 이렇게 말했다. "모차르트의 오페라가 공연되는 것을 금지하기 시작하면 우리는 미쳐 버리는 겁니다. 우리는 그것을 용납하지 않을 것입니다."

도이체오퍼 단장인 키르스텐 함스는 화요일에 있은 기자회견에서 자신의 결정을 변호했다. 그녀는 베를린 고위 경찰인 에르하르트 코에르팅이 8월 중순에 전화를 걸어 오페라단이 〈이도메네오〉를 예정대로 공연하게 되면 초래될 끔찍한 결과에 대해 경고했다고 말했다. 함스는 이렇게 말했다. "내가 그것에 아무 주의도 기울이지 않은 상황에서 무슨 일이 벌어졌다면, 모든 사람이 내가 그 경고를 무시했다고 말했을 것입니다."

코에르팅은 그러한 대화가 실제로 있었다고 시인했지만, 〈이도메네오〉를 취소하기로 한 것은 전적으로 함스의 결정이라고 말했다. 경찰이 우려했던 것은 6월에 걸려온 익명의 전화 때문이었다며, 구체적인 위협의 증거는 없었다고 말했다. 도이체오퍼의 결정은 수요일, 쇼이블레 장관과 독일의 이슬람 사회 대표자들이 만나서 대화와 통합을 개선하기 위한 방안을 토의하기 이전에 발생한 일이었다.

위의 인용은 지구적인 상황이 어떠한지 잘 말해 준다. 세계는 '보이지 않는' 종교들이 문화적인 중재를 할 수 있는 원천이라는 것을 계속 무시하고 있다.

나는 부처, 예수, 포세이돈, 무함마드 …… 의 머리가 잘린다는 설정을 보고, 솔직히 감독의 머리를 자르고 싶어 손이 근질근질했다. 도이체오퍼의 키르스텐 함스의 머리가 아니라 오페라 감독인 한스 노엔펠스의 머리 말이다. 나는 다시 한 번 이 모든 것에 요루바교는 어디 있는지 묻고 싶었다. 늘 그랬던 것처럼, 요루바교는 그리스, 아시아, 아랍, 유럽 중심적인 감독에게 무시당하고 있었다! 그렇게도 자랑하던 다문화주의 수사학의 증거는 어디에 있는가? 아프리카 신은 하나도 없었다. 명목상으로도 없었다! 이러한 예술가들한테 아프리카는 존재하지 않고 중요하지도 않다. 만약 요루바 오리사의 머리, 즉 상고, 오군, 오야, 소포나, 그리고 다른 요루바 신들의 머리를 인류 평등주의 단상에 진열할 기회가 있다면, 〈이도메네오〉는 가장 알맞은 수단이었다. 그런데 감독은 그렇게 하는 데 실패했다! 그는 차별 철폐에 대해서 들어 본 적이 없을까? 그것은 아프리카적인 것, 특히 요루바를 모든 권리와 예술적 특권, 숭배, 존경, 창조적인 해체의 권리가 있는 오페라의 에큐메니즘(세계교회주의)으로 끌어들여 다른 것들과 동등하게 대할 기회였다.

나는 이미 이런 질문을 받을 것을 예상할 수 있다. 요루바의 오리사 신도들은 신들의 목이 무대에서 잘리는 것을 보고도 모멸감을 느끼지 않을까? 분명히 그러지 않을 것이다. 누군가는 이런 생각을 가리켜 냉소적이고 불경스러운 이데올로기를 주입받은 서구화된 자의 주장에 불과하다고 할 수 있지 않을까 싶다. 개연성이 있는 말이다. 그러나 그렇게 말하는 사람들은 요루바교 신전에 있는 에수 신의 본질과 탈신비화의 원리부터 잘 살피면, 삶에서 영감을 거부하는 것이 그 신의 본령이라는 것을 알게 될 것이다. 그러나 그러한 설명은 역사에도 내재해 있다. 앞에서 이미 충분히 얘기한 것처럼, 오리사의 세계는 2천 년이 넘는 세월 동안 기독교와 이슬람교의 경멸과 모욕, 신성모독에 익숙해져 있었고 지금도 그러하다. 그래서 몸통이 없는 그들의 머리들은 그들의 상태를 그 이상으로 훼손시킬 수 있는 게 아직 가능하다거나, 혹은 특별한 조명과 심포니 오케스트라, 합창단, 주역 여가수들로 완벽해진 화려한 연출에 정렬을 시키는 것으로 그들의 추종자들에게 고통을 줄 수 있다는 생각에 미소를 지을 게 분명하다. 두 종교의 종교적인 방화범들의 분노를 피했던 그들은 박물관과 미술관에 있는 것에 더 익숙해 있다. 그리고 그들의 진정한 본질이나 영적인 중요성과 무관한 일종의 만족감을 찾는 수집가들 사이에서 경쟁적인 가격에 거래되는 것에 더 익숙해져 있다. 그들은 수백 년에 걸쳐 맥락에서 분리되고 잘못 제시됨으로써 오페라와 같은 희한한 환경에 익숙해져 있다. 오히려 그들은 수백 년에 걸친 왜곡의 경험을 다른 땅의 신들이나 아바타들과 공유하는 것을 즐거워할 것이다.

그러나 훨씬 더 근본적인 문제가 있다. 우리는 이 오페라 감독이 가진 동기의 순수성을 확실하게 보장할 수 없기 때문에, 무대에는 없던 주요 신들의 세계관이 보장하는 창조적인 상상력을 한껏 발휘하여 결론을 추측해 볼 수밖에 없겠다. 단순히 우리가 살고 있는 즉각적인 현실에만 기반을 둔 게 아니라, 종교재판에서부터 지하드주의에 이르는 소위 문명화된 세계들의 행동, 그리고 그들의 집요하고 억압적인 신학을 통한 역사의 추론에 기반을 둔 결론 말이다.

그래서 내가 속한 요루바 세계에서 온 영화감독이나 연극 연출자가 인간성의 모독과 그러한 모독 때문에 남신들과 여신들에게 계속 호소하는 것을 적절하게 전달할 수 있는 예술적인 표현을 찾고 있다고 상상해 보자. 그러한 감독은 국가나 세계의 양심에 충격을 줘서 종교의 이름으로 저지른 것을 제대로 알게 해줄 메타포를 찾고, 교양이 있다고 생각되는 남녀들을 신을 죽인 죄로 고발하기 시작한다. 예수, 무함마드, 부처, 시바의 머리를 나무 접시에 담아 바치는 살로메보다 더 효과적인 이미지를 상상할 수 있을까? 감독이 전달하고자 하는 것은 결국 이것이 아닐까? 당신들이 당신들의 신과 그들의 아바타인 신과 알라와 여호와와 제우스에게 이런 짓을 했다. 당신들은 그들을 매일 죽이고 절단한다! 다시 한 번 강조하지만, 나는 〈이도메네오〉의 감독이 어떤 식으로 몸이 잘린 신들과 예언자들을 무대에 있게 했는지 알지 못한다. 그는 이렇게 물었던 것일까? 누가 진짜 살인자일까? 누가 실제로 신을 죽였을까? 누가 매일 남신과 여신을 죽일까? 보이지 않는 신이 남신이냐 여신이냐 하는 문제로, 그 신이 블라우스와 바지, 부르카, 스코틀랜드 치마를 입느냐 하는 문제로 살인을 저지르려고 하는 자는 누구인가? 유년 시절을 모독하고 아이들을 군인으로 징집하여 그들에게 영성체를 해주고 그들의 목에 십자가나 테수바(칼)를 걸어 주고 전쟁터에서 신의 피조물을 죽이라고 신의 이름과 이미지를 이용하는 자들일까? 아니면 의문스러운 이미지들을 갖고 우리에게 충격을 주는 연극 감독일까?

달리 말해, 우리는 우리의 인간성을 찢어발기는 것들을 날마다 목격하고 있다. 죄 없는 사람들과 전투원들을 똑같이 가루로 만들어 버리는 미국과 이스라엘의 '스마트폭탄'에서부터 이라크와

뭄바이, 그리고 최근에는 이라크에서 벌어지는 자살폭탄 공격, 민간인들의 머리 위로 화염의 비가 내리게 한다는 헤즈볼라가 자랑하는 2만 발의 로켓탄 공격에 이르기까지, 모든 것이 신앙의 이름으로 저질러진다(물론 지역에 따라 경제적·영토적 문제가 끼어들긴 한다). 신의 이름을 직접 내걸고 하지는 않았지만, 고위 성직자들이 학살에 적극적으로 관여했던 르완다의 제노사이드도 마찬가지다. 이 모든 것들은 인간의 영적 열망과 고귀한 정신을 부정한다. 이러한 현실을 감안하면, 신자가 그들의 권위를 계속 거론하는 한, 믿음을 관장하는 성상의 성스러움이, 사실적이고 상징적으로 도전받지 않을 것이라고 생각하는 것은 너무 순진하다. 제노사이드에 대한 재판이 열리는 국제 법정에 가서 투치족과 그들을 동정한 이들을 죽이는 데 관여했을 뿐 아니라 실제로 작전을 지시했던 기독교 사제들의 역할을 주목해 보라. 앞에서 이미 얘기한 것처럼, 목자인 사제가 피난처로 삼으라며 교회 안으로 양떼를 유인하고, 후투족 살인 부대 인테레함웨를 불렀다. 쉽게 죽이기 위해 양떼를 가둬 놓은 것이다. 나이지리아의 2009년은 500명의 죽음과 함께 시작되었다. 대부분 내장이 몸 밖으로 튀어나온 채 끔찍하게 죽었다. 그들은 희생자들의 신체 일부를 막대기에 꿰어 거리를 행진했다. 그 이후로도 종교적인 만행은 계속되었다. 2011년은 신앙에 의한 살인 잔치에서 기존의 모든 기록을 넘어선 해였다.

그렇다면, 〈이도메네오〉는 결국 어떻게 되었을까? 그것은 사임과 시위로 이어지고 궁극적으로 정치적인 개입으로 이어졌다. 오페라단 감독들과 시의회와 경찰, 무슬림 공동체 사이에 일련의 모임들이 있었다. 나는 우연히 무슬림 공동체의 지도자들을 만나게 되었고, 2008년에 독일 바이로이트에서 열린 나를 위한 공식 행사에서 그 자리에 참석했던 그들을 소개하기도 했다. 나는 나의 수락 연설에서 그 오페라가 취소된 일에 관해 언급했다. 무슬림 공동체는 아무런 항의도 하지 않았고, 그들 중 아무도 본 적이 없는 오페라 공연이 취소된 것에 대해 어떤 식으로든 관여하지 않았다고 했다. 그 오페라는 사실, 다시 일정이 잡혀 결국 처음에 의도했던 형식으로 아무런 사고 없이 공연되었다. 분명히 그들은 터키계 독일 이슬람 공동체 안에 당당하게 자리를 잡은, 오리사의 후손들이었다.

그러나 우리는 낙관해서는 안 된다. 이 사건은 오페라단장, 대통령, 총리의 허수아비 상을 불태우는 것으로 끝날 수 있었지만, 극단적인 광신자들은 죄 없는 사람들의 목을 실제로 자름으로써 항의하는 주민들의 경건함을 능가하여 내세에 받을 보상을 택하고자 했다. 신들이 인간의 감정이나 사악한 경향에 권위를 부여하는 데 이용되면, 인간은 신의 권위를 찬탈한 자들과 단순한 교리의 보호자들에게 마음대로 처분할 수 있는 대상이 된다. 프랑스 영화 제작자인 장 로슈가 만든 영화의 제목과 내용이 뇌리에 거듭 떠오른다. 영화의 제목은 〈신들도 죽는다〉였는데 50여 년 전에 찍은 영화다. 이 영화는 아프리카 종교들이 갖고 있는 영성의 사회적 중요성을 성공적으로 포착해 낸 탁월한 감성적인 영화이다. 우리가 보이지 않는 종교라는 이름을 붙인 대부분의 종교들, 특히 요루바교의 공동체 철학을 강조하는 영화이다. 신이 죽을 수 있다는 메타포가 인간 공동체의 마음속에 실현될 때, 어쩌면 우리가 그토록 고대하던 여러 신앙들이 서로 조화를 이루는 게 가능해질지 모른다. 그것들이 매혹적인 이야기들을 보존하는 신앙들인 경우에도 말이다.

이제, 베일을 쓰느냐 안 쓰느냐 하는 것은 문제가 아니다. 의지냐 강요냐, 권력이냐 자유냐 하는 것이 21세기에 만연한 질문일 수 있다. 그리고 희망하건대, 아프리카가 이질적인 이원론의 영원한 피해자 역할에 머물러 있지 않았으면 싶다. 지금 이 순간, 대륙은 아프리카에 대한 새로운 쟁탈전의 최전선으로 주목을 받고 있다. 이번에는 영혼을 위해서이긴 하지만, 지난날 아프리카를 모략했던 자들의 울부짖는 영혼들을 위한 잠재적 안식처로서는 아직 아니다. 그러한 지혜는 아직 오지 않았다. 훨씬 더 낙관적으로 생각하면, 그러한 쟁탈의 과정에서 숨겨진 가치들이 아울러 드러났으면 싶다. 그래서 그 가치들이 익숙하지 않은 위치, 즉 지구적인 문화 자원의 중요한 역할, 조정자의 역할을 아프리카에 부여했으면 싶다.

옮긴이 후기

극작가이자 시인이며 소설가인 월레 소잉카(1934~　)의 삶은 나이지리아 근현대사와 밀접한 관련이 있다. 어느 작가의 삶이 그렇지 않으랴만, 그의 삶이 역사와 불가분의 관계에 있는 것은 식민지 시대를 거쳐 독립을 이루고 내전과 군사독재로 이어진 파란만장한 역사를 때로는 글로, 때로는 실천적 삶으로 살아냈기 때문이다.

소잉카는 나이지리아가 영국의 식민지였을 때 태어났다. 나이지리아가 160년에 걸친 영국 식민주의의 사슬로부터 풀려난 1960년, 그는 스물여섯 살 청년이었다. 식민 통치를 벗어난 대부분의 나라들이 그러하듯, 독립 이후의 나이지리아는 혼돈 그 자체였다. 부족, 종교, 문화, 지역, 정치 문제를 비롯한 복잡다

단한 요인들이 그 혼돈의 원인이었다. 쿠데타가 일어나고 내전 (1967~1970)이 발생했으며 군사독재가 이어졌다. 소잉카는 그 혼란의 와중에서 자유와 인권과 민주주의를 위해 싸웠다. 전쟁에 반대하는 과정에서 라디오방송국을 점령했다가 2년 동안 감옥에 갇히기도 했고, 군사정권의 미움을 받아 해외로 도망치기도 했다. 군사정권은 해외로 도피한 그에게 사형선고까지 내렸다. 모든 것이 현실 정치에 개입한 탓이었다. 더 정확히 말하면, 불의를 외면하지 못한 탓이었다. 예술가인 그에게 정치는 운명이었다. 비평가 어빙 하우의 말처럼 "자유가 부재하는 곳에서 정치는 운명"이기 때문이었다. 소잉카는 불의와 독재에 예술뿐 아니라 행동으로 맞선 용감한 지식인이었다. 식민주의 시대에는 백인 식민주의자들의 억압적인 식민 통치에, 식민주의 시대 이후에는 흑인 지도자들의 독재와 인권유린에 맞서 싸웠다.

사실, 백인 식민주의자들에 맞서 싸우는 일은 흑인 지도자들에 맞서 싸우는 일보다 훨씬 더 쉬운 일이었다. 적어도, 흑인들 사이에 공동 전선이 형성되어 있었기 때문이다. 그러나 흑인 지도자들과 그들의 정부, 혹은 종교적 근본주의에 대항하여 싸우는 것은 결코 쉬운 일이 아니었다. 내부 대 외부의 싸움이 아니라 흑인 대 흑인의 싸움이었기 때문이다. 소잉카는 그 어려운 싸움을 마다하지 않았다. 그는 행동하는 양심이었다. 그렇다고 그가 나이지리아 정치에만 관여한 것은 결코 아니었다. 그는 민중을 억압하는 정권이 있는 한, 아프리카 전역을 싸움의 대상으로 삼았다. 남아프리카공화국, 수단, 에티오피아, 르완다, 다르푸르를 가리지 않았다. 그는 평생을 그렇게 싸우며 살았다. 많은 사람들이 소잉카를 "세속적인 의미에서 성인(聖人)의 지위에 오를 만한 아프리카인"이라고 일컫는 것은 자유와 인권과 평화를 위해 헌신한 작가에 대한 존경 때문이다.

그가 1986년, 아프리카 작가로는 최초로 노벨문학상을 타게 된 것은 자유가 부재하는 곳에서 자유를 위해 싸워야 하는 자신의 운명을 거부하지 않으면서, 그것을 탁월한 예술작품으로 승화시킨 공을 인정받았기 때문이었다. 그랬다. 그에게 예술은 상아탑이 아니라 짓밟히고 눌리고 뒤집힌 민중을 위한 싸움의 도구였다. 그가 노벨문학상 수상 연설을 남아프리카공화국의 로벤 섬에 갇혀 있던 넬슨 만델라에게 바친 것은 그래서였다. 그것은 일차적으로는 흑인들의 인권과 자유를 위해 싸우다가 수십 년 동안 감옥살이를 하고 있는 만델라의 영웅주의를 기리기 위해서였고, 더 중요하게는 아프리카, 아니 세계의 전역에서 자유와 평화와 인권을 위해 헌신하는 영웅들을 기리기 위해서였다. 아프리카가 배출한 또 다른 노벨문학상 수상자인 남아프리카공화국의 나딘 고디머는 이러한 소잉카를 가리켜 "호랑이"라고 했다. 그렇다. 그는 펜을 들고 싸우다가도, 필요하면 몸을 던져서 싸우는 호랑이였다.

이 책 《오브 아프리카》는 자유와 인권을 향한 소잉카의 염원을 유감없이 보여 준다. 서구인들, 아니 전 세계가 아직도 아프리카에 대해 갖고 있는 편견에서부터 부족과 종교를 둘러싼 갈등을 포함한 아프리카 내부의 문제, 그리고 아프리카의 영성에 이르기까지, 그는 아주 열정적으로 사유의 세계를 펼친다. 그래서 그의 글을 읽어 나가다 보면 아프리카 역사를 세계사적 시각에서 총체적으로 아우르는 지적이면서도 열정적인 시선과 만나게 된다. 때로 아프리카를 대하는 세계의 편견과 위선에 대한 분노를 드러내기도 하고, 때로는 종족이나 종교나 정치를 빌미로 아프리카인들을 인권의 사각지대로 내모는 아프리카 정치인들과 종교 지도자들에 대한 냉소와 분노의 모습을 띠기도 한다. 그러나 그의 글은 궁극적으로, 세계가 알지 못하는 아프리카 영성의 실체를 제시함으로써 세계의 종교들, 특히 이원론에 입각한 기독교와 이슬람이 해결하지 못하는 갈등을 풀 수 있는 실마리를 제시하는 데 목적이 있다. 이것이 이 책의 핵심이다. 그의 글이 어떻게 마무리되는지 주의 깊게 살펴야 하는 이유가 여기에 있다.

소잉카의 산문을 번역하는 일은 여간 어려운 일이 아니었다. 특히 후반부로 갈수록 그랬다. 지금까지 적지 않은 원작을 번역해 왔지만, 이번 경우처럼 번역이 힘든 경우는 처음이었다. 스스로 번역자로서의 능력을 의심할 정도였다. 그런데 나만 그렇게 느낀 게 아니었던 모양이다. 유명 언론인이자 작가이자 교수인 애덤

호크실드는 《뉴욕타임스》에 기고한 리뷰에서 소잉카의 산문을 가리켜 "모호하고 답답하고 어색하다"고 했다. 극작가로서의 소잉카를 존경한다고 말하는 사람의 입에서 나온 다소 직설적인 표현이 조금은 과도한 측면이 없지 않지만, 그의 말에 동의하지 않기는 힘들다. 적어도 내게는 그렇다. 그래서 번역자로서 내가 할 일은 때로 모호하여 의미가 잘 파악되지 않는 문장을 읽기 쉬운 것으로 변환하는 일이었다. 그것이 얼마나 효과적으로 잘 되었는지는 모르겠다. 그래도 바라건대 독자가 이 번역서를 통해 소잉카가 말하고자 하는 바를 어느 정도나마 파악할 수 있으면 좋겠다. 그렇게 더웠던 적이 있었을까 싶을 정도로 더웠던 2016년의 여름 대부분이 이 책을 번역하는 데 들어갔다.

번역서를 내놓으면서 다소 비판적인 리뷰를 언급하는 것은 두 가지 이유에서다. 첫째는 솔직할 필요가 있겠다는 판단에서다. 어차피 독자도 읽게 되면 알게 될 텐데 굳이 포장을 해서 제시할 필요까지 없을 것 같아서다. 둘째는 더 중요한 이유에서인데, 소잉카의 글이 때로 모호하고 어색한 곳이 더러 있으며 스타일 상의 문제가 없지 않음에도 불구하고, 대단히 교육적이고 음미할 만한 내용을 담고 있어서 정말로 시간을 내어 읽어 볼 가치가 있다는 점을 강조하기 위해서다. 나는 번역을 해나가는 과정에서 아프리카에 관해 많은 것을 알게 되었다. 무엇보다도 소잉카는 솔직한 사람이었다. 예를 들어, 그는 그의 글에서 아프리카에 대한 세계의 편견과 위선과 허위를 불식시키려 하면서도, 노예무역을 비롯한 비극적 역사에 있어서 아프리카인들이 때로 적극적인 공모자였다는 사실을 고통스럽게 고백하는데, 이것은 그가 얼마나 솔직한 사람인지 단적으로 보여 준다. 모든 것을 유럽 식민주의자들의 탓으로 돌리지 않고, 그들과 공모한 아프리카인들이 있었다고 고백하는 그의 말에는 외적 요인들만이 아니라 아프리카의 내부적 모순과 치부까지 응시하는 것이 아프리카 대륙의 역사와 실존을 총체적으로 볼 수 있는 길이라는 확신이 배어 있는 것처럼 보인다. 이것은 내가 1999년에 남아프리카공화국 케이프타운대학에 가 있을 당시 그가 강연("Arms and the Arts")에서, 그리고 강연이 끝난 뒤 영문학과 교수들과의 만남에서 말했던 내용과 정확하게 부합한다.

소잉카의 글을 읽어 가는 일은, 한편으로는 지금도 계속되는 아프리카에 대한 세계의 편견과 위선과 싸움을 벌이고 다른 한편으로는 전쟁과 증오와 내란을 유발하는 근본주의자들이나 독재자들과 싸움을 벌이는, 아프리카 지식인의 고뇌를 응시하는 일이기도 하다. 그의 눈에 비친 아프리카는 슬픈 대륙이다. 노예무역, 식민주의, 독재, 부족과 종교 갈등으로 갈가리 찢긴 슬픈 대륙이다. 그렇다고 아프리카가 늘 슬프기만 한 것은 아니다. 특히 그가 속한 부족인 요루바족의 오리사교가 대변하는 평화와 타협, 순응과 조화의 정신을 세계가 직면하고 있는 대치와 갈등과 반목에 대한 해결책으로 제시하는 후반부에서는 슬픔이 아니라 아프리카에 대한 강한 자부심이 느껴진다. 이것이 이 책의 핵심이요 요체다.

오리사교로 대표되는 아프리카의 토속신앙은 이분법과 선악 논리에 입각한 패권적인 종교들과 달리, 타자를 침략하거나 식민화하지 않는다. 편을 갈라 특정 집단이나 종교나 문화를 배척하거나 억압하지 않고, 오히려 자신과 다른 타자를 수용하면서 인간적인 가치를 공유한다. 그래서 소잉카의 산문은 크게 보면, 아프리카의 과거를 응시하고 성찰하고 반성하는 것에서 시작하여 뒤로 갈수록 실례를 들어 가며 아프리카의 종교와 영성을 강조하는 쪽으로 옮아간다. 강세가 뒷부분에 있음은 물론이다. 지은이가 우리에게 주문하는 것은 아프리카를 여전히 편견의 '백내장'이 낀 눈으로 보면서 자의적으로 상투화하지 말고, 아프리카한테서 배우라는 것이다. 아프리카의 토속신앙이 표방하는 지혜와 타협, 공존의 정신을 배우라는 것이다.

마지막으로, 이 책의 제목에 관해 잠깐 덧붙이며 옮긴이 후기를 마무리하려 한다. 묘하게도, "오브 아프리카"라는 제목은 덴마크 작가인 카렌 블릭센(필명은 아이작 딘센)의 자전적 소설 《아웃 오브 아프리카》(Out of Africa)를 떠올리게 한다. 블릭센의 스토리에 배어 있는 편견과 인종주의를 생각하면 더욱 그렇다. 만약 의도된 것이었다면, "아웃 오브 아프리카"에서 "아웃"을 떼어내며 소잉카가 실제로 떼어내고 싶었던 것은, 겉으로는 사랑과 배려로 포장하고 있지만 속내를 들여다보면 편견과 인종주의에 지나지 않는 서구의 인식론적 폭력이었을 것이다. 그리고 의도된 것이 아니었다 하더라도, 넓은 의미에서 보면《오브 아프리카》는《아웃 오브 아프리카》를 '되받아 쓴' 탈식민 담론이다. 작가가 서문에서 명확하게 밝힌 것처럼, 이 책을 쓴 주된 이유 중 하나는 "아프리카인들을 선천적으로 열등하다"고 생각하는 서구인들에 대한 분노 때문이었다.

소잉카의 산문은 읽어 나가는 것이 때로 도전처럼 느껴질 수도 있겠지만, 그럼에도 시간을 투자해 읽어 볼 만한 좋은 책이다. 독자들이 읽고 아프리카의 과거와 현재를 폭넓게 더 잘 이해하는 계기가 되면 좋겠다.

2017년 1월

왕은철

찾아보기